KB111412

ONDA
RIKU

여름의
마지막
장미

여름의 마지막 장미

초판 1쇄 펴낸 날 2010년 10월 6일
지은이 온다 리쿠 **옮긴이** 김난주 **펴낸이** 박설림 **펴낸곳** 도서출판 재인 **디자인** 오필민
등록 2003. 7. 2 제300-2003-119 **주소** 서울시 강남구 도곡동 467-6 대림아크로텔 1812호
전화 02-571-6858 **팩스** 02-571-6857

ISBN 978-89-90982-41-4 03830 Copyright © 재인, 2010 Printed in Korea.

온다 리쿠 지음 김난주 옮김

여름의
마지막
장미

재인

차례

인용 문헌

『지난해 마리앙바드에서 / 불멸의 여인』

알랭 로브그리예 Alain Robbe-Grillet 저

주제

버스가 휘청 흔들리면서 몸에 원심력이 생기는 순간 반사적으로 눈을 떴다. 그 눈에 거대한 화면을 메운 연옥 같은 색채가 날아들었다.

아직도 꿈을 꾸고 있는 것인가 싶어 자세를 바꿔 않고 다시 창밖을 바라보았을 때에야 승객들 사이에서 터져 나온 것이 비명이 아니라 환성이라는 것을 겨우 알았다.

이제 가을도 어언 막바지에 접어들었다. 라디오의 일기 예보에서는 오후부터 저녁에 걸쳐 날씨가 흐려져 밤중에는 산간 지역은 물론 평지에도 눈이 내릴 것이라고 했다.

하지만 화면 속에 우뚝우뚝 서 있는 드넓은 산자락을 물들인 활엽수림은 여전히 복잡하고 다양한 빨강으로 잉걸불처럼 타오르고 있어, 마치 털이 긴 호사스런 카펫 같았다. 땅에서 솟아오른 빨간 숲의 물결이 엷은 구름에 가린 산비탈로 밀려

갔다가 산꼭대기를 향해 달려 올라가려는 듯이 보인다.

조금 전까지는 나뭇가지 끝에 더러 남아 있는 이파리가 노란 물감을 점점이 뿌려 놓은 것처럼 계속되는 단조로운 숲 속이었다. 그 숲을 헤치고 나아가듯 구불구불한 산길을 달려 왔기에 더욱이, 극적으로 펼쳐진 그림엽서 같은 광경은 승객들의 눈길을 사로잡기에 충분했다.

이 일대가 국립공원이라는 것은 알았지만, 설마 이렇게 대륙적인 경치가 기다리고 있을 줄은 몰랐다. 앞뒤 좌석에서 넘실대는 감격의 목소리를 들으면서 나는 다시 한 번 자세를 고쳐 반듯하게 앉았다.

이 가을도 이제 끝난다.

산꼭대기는 시커먼 구름에 덮여 있다. 저곳에서 겨울이 온다. 그리고 나는, 그 호텔을 향하고 있다.

그 호화판 감옥에서 세 여자가 기다리고 있다.

거짓말쟁이 여자들. 자신들의 생활은 물론 타인의 인생까지 엮어 거짓말의 태피스트리를 짜 온 여자들. 하지만 그 가운데 정말 죄 많은 여자는 단 한 사람이라는 것을 나는 알고 있다.

버스가 다시 동물의 우리처럼 똑바르고 거뭇거뭇한 나무들이 한없이 이어지는 숲 속으로 들어섰다. 단박에 사람들의 흥분기도 식어 간다.

투두둑, 창문에 빗방울이 떨어졌다.

겨울의 시작을 알리는 비다. 내일 아침에는 지금 본 빨간 숲의 바다도 하얗고 엷은 새 옷을 입으리라.

그리고 내가 다시 이 길을 내려갈 때에는 경치가 완전히 변해 있을 것이다.

그 무렵에는 이곳에 온 목적을 이뤄, 내 마음도 새하얀 경치처럼 후련하리라.

버스는 고요히 일상을 향해 내려간다. 마음속에 그녀를 묻기에 알맞은 엄숙한 리듬으로.

제 1 변주

그 괘종시계는 관을 닮았다.

서양의 그림책에서는 관이 벽에 세워져 있는 경우가 많았던 것 같다. 드라큘라도 지하실 벽에 세워 둔 관 속에서 두 손을 가슴에 모으고 잠잔다.

그 시계는 로비의 정면 층계참 한가운데 서 있다. 정확하게 말하면 2층으로 올라가는 계단이 층계참을 지나 두 갈래로 갈라지기 바로 전 위치에서 계단을 좌우로 양분하는 역할을 한다.

높이가 족히 2미터는 될 만큼 웅장하고, 꼼꼼하게 니스를 칠한 붉은색 나무는 지금도 다가오는 손님의 모습이 비칠 만큼 반들반들하다. 과연 이 정도 크기면 일곱 마리 아기 염소 중 막내가 숨어들 만한 공간이 충분하다.

유리문에는 빛이 바랜 금색 글자로 '1969년 사와타리 정공 주식회사 기증'이라고 쓰여 있다. 이 호텔의 소유주와 같은 성씨이다.

괘종시계가 이렇게 자주 울리는 것이었던가.

소리 없이 흔들리는 진자가 또박또박 때를 새기다가 매시 30분에 한 번, 그리고 정시에는 숫자판의 수만큼 우직하게 시간을 알린다.

　인기척 없는 복도를 지날 때나 메인 다이닝에서 식사를 할 때에도, 내 존재를 잊지 말라는 듯이 땡, 길게 꼬리를 늘어뜨리는 그 소리가 들리면 몸이 움찔한다. 나는 이 시계가 이 호텔의 중심에 서서 손님들을 지켜보는 듯한 느낌이 들어 견딜 수가 없다.

　옛날에는 어느 집이든 기둥 높은 곳에 조그만 유리문이 달린 나무 괘종시계가 걸려 있어, 고타쓰나 식탁 주변에서 눈을 치켜뜨고 그것을 올려다보았던 것 같다. 시계 밑에는 습자 선생님이 첨삭해 주는 빨간 붓글씨와 똑같은 색의 일력이 걸려 있었다.

　그렇다. 기억 속의 괘종시계를 생각하면 눈앞에 떠오르는 것은 괘종시계 자체가 아니라, 건너편에 앉아 찻잔을 손에 든 채 을씨년스러운 표정으로 시계를 올려다보는 엄마와 누나의 모습이다.

　딱히 시계 자체가 을씨년스러웠던 것은 아니다. 사람이 눈을 치뜨고 무언가를 보는 모습은 어딘가 모르게 비굴해 보이고 우스꽝스럽다. 무방비한 데다 그로테스크하기도 하다. 메밀국수집이나 정식집에서 높은 선반에 놓여 있는 텔레비전을 보는 손님들도 대개는 그런 표정이다.

　텔레비전이 켜져 있을 때든 대화에 한창 흥이 올라 있을 때든, 그 시계의 종소리에는 모든 것을 침묵시키는 힘이 있었다. 밤중에 화장실에 가려고 복도를 지날 때 종소리가 울리면 누가 이상한 눈초리로 쳐다보는 것 같아서 손해를 본 듯한 기분이 들었다.

유리문을 여는 것은 늘 아버지의 몫이었다. 사다리 대신 사용하던 의자에 올라가 시계로 손을 뻗치던 아버지의 등이 기억에 남아 있다. 그랬다. 괘종시계는 정기적으로 태엽을 감아 줘야 했다. 유리문을 열면, 놋쇠로 된 묵직한 태엽 감개가 놓여 있었지, 아마.

아무튼, 그런 것은 아무 상관 없는 일이다. 지금 나는, 층계참에서 그녀가 내려오기를 기다리고 있다.

무대는 바로크풍의, 넓고 호화롭지만 얼어붙은 듯 차갑게 느껴지는, 국적이 불분명한 궁전 같은 거대한 호텔. 대리석과 원기둥, 꽃무늬 벽 장식, 황금빛 천장, 수많은 조각상과 무표정한 종업원들의 세계.

이곳에서 익명의, 예의 바른, 돈 많고 무위도식할 것이 틀림없는 손님들이—진지하게 그러나 아무런 열정 없이—엄격한 룰이 적용되는 게임(트럼프, 도미노 등)이나 사교댄스, 공허한 대화, 사격 등에 열중하고 있다. 이 숨 막힐 듯 답답하게 갇힌 세계에서 인간과 사물은 모두 마법에 걸려든 것처럼 보인다. 마치 꿈속에서 우리가 어떤 피할 수 없는 운명에 이끌려 가고 있는데, 거기서 벗어나거나 사소한 것이라도 바꾸려 해 봤자 아무 소용이 없다는 것을 느낄 때처럼.

땡, 하고 괘종시계가 음울하게 때를 알렸다.

"『도구라 마구라』(1935년에 출판된 유메노 규사쿠의 탐정 소설)라는 소설도 괘종시계가 울리면서 시작되지."

그녀가 층계참 위에서 내려온다.

이런 순간, 나는 늘 기묘한 절망을 느낀다. 그 절망은 지금이 행복의 절정이어서 앞으로 남은 것은 추락뿐이라는 예감에서 오는 듯하다. 하기야 우리는, 아주 오래전부터 추락하고 있지만.

"전에 고장 난 괘종시계를 본 적이 있어. 너, 그런 거 본 적 있니?"

그녀는 그렇게 말하면서 내게 몸을 기댔다. 언제나 나를 미치게 하는 그녀의 아련한 향수 냄새가 오감을 일깨운다.

"정말 끔찍한 광경이었지. 한번 울리기 시작하면 그 소름 끼치는 소리가 한없이 계속되는 거야. 그런가 하면 몇 시간이나 뚱하게 입을 다물고 있기도 하고. 하지만 더 끔찍한 건 그런 괘종시계를 그냥 내버려 둔 그 집 사람들이었지."

둘이 층계참에서 계단으로 내려가니 넓은 로비에서 손님들이 제각각 시간을 보내고 있었다. 하이 티 시간이라고, 잘 차려 입고 왜건에 담긴 스콘과 샌드위치를 즐기는 손님도 있다. 그래 봐야 이 시기의 호텔은 통째로 전세를 낸 상태, 손님 대부분이 얼굴을 알 만한 사람들이다. 우리도 공손하게 인사를 주고받으며 허영의 바다로 헤엄쳐 나아간다.

"……그는 원래 보도 사진 기자로 세계를 돌아다닌 사람이었죠. 그러다 비행기 사고를 당했는데 구사일생으로 살아났어요. 그리고 비슷한 시기에 역시 비행기 사고로 동료를 잃었죠. 그 후로 그는 비행기를 탈 수 없게 되었답니다. 그래서 그의 주요 작품 대부분은 영국 내에서 촬영되었죠. 〈풀 메탈 재킷〉 같은 영화도 세트장에서 촬영한 것이랍니다. 베트남 시가전 장면도 국내에 설치한 세트장에서 찍었다고 하니 정말 놀랍죠."

"그럼 〈샤이닝〉은요? 그 영화도 영국에서 찍은 건가요?"

"〈샤이닝〉 같은 경우는, 위에서 내려다보는 처음 장면에 등장하는 산중의 호텔만 미국에 실제로 있는 호텔을 상공에서 찍었다는군요. 물론 찍은 사람은 그가 파견한 촬영 기사였고요. 그 밖에 호텔 안팎에서의 장면은 전부 영국에 세트장을 만들어서 찍었대요. 그리고 촬영에 사용된 미국의 그 호텔에 소설 속에서 유령이 출몰하는 방과 똑같은 룸 넘버가 있었는데, 영화가 제작되면서 룸 넘버를 바꿨다더군요."

"어머나, 아깝게 됐네. 지금은 일부러 그 방을 원하는 팬도 아주 많을 텐데. 투어가 있으면 일본에서도 관광객들이 찾아갈 것 같은데."

"그런 손님은 받고 싶지 않다는 뜻이겠죠."

"그건 그렇고, 유럽의 그런 클래식 호텔은 규모가 압도적이더군. 건물 자체가 미궁처럼 생겨서 하나의 제국같이 느껴지더라니까."

로비 중앙에 놓여 있는 검은색 대형 꽃병에는 꽃이 분수 모양으로 꽂혀 있다.

나와 그녀는 꽃을 사이에 끼듯 하고서 로비를 가로지른다.

이곳에 올 때마다 놀란다. 이렇게 추운 날 이렇게 다양하고 많은 양의 꽃을 어디서 조달해 오는 것일까. 산기슭에서 여기까지 운반하는 데만도 상당한 비용이 들 텐데. 하기야 반입되는 물품이 꽃만은 아닐 테고, 버스도 하루에 두 번씩 다니니까 내가 생각하는 것처럼 대단한 일은 아닐지도 모르겠다.

"사쿠라코 씨, 도키미쓰 씨. 어디 가시나?"

우리를 부르는 소리에 돌아보니 아마치 시게유키가 소파에서 신문을 읽으며 이쪽을 쳐다보고 있었다. 조끼까지 받쳐 입은 고급스러운 모직 정장 차림에, 계란처럼 매끈한 얼굴에는 수염을 살짝 기른 풍모가 어딘가 모르게 외국인 같다. 우리는 친근하게 인사를 건넸다.

"안녕하세요. 저희, 이치코 씨의 차 모임에 초대받았습니다."

"오호, 오늘은 자네들이로군."

아마치는 신문을 접었다. 바삭거리는 소리가 났다.

"나는 조금 전에 미즈코 씨 차 모임에 다녀왔지."

"미즈코 씨, 어떠셨어요?"

"여전하더군. 특별한, 일은 없는 것 같고."

아마치가 어깨를 으쓱했다. 이 남자는 엉뚱한 곳에서 끊어 말하기 때문에 듣다 보면 늘 모래 섞인 음료라도 마시는 듯한 느낌이 든다.

"그거 다행이로군요."

"의식입니다, 의식."

사쿠라코가 눈짓을 하기에 그곳을 떠났다.

"참 이상한 사람이지. 크리스티의 소설에 나오는 벨기에 사람 같아. 왜, 그 탐정 있잖아."

"대학교수야. 법학인지 경제학인지는 잊었지만."

"호텔 로비란 곳에는 반드시 대학교수가 한두 명은 있다니까. 옛날 백과사전이랑 똑같아. 호텔에서 인테리어로 쓸 요량으로 싸게 사다 놓는 것 아닐까? 갖다 놓는다고 방해가 되는 것도 아니고, 적당히 지적이고, 장식품으로도 그럭저럭…… 저 말투 좀 보라지. 저런 투로 강의하면 듣는 쪽도 기분이 묘해져서 졸지도 못할 거야."

사쿠라코는 경멸과 야유를 담아 배시시 웃었다. 나는 그녀의 경멸에 찬 표정을 좋아한다. 도자기처럼 하얀 얼굴에서 눈썹이 멋진 커브를 그리고, 그 아래 갈색 눈이 싸늘하게 사람을 내려다보는 모습은 나를 황홀하게 한다.

우리는 적당히 따분하고 적당히 호기심에 차 있는 선택받은 사람들 사이에 빠져 허우적대지 않도록 로비를 가로지른다.

그녀가 전에 이런 말을 한 적이 있다. 부자는 영화와 비슷하다고.

영화는 돈이 많이 든다. 무엇을 하든 1분 1초 돈을 먹는다. 하지만 아무리 제작비를 많이 퍼부어도 졸작은 졸작. 그래도 영화 자체가 없는 것보다는 낫다. 아무리 하찮은 작품이라도 비행기에 탄 승객의 심심풀이 정도는 될 수 있다. 부자도 이와 마찬가지다. 부자는 그 자체로 돈이 많이 들지만, 아무리 돈을 덕지덕지 발라도 바보는 바보. 하지만 가난뱅이보다는 낫다. 부자라는 것 자체에 존재 가치가 있다.

간신히 로비를 벗어나 휑한 회랑으로 나선다.

"날씨 참 고약하네."

비스듬히 흩뿌리는 비에 벌써 눈발이 섞여 있다. 깊은 산속의 날씨는 늘 극적으로 변해 사위의 경치를 바꿔 놓는다. 이곳에 오는 길에 본 단풍도 지금은 보나마나 눈에 덮여 있을 것이다.

"저녁 버스가 들어왔군."

사와타리 관광 로고가 찍힌 버스가 주차장으로 들어오는 것이 보였다. 호텔 종업원이 승객들을 맞으러 달려간다. 그 움츠린 모습으로 보아 바깥 기온이 꽤 내려간 듯하다.

"그래도, 멋져."

사쿠라코가 내 등에 손을 둘렀다.

"뭐가?"

내가 묻자, 그녀는 생긋 웃었다.

"이제 폭풍의 산장이 되었잖아. 피의 비가 내릴 거야."

낯선 남자 하나가 이 방 저 방 기웃거린다 — 점잔 빼는 사람들로 가득한 방이 있는가 하면, 텅 빈 방도 있다 — 문을 열어 보고, 거울에 부딪치기도 하면서, 끝없이 이어지는 복도를 따라간다. 그는 여기저기서 어쩌다 들려오는 토막 난 말들에 귀를 기울인다. 남자의 눈은 이름 없는 얼굴에서 얼굴로 옮겨 간다. 하지만 그의 눈은 언제나 한 젊은 여자, 이 황금 우리 안에 아직 살아 있는 아름다운 죄수의 얼굴로 돌아간다. 그리고 그는 그녀에게 불가능한 일을, 시간이 완전히 정지된 듯한 이 미궁 속에서는 절대 불가능할 것 같은 일을 제안한다. 그가 그녀에게 내미는 것은 과거와 미래, 그리고 자유. 남자는 말한다. 그녀와 자신은 이미 1년 전에 만난 적이 있다고. 그때 그들은 사랑에 빠졌고, 그는 그녀 스스로 계획한 재회를 위해 지금 돌아왔다고. 그리고 이제 당신을 데리고 갈 것이라고.

우리는 중국식 흑단 테이블을 사이에 두고 앉아 있다.

실내는 고요하다. 아까 회랑 창문으로 바깥에서 휘몰아치는 바람을 보았는데, 지금은 그 소리조차 들리지 않는다. 풍로 위에 놓인 무쇠 주전자에서 몽글몽글 끓어오르는 소리가 이 방의 유일한 배경 음악이다.

테이블을 둘러싼 고풍스러운 병풍에는 겨울 숲 속에 무리지어 있는 사슴이 그려져 있다. 새끼 사슴 한 마리가 안개 속으로 사라지는 참이다.

그리고 눈앞에서는 검은 기모노를 입은 여자가 표정 없는 얼굴로 차를 끓이고 있다.

그녀는 검은 기모노만 입는다. 미묘하게 색감이 다른 검은 기모노가 몇백 벌이나 있다고 한다. 오늘 그녀가 입고 있는 기모노는 언뜻 보기에는 아무 무늬도 없는 것 같지만 자세히 보면 마치 금물을 입힌 듯 어깨와 소매에 금가루가 화려하게 뿌려져 있다. 메인 다이닝의 조명 아래 서면 빛의 입자에 싸인 것처럼 보이리라.

사쿠라코는 무릎 위에 두 손을 가지런히 모으고 그녀의 손

놀림을 가만히 지켜보고 있다. 나는 의자를 약간 당겨 앉고, 포갠 다리 위에 손을 올려놓는다. 우리 둘이 쇼윈도 안의 마네킹이라도 된 기분이다.

그녀들의 차 모임에 초대되는 것은 끝없는 러시안룰렛에 참가하는 것을 뜻한다. 누군가가 총알에 맞을 때까지 계속되고, 총알에 맞은 누군가가 두 번 다시 이 호텔에 초대되는 일은 없다. 그럴 만도 하다. 총알에 맞는다는 것이 죽음을 의미하듯, 그 누군가는 이곳에서 존재가 말살되는 것이나 다름없으니까.

"류스케의 일은 요즘 어떠니?"

사와타리 이치코가 잔 받침에 찻잔을 올려놓으며 물었다. 약간 쉬었지만 또박또박한 목소리. 늙기는 했어도, 불거진 광대뼈와 길쭉한 눈에는 요염함이 어려 있다.

"순조로워요, 이치코 고모님."

사쿠라코가 천천히 대답한다. 그녀는 사쿠라코를 무척 좋아하고, 사쿠라코는 그렇다는 것을 알면서도 자만하지 않는다.

이치코가 훗, 하고 살짝 웃었다.

"그래. 그 아이 머리에는 두부 크기만 한 뇌수밖에 없는데, 너와 결혼했으니 천만다행이야. 너를 맞아 씨를 뿌렸으니 이제 그 아이의 역할은 다 끝난 셈이야."

"고모님은."

사쿠라코는 씁쓸하게 웃었다. 사쿠라코도 상당히 냉정하고 신랄한 여자지만(그 점이 이치코의 눈에 든 것이리라), 친조카를 그렇게까지 조롱하는 이치코의 신랄함에는 비할 바가 못 된다. 점잖고 너그러운 사와타리 류스케가 조카사위이고, 이치코와 사쿠라코는 고모 조카 사이라 해도 의심하지 않겠다 싶을 정도로 이 두 사람은 무척 닮았다. 하지만 두 사람의 신랄함은 총명함의 반영일 뿐, 신경질적이거나 감정적인 부분이 전혀 없어 나 역시 이치코를 싫어하지는 않는다. 오히려 미즈코, 니카코, 이치코 세 자매 중에서는 그녀를 가장 좋아한다고 할 수 있다.

하지만 내가 싫어하지 않는다는 것과 그쪽이 나를 어떻게 생각하는지는 별개다. 그녀는 절대 속내를 내비치지 않는데, 때로 날카로운 시선으로 빤히 쳐다볼 때는 내 값을 매기고 있다는 것을 알 수 있다. 해마다 이곳에 온 지 몇 년이 되었지만, 그녀는 아직 나에 대한 평가를 내리지 않은 듯한 느낌이다.

"도키미쓰 씨는 어때? 요즘 이름이 곧잘 보이던데. 활약이 큰가 봐."

"무슨 말씀을요. 요즘 평론을 몇 편 발표했더니 이름이 좀 나도는 것뿐입니다. 신문은 과연 위대하더군요. 전국지에 글이 실리니 다들 출세했다고 기뻐해 주고 말이죠."

나는 싱글거리며 대답한다.

"아무렴. 신문에 이름과 사진이 실리면 어엿한 문화인의 한 사람이라고 할 수 있지. 본인은 그렇게 생각하지 않아도 세상이 그렇게 간주하는 법이야."

이치코는 주저 없이 고개를 끄덕였다. 나는 헛물을 켠 기분이었다.

"그러니, 이제 그만 적당히 끝내는 게 어떻겠어?"

이치코는 조그만 가죽 핸드백에서 담배를 꺼냈다.

나는 무슨 말이냐는 듯한 표정을 지었다.

"적당히 끝내다니, 무슨?"

"너희들의 관계 말이야."

이치코가 뼈가 불거진 손가락으로 담배에 불을 붙였다.

나와 사쿠라코는 반사적으로 서로의 얼굴을 보았다.

사쿠라코가 훗, 소리를 내어 웃었다.

"어머나, 고모님, 무슨 말씀이세요. 우리의 관계라뇨? 도키미쓰는 제 동생이에요."

"그러니 더욱 곤란하다는 것이지. 결혼을 했는데도 친동생과 계속 관계하고 있다는 것을 세상이 알면, 너나 도키미쓰나."

사쿠라코의 얼굴이 창백해졌다.

"고모님, 진심으로 하시는 말씀인가요?"

"그야 물론이지. 너야말로, 나를 끝까지 속일 수 있다고 생각하는 거니?"

이치코가 힐끗 쳐다보자 사쿠라코는 얼어붙은 듯 입을 다물었다. 아주 짧은 순간이었지만 얼굴에 칼을 들이대듯이 날카로운 시선이었다.

이치코는 무표정하게 담배를 피웠다.

"실은 류스케가 찾아와 의논하더구나. 네게 남자가 있는 것은 아닌지 의심하는 듯했어. 아직 확신하는 것 같지는 않더라만. 그렇다고 내가, 상대가 친동생이란 말은 할 수 없잖니."

이치코는 후, 담배 연기를 내뿜었다.

"아주 오래전부터 너희들 관계를 알고 있었다. 네가 류스케 하나로 만족하지 않을 것이라는 예상은 했어. 솔직히, 별 볼일 없는 외간 남자보다는 낫겠다는 생각도 했고. 너희들은 아름답고 똑똑하고, 각기 뛰어난 재능을 가졌으니 말이다. 실례되는 말이지만, 도키미쓰 정도면 이 세상 너저분한 남자보다야 훨씬 낫지. 그리고 도키미쓰에게도 처자식이 있는데, 피차 그 관계가 밖으로 새어 나갈 일은 절대 하지 않을 테니 풍파가 이는 일은 없겠다고 생각했다. 그런데 요즘 와서 생각이 달라졌어. 차라리 외간 남자를 만나는 게 낫겠다고 말이야."

그녀의 손가락에 끼워진 굵은 마노 반지를 주시한다.

"우리더러, 어떻게 하라는 말씀이신지."

나는 그녀의 얼굴을 똑바로 쳐다보았다. 그렇게 말하면 우리의 관계를 인정한 셈이 된다는 것을 알지만, 되묻지 않을 수 없었다.

"너희 둘이 해마다 이곳에 와서 둘만의 시간을 즐긴다는 거, 다 알고 있어. 올해로 그만 끝내도록 해라. 그리고 내년부터는."

이치코가 느릿느릿 대답했다.

"도키미쓰는 두 번 다시 오지 말든지, 아니면 각자 가족을 데리고 오든지, 그렇게 하면 되겠지."

찰칵, 누군가 방아쇠를 당기는 소리가 들린 듯한 착각이 들었다.

"무슨 일 있어? 얼굴색이 안 좋네."

로비의 소파에 멍하니 앉아 있는데, 끈끈한 목소리가 위에서 내려왔다.

"빛 때문이겠죠."

"그렇담 다행이지만. 요즘 활약이 대단하던데, 피곤한 거 아니야?"

살집이 풍만한 미즈호가 옆 자리에 앉아 천천히 다리를 꼬

왔다.

"사쿠라코는 여전히 예쁘네. 남매가 전혀 나이를 먹지 않는 것 같아."

나는 꽃병 너머에 있는 사쿠라코를 본다.

분수 같은 꽃. 무슨 꽃일까. 가지에 점점이 달려 있는 빨간 꽃이, 피의 분수 같다.

"그럴 리가요. 차곡차곡 먹고 있습니다. 변함없다는 점에서는 여배우를 당할 수 없죠."

"어땠어, 이치코 이모의 차 모임?"

"금방 끝났습니다."

"그런 것 같네. 하기야 우리 엄마에 비하면 이모의 차 모임은 짧으니까. 세상에는 피학적인 사람도 참 많지. 왜 그런 이상한 사람들을 만나러 이런 데까지 굳이 오는지 모르겠어."

미즈호는 니카코의 딸이다. 무대에 서는 배우로 웬만한 경력이 있다. 나도 몇 번 관람한 적이 있는데, 분위기가 독특한 좋은 배우라고 생각한다. 윤곽이 뚜렷한 서양적인 얼굴에 유럽 여자처럼 상반신이 풍만한 체형이라서, 좋은 의미의 관록도 있어 보이고 무대에서도 돋보인다.

"잘 알면서 그러십니다."

나는 피식 웃었다. 미즈호가 의아하다는 듯 나를 본다. 이렇게 마스카라가 자연스럽게 어울리는 여자도 많지 않으리라.

"어머, 난 모르겠는데."

"다들 독을 마시러 오는 것이죠. 온몸으로 서서히 퍼지는 독 말이에요. 한번 이곳에 발을 들여놓으면, 1년이 지나 독기운이 다 떨어졌을 때 니코틴 중독처럼 금단 현상이 나타나죠. 복어의 독을 맛본 사람은 그 톡 쏘는 맛에 혀가 찌릿해지는 느낌을 환호한다지 않습니까."

그렇다. 내게 사쿠라코는 독이다. 끊을 수 없는 독. 금단의 감미로운 독.

"남들은 즐기는지 몰라도 난 그럴 수가 없어. 난 여기가 싫어. 모두들 언뜻 보기에는 졸린 표정이지만, 그건 다 허식이야. 이곳은 언제나 악의에 차 있어."

"악의요?"

이번에는 내가 의아하다는 표정으로 그녀를 본다.

"그래. 풍풍 풍겨. 모두 엄마와 이모들을 증오하고 있어."

"설마."

부정하면서도, 나는 그녀가 내 마음속을 꿰뚫어 보고 있는 느낌이었다. 설마.

"저 빨간 꽃, 무슨 꽃입니까?"

나는 그렇게 그녀에게 물었다. 그녀가 내 시선이 닿은 곳으로 고개를 돌린다.

피의 분수. 그 끝에 사쿠라코의 등이 있다.

"아, 예쁘지. 꽃이 아니라 열매지만 말이야. 산귀래라고 하던가."

"산귀래?"

"응. 산에서 돌아온다는 뜻의 한자야. 가시나무의 일종이고."

가시밭길. 사쿠라코와 내가 손을 맞잡고 맨발로 걸어가는 길. 하지만 그녀와 함께라면 나는 기꺼이 그 길을 걸어가 그녀의 발바닥에서 흐르는 피를 웃는 얼굴로 받아 마시리라.

사쿠라코가 이쪽을 돌아보았다. 그녀가 나를 포착하고, 그리고 내 뒤에 있는 무언가를 보더니 눈을 부릅떴다. 놀람과 분노, 그리고 공포.

나도 뒤돌아본다.

그리고, 괘종시계가 있는 계단을 내려오는 한 남자를 보았다. 나 역시 그녀처럼, 경악한 눈으로 그를 쳐다본다.

이곳에 있을 리 없는, 그녀의 남편을.

이 낯선 남자는 평범한 유혹자일 뿐인가? 미치광이? 아니면 단순히 다른 얼굴과 나를 혼동하고 있는 것인가? 젊은 여자는 어쨌건 이 상황을 그저 즐기기 위한 하나의 게임, 또는 농담으로 받아들이기로 한다. 하지만 남자는 웃지 않는다. 자신이 조금씩 밝히는 과거의 만남에 대해 완강하고도 진지하게, 그리고 확신에 차서 주장하며 증거까지 들이민다. 그리고 젊은 여자는 조금씩, 그러나 마지못해 자신의 입장을 양보한다. 그러면서 그녀는 공포에 휩싸이기 시작한다. 그녀는 뒷걸음질친다. 그녀는, 비록 거짓으로 가득하지만 안심할 수 있는 이 세계, 그녀에게 익숙하며, 또 다른 한 남자, 배려심 있지만 서먹하고 냉정하며 언제나 그녀를 지켜보는, 사실은 그녀의 남편일지 모르는 남자로 상징되는 이 세계를 떠나고 싶지 않은 것이다. 그러나 낯선 남자가 하는 이야기는 한층 현실성을 띠고 논리 정연해지며 반박할 수 없는 진실처럼 되어 간다. 마침내 현재와 과거가 뒤섞이고, 그러면서 세 주역사이에 고조되는 긴장감이 여주인공의 마음에 폭행, 살인, 자살따위의 비극적인 환상을 심는다.

"오랜만이군요, 류스케 매형. 깜짝 놀랐습니다. 저녁 버스로?"

"음. 얇게 입고 왔는데, 오는 길에 눈이 내려서 몹시 춥더군."

나는 자신이 용의주도하게 미소를 띠고 있다는 것에 스스로 놀란다.

"웬일이야, 당신. 일 때문에 바쁘다면서."

사쿠라코가 뛰어와 뾰로통한 얼굴로 류스케를 올려다본다.

류스케는 머쓱한 미소를 짓고 있다. 이 남자를 보면 언제나, 드넓은 농장에서 무럭무럭 자란, 털이 매끄러운 목양견이 연상된다.

"그게, 상대가 약속을 취소하는 바람에 시간이 고스란히 비어서, 가끔은 얼굴을 내밀어 볼까 하고."

"방은 어디야?"

"이치코 고모에게 부탁했더니 고모가 묵고 있는 방 바로 옆방을 내주었어. 미안한데, 프런트에 부탁해서 짐은 당신 방에 두고 왔어. 이 시기에는 정말 손님이 많군."

류스케는 곱게 자란 성품이 배어 나오는 목소리로 말했지만, 그 눈은 로비에 있는 손님들의 모습을 두리번거리며 돌아보고 있다.

이치코가 묵고 있는 방 바로 옆방. 등줄기가 서늘해졌다. 혹시 이 남자, 아까 그 얘기를 들었던 것은 아닐까?

아니다. 그럴 리 없다. 그의 표정을 보면서 나는 의심을 지운다. 지금 그는 사쿠라코의 방에서 오는 길일 것이다. 사쿠라코의 방에 어젯밤 정사의 흔적이 남아 있지는 않을지 잠시 생각해 본다.

그는 벼르고 왔을 것이다. 이곳에 온 손님 중에 사쿠라코가 바람피우는 상대가 있을 것이라며. 그 상대가 바로 자기 눈앞에 있는 줄은 아직 모르는 것 같지만.

나와 사쿠라코는 서로를 힐끔 훔쳐보았다. 거의 비슷한 생각을 하고 있겠지.

이치코는 그가 이곳에 온다는 것을 알고 있었다. 그래서 굳이 차 모임에 우리를 불러 경고한 것이다. 옆방에 그를 묵게 한 것도 우리를 압박하기 위해서일 것이다. 만약 우리가 관계를 재고할 마음이 없다면, 그에게 내 이름을 귀띔할 수도 있다는 가능성을 암시한 것이다. 이치코는 진심이다. 진짜 우리 사이를 갈라놓을 속셈이다.

몸이 오싹하면서 싸늘해진다. 햇살이 눈부신 해변에서 기분 좋게 낮잠을 자고 있는데 나도 모르는 새 바닷물이 밀려온, 그런 기분. 처음에는 태평하게 낮잠이나 잔 자신을 한심하게 여기지만, 그러다 차가운 물 자체에 혐오감을 품게 된다. 이런 곳에 오는 게 아니었어. 이 끈적거리는 바닷바람도, 물 먹은 딱딱한 모래도 이제 넌더리가 나는군, 하며 의자를 접고 바다를 등진다. 하지만 나는 해변을 떠날 수 없다. 바닷물이 철썩거리는 이 바닷가가 아니면 우리가 밀회를 즐길 수 있는 장소는 없으니까.

"처음 오는 것도 아니면서 놀라기는."

"하지만 난 옛날부터 고모들과는 껄끄러운 사이여서, 이곳에도 몇 번밖에 오지 않았거든."

류스케가 어깨를 으쓱했다. 이치코의 남동생인 류스케 아버지는 류스케가 이십 대일 적에 돌아가셨다. 사와타리 집안에는 다섯 남매가 있었지만, 남자 둘은 일찍이 세상을 떴다. 맏아들은 쉰을 채 넘기지 못했다.

"어이구, 이거 류스케 군이로군."

"자네가 여길 오다니, 별일이로세."

사업가인 듯한 노인 둘이 말을 건네자 류스케는 "아, 예." 하며 고개를 숙이고는 자연스럽게 노인들이 나누는 세상 이야기에 끼어들었다.

우리는 말없이 그의 모습을 바라보았다. 서로가 똑같은 눈빛으로 그를 보고 있다는 것을 알고 있다. 침입자. 방해꾼. 어릿광대.

"어쩌면 고모님이 부른 건지도 모르겠네."

사쿠라코가 무심하게 중얼거렸다.

"뭐?"

"내게 다른 남자가 있다는 걸 그이가 눈치 챌 리 없지. 보나마나 고모님이 그이에게 쑥덕거렸을 거야. 이곳에 상대가 있다고 넌지시 알려서 달려오게 만들었겠지."

"아무튼 고모님이 작심한 모양이야."

"작심? 천만에. 고모님에게 이런 건 그저 심심풀이일 뿐이야. 난 알 수 있어. 윤리 의식 따위는 털끝만큼도 없는 주제에, 잘난 척 큰소리는."

사쿠라코가 눈을 희번덕거린다. 내가 좋아하는 눈. 분노와 경멸로 이글이글 타오르는 저 눈.

"내가 너를 포기하는지, 어디 두고 보라지."

　호텔은 무대와 비슷하다. 미즈호처럼 무대에 서는 배우는 아니더라도, 손님들은 각자 자신의 역할을 연기한다. 객실은 배우들의 대기실. 어떤 이들은 여기저기 모여서 오늘 연기에 대한 비밀스런 협의를 하고, 어떤 이는 무대에 오를 차례를 기다린다. 종업원들은 무대 뒤에서 분주히 움직이며 공연을 지원한다. 대도구를 손질하고, 소도구를 갖춰 놓고, 무대에 오른 배우들에게 조명을 비춘다.

　그리고 물론 가장 큰 무대는 메인 다이닝이다.

　이 호텔은 깊은 산속, 바람 부는 비탈에 서 있기 때문에 구조가 견고하다. 밖에서 보기에는 웅장한 산장 같은 분위기. 굵직한 목재를 한껏 사용했고, 벽은 두껍고, 창문도 이중이라서 기밀이 잘 보장된다.

　메인 다이닝은 삼면이 천장까지 닿는 거대한 유리창이다. 화창하고 따스한 날에는 발코니에 나갈 수도 있다. 해가 저문 지금은 검붉은색 두꺼운 커튼이 닫혀 있어, 그 너머에 휘몰아치는 바람에 몸을 떨고 있는 나무들이 있다고 여겨지지 않는다.

　손님들은 각자의 테이블에서 식사를 즐기고 있다. 종업원들이 그림자처럼 소리 없이 움직이며 나르는 접시와 잔이 조명을 받아 반짝거린다.

어제까지 둘이서만 마주했던 테이블에 류스케가 합석했다.

그는 마음씨가 너그러운 남자다. 그 점은 인정한다. 붙임성 있게 웃는 얼굴에 누구나 좋아하는 성격이다. 돈도 있고, 스포츠맨에, 패션 감각도 나쁘지 않다. 맛있는 식당도 많이 알고 있다. 매형으로 삼기에는 더할 나위 없는 남자라고 단언할 수 있다.

하지만, 지금 여기에 있다는 것은 용납할 수 없다.

나는 사쿠라코의 남편이 되고 싶은 게 아니다. 이 남자를 밀어내거나 없애 버리고 싶다는 생각도 하지 않는다. 내가 바라는 것은 오직 하나. 사쿠라코와의 관계를 계속하는 것. 그러니까 1년에 한 번, 이곳에서 며칠을 그녀와 함께 보내는 것이다. 나는 그것만으로도 살아갈 수 있다.

그녀 역시 나와 똑같은 바람일 것이다. 가족에게 고통을 주거나 가정을 망가뜨리려는 생각은 추호도 하지 않는다.

그런데 지금 옆에 앉아 있는 마음씨 좋은 남자는 우리에게서 그 소중한 밤을 빼앗으려 하고 있다. 아직 그녀와 하루밤에 지내지 못했다. 남은 귀중한 밤을 이 남자와 그 여자가 몰수하려는 것이다.

"아, 고모들이 오는군. 고모들은 여전히 화사해."

류스케가 고개를 들었다.

천천히 들어오는 세 여자.

손님들과 인사를 나누며 단박에 관객의 주목을 끈다.

나와 사쿠라코는 희미한 적의를 담은 눈길로 그녀들을 쳐다보았다.

앞서 들어온 사람은 니카코. 미즈호와 많이 닮은, 풍만하고 화려한 분위기의 여자다. 입고 있는 밝은 주홍색 투피스가 무척 잘 어울린다.

이어 이치코가 들어왔다. 아니나 다를까 검은 기모노가 이 메인 다이닝에서 신비롭게 빛나고 있다. 그녀는 세 자매 가운데 가장 몸집이 작고 야위었지만, 그 존재감은 다른 두 사람에 비할 바가 아니다. 자칫 손을 대었다가는 틀림없이 손대는 쪽이 베일 것이다. 그렇다고 그녀에게 우리의 밤을 빼앗아 갈 권리가 있는 것은 아니다.

마지막으로 미즈코가 상냥하게 웃으며 들어왔다. 구불구불 물결치는 긴 머리에 짙은 초록색 원피스. 환갑에 가까운 나이인데도 그녀에게는 막내다운 천진난만함과 소녀다움이 있다.

그녀들이 테이블 사이사이를 헤쳐 나가듯 지나 자신들의 자리에 앉았다.

배우들이 모두 모였다. 오늘 밤의 공연이 시작되는 것이다.

화기애애한 식사, 이웃한 테이블에 앉은 손님들의 담소.

"……그래, 맞아. 그게 언제 적 일이었더라."

공연은 이렇게 시작된다.

니카코의 눈길이 미즈코를 슬쩍 흘겨본 것이 시작이라는 신호다.

"네 다리뼈가 부러진 해였어. 미즈코 너, 다리가 왜 부러졌었지?"

"아, 그거. 자전거를 서서 타다가 넘어졌지. 집 근처에 있는 언덕길에서. 처음에는 뼈가 부러진 줄도 몰랐어. 너무너무 아파서 다음 날 병원에 가 봤더니, 뼈가 부러졌다잖아. 얼마나 놀랐는지."

"넌, 전날에는 안 울더니 깁스를 하고 돌아와서는 엉엉 울더라."

와인 잔을 든 이치코가 중얼거렸다.

"진통제 주사를 맞았는데, 그게 더 아프던걸 뭐."

미즈코는 소녀처럼 어깨를 으쓱하고는, 포크로 사슴고기 소테를 찍는다.

"흥."

니카코가 말했다.

"그게 아니지. 넌 갤러리가 없으면 울지 않잖아. 보는 사람이 없거나, 어르고 달래 줄 사람이 확보되지 않으면 절대 안 울었어."

"형제들끼리 다툴 때도 그랬지. 꼬집지도 않았는데 울기부터 했는걸. 미즈코는 그런 부분에는 약삭빨랐어."

"심하네. 둘이 합세해서 공격하기야. 그런데, 무슨 얘기를 하다 말았지?"

미즈코가 잔을 들어 올리며 종업원을 부른다.

"그해 가을에 여기 왔다가 셋이서 피크닉 간다고 나간 일이 있잖아, 주먹밥과 물통을 들고. 그러고서 스가노 온천 옆에 있는 오솔길로 들어갔지."

"아, 그래, 맞아. 날씨도 좋고, 단풍이 빨갛게 물들어서 경치가 참 좋았어."

"밀짚모자 쓰고."

"그때 바구니는 내가 들고 있었어. 바구니에 도시락 담아 가는 걸 꼭 해 보고 싶었는데, 의외로 바구니가 커서 들고 다니기에는 적합하지 않았지. 오픈카에나 싣고 다녀야겠더라고."

"도중에 다른 길로 빠졌지, 아마."

"다람쥐 같은 게 길을 휙 지나가잖아, 그래서."

"아무 생각 없이 비탈길로 들어섰지."

"빨간 숲 속으로 들어가는 게 마치 그림 속으로 들어가는 것 같았어."

"나뭇잎 사이로 비치는 햇살도 빨갛고, 땅도 낙엽 때문에 빨갰지."

"몸까지 빨갛게 물들었고."

"씩씩하게 걸어갔어."

"그랬더니, 깊은 산속에 아무것도 없는 휑한 장소가 있는
거야."

"그래. 그리고 거기에, 그게."

세 여자는 공범자 같은 표정으로 눈길을 주고받는다.

순간적으로 누가 주역을 맡을지 정해진다. 이번에는 미즈
코인 듯하다.

미즈코의 눈빛이 먼 곳을 바라보는 듯 아득해진다.

"그곳에만 햇빛이 찬란하게 쏟아지고 있었어. 환한 가을
햇살. 쓰러진 고목이 있고, 거기에 하얀 덩어리가 있었지. 마
치 하얀 솜이 쌓여 있는 것처럼 보였어. 우리는 어리둥절해
서 그저 보고만 있었지. 그러다 다가갔어."

미즈코는 궁금증을 부추기듯 잠시 뜸을 들였다.

"그랬더니 갑자기, 하얀 덩어리가 움직이는 거야. 우리는
너무 놀라서 뒷걸음질쳤어. 그런데 놀랍게도 그 하얀 덩어리
가 공중으로 떠오르는 거야."

미즈코는 시선을 위로 올렸다.

"그건, 무수한 나비 떼였어. 앉아 있던 나비가 우리들이 다
가서자 날아오른 거였지. 그리고 나비가 있던 곳에……."

미즈코가 모두를 둘러보았다.

"처음에는 뭔지 몰랐어. 쓰러진 고목에 뭐가 휘감겨 있었어. 그런데 조금 더 다가가 보니까 검은 머리카락이 보이는 거야. 그것이 머리카락이라는 걸 깨닫는 데 시간이 조금 걸렸지. 그리고 체크무늬 셔츠와 검은 바지도 보였어."

미즈코가 볼에 손을 대었다.

"얼마나 끔찍하던지! 그건 사람의 시체였어. 게다가 시체가 좀 묘했어. 백골이 되기 전, 그러니까 비유하자면 말린 생선 같은 상태였다고 할까. 어머나, 식사하는 중인데 미안하네. 그리고 도처에 돋은 새싹이 쓰러진 고목과 어우러져 한 몸이 된 듯한 느낌이었어. 나비가 그 몸을 감싸고 있었던 거지. 왜 그랬을까, 체액이라도 빨아 먹고 있었던 걸까? 그건 지금도 모르겠네. 그리고 우리는 비명을 지르며 도망쳤어. 뛰고, 뛰고, 또 뛰었지."

"도시락도 못 먹었는데 말이야."

"그런 걸 보고서 어떻게 먹을 수 있겠어."

"그리고 돌아와서 어른들에게 그대로 보고했지. 사람들이 잔뜩 몰려갔는데, 그걸 찾은 사람은 아무도 없었어. 정말 이상하지."

"어린애들 걸음으로 갈 수 있는 거리였으니까 찾지 못할 리 없는데 말이야."

"그런데 못 찾았다는 거야."

"그 후에도 봤다는 얘기는 못 들었어."

"그래. 환영이었는지도 모르지."

"셋이서 본 환영?"

"그래."

세 여자는 서로를 번갈아 보며 만족스럽게 고개를 끄덕인다.

듣고 있던 손님들은 적당히 미소를 머금은 채 애매한 반응을 보인다.

얘기하는 동안 주문한 새 술.

손님들의 우아한 대화가 이어지고, 그러다가 누군가가 또 다른 얘기를 꺼낸다.

"우리 사촌 류코 얘기 기억나? 왜 그, 신문으로 빽빽하게 두른 집 말이야."

이번에는 미즈코가 말문을 열었다.

"아. 그 아인 정말 이상했지. 깔끔한 걸 좋아해서 그랬는지, 게으르고 귀찮아서 그랬는지 아직도 모르겠지만."

이치코가 냅킨을 입에 댄다.

"우리 사촌 중에 류코라는 아이가 있었어요. 키가 크고 호리호리했어요. 여학교에서 영어를 가르치면서 평생을 독신으로 지냈는데, 고지식하고 늘 책만 읽는 좀 답답한 아이였죠."

니카코가 손님들의 얼굴을 둘러본다.

"정년으로 퇴직할 때까지 일하다가 그 후에는 느긋하게 책이나 읽으며 지내겠노라고 했죠. 가끔 친척들이 어떻게 사나 보러 갔어요. 여자 혼자 사는데 별 탈은 없는지 말이죠."

"좀 이상해졌다는 걸 처음 알아챈 사람이 누구였더라, 졸업생이었나?"

"아니지, 에쓰코였어. 그녀의 동생."

"그랬나."

"처음에는 식탁 밑이었지, 아마. 식탁 밑에 신문지가 깔려 있었대. 왜 신문이 여기 있느냐고 동생이 물었더니, 책을 읽으면서 밥을 먹다 보니까 자꾸 흘려서 신문지를 깔게 되었다고 하더래. 전날 신문지를 깔아 두었다가 하루가 끝날 때 버리면 바닥을 닦지 않아도 된다면서."

"그때는 동생도 별다른 의심을 품지 않았대. 집안일이라는 게 해가 다르게 귀찮아지는 법이고 바닥을 닦으려면 힘이 드니까, 그런 방법도 있구나, 하는 정도로만 생각한 거지."

"그다음은 창문이었지?"

"맞아 맞아. 그다음에 누가 찾아갔을 때는 손님방의 창문에 신문지가 붙어 있더래. 낮인데도 집 안이 어두컴컴해서 놀랐다지."

"그러니 당연히 이유를 물었겠지. 왜 창문에 신문지를 붙였는지."

"그런데 대답이 역시, 깨끗하게 하기 위해서였다는 거야. 유리창은 금세 더러워지는데 신문지로 닦으면 깨끗해지니까, 아예 처음부터 붙여 두기로 했다고."

"그즈음부터 점차 이상해졌지."

"가서 보니, 왠지 이상하다고들 말이야."

"그런데 그것만 빼면 아주 착실하고 딱히 이상하게 보이는 점도 없었기 때문에 아무도 대놓고 캐묻지 못했어. 그러고 나서 얼마 후에 누가 가 봤더니 아주 가관이더라는 거야."

"온 집 안이 신문지로 덮여 있었대. 식탁이며 텔레비전, 꽃병까지 온통 신문지에 싸여 있었다네. 그것도 아주 꼼꼼하게 스카치테이프로 여며서."

"누구는 크리스토(뉴욕에서 활동하는 설치 미술가로, 공공장소나 건물을 거대한 규모로 포장하는 작업으로 유명하다—옮긴이)급 솜씨라고 하더군."

"그러고는 하루 종일 찢어진 데를 붙이고 다닌다는 거야. 그러다가 구독하는 신문만으로는 모자라서 아침저녁으로 역까지 신문을 사러 갔다네. 스포츠 신문이든 전국지든 닥치는 대로 한꺼번에 샀대."

"과연 읽었을까, 그 많은 신문을 매일?"

"워낙 활자를 좋아하는 사람이었으니까, 그래도 꽤 읽었을지 모르지."

"그래서, 그분은 어떻게 되었나요?"

손님 하나가 묻는다. 순간, 테이블 위에 긴장감이 맴돌았지만 그 정도 질문은 용서된다.

때로 새로 온 손님이 룰을 이해하지 못해 시시콜콜 물어 대는 통에 자매들의 대화가 중단되는 경우가 있다. 그 정도 선에서 끝나면 좋은데, 대화에 끼어들려고 애쓰다 주위의 싸늘한 시선을 받는 일도 더러 있다.

"그해 겨울, 추운 아침이었지."

니카코가 중얼거렸다.

"그녀가 무슨 생각을 했는지, 초에 불을 붙이려 했어. 크리스마스여서 그랬을까? 믿는 종교가 없었으니, 지금 생각하면 정말 수수께끼지만."

"그러게 말이야."

"아무튼, 초가 넘어졌어. 집 안은 온통 신문지로 덮여 있는데 말이야. 그러니 순식간에 불이 타올랐지."

"낡은 목조 주택이어서 불길이 더 빨리 번졌을 거야. 동네 사람들도 눈 깜짝할 사이에 불길에 휩싸였다고 했어."

"그녀는 미처 도망치지 못했어. 도망칠 틈이 있었는지도 의문이지만."

"집은 훨훨 타올랐지. 검게 오그라든 시신이 성별조차 가늠할 수 없을 정도였다네."

손님들이 애도의 뜻을 표하자 세 자매는 유유하게 머리를 숙이더니, 서로가 말없이 고개를 끄덕이고는 잔에 입술을 댔다.

사쿠라코가 입가에 냉소를 머금는다.

그래 봐야 부자들의 오락. 나 역시 비슷한 미소를 머금었는지도 모르겠다.

그녀들은 이런 일을 과연 몇 번이나 되풀이하고 있는 것일까.

이렇게 말도 안 되는 기묘한 유회를.

처음에는 나 역시, 어리석게도 분위기를 맞추려고 노력했다. 하지만 주위 사람들의 눈총을 받고는 왠지 좀 이상한데, 하며 마음속으로 의아해하다가 방으로 돌아간 후에 사쿠라코에게 이런 소리를 들었다.

"바보네, 진짜로 받아들였어?"

"진짜로 받아들이다니, 뭘?"

나는 되물었다. 그러자 사쿠라코는 아무렇지도 않게 대답했다.

"전부. 그거 그녀들의 게임이야. 셋만 참가하는, 그녀들 사이에서만 성립하는 게임. 내내 그랬어, 그 세 사람. 그런 이야기를 진짜로 받아들이면 안 돼. 그 얘기들 가운데 과연 뭐가 진짜일지."

요컨대 그녀들에게는 지어낸 이야기를 하는 습관이 있었던 것이다.

방금 한 이야기도 어디까지 사실인지는 신만이 안다. 사촌 가운데 류코라는 인물이 실제로 존재했는지, 그녀가 정말 신문지에 에워싸인 집에 살았는지, 그래서 집과 함께 불에 탔는지, 아무도 모른다. 미즈코의 다리뼈가 부러진 일이 있는지, 그 이유가 자전거를 서서 탔기 때문인지, 그녀들이 숲 속에서 시체를 보았는지. 진상은 아마 그녀 자신들도 모르지 않을까. 철저하게 조사하면 알게 될지도 모르지만, 일부만 사실일 수도 있고, 대부분이 사실인 경우도 있는 것 같다.

하지만 아무튼, 누군가가 실마리를 던지면 나머지 둘은 태연한 얼굴로 그것을 받아 이야기를 끝까지 마무리해야 한다. 이야기는 세 여자가 자연스럽게 주고받으며 나름의 전개 과정을 밟는다. 결말을 어떻게 지을지도 고민한다.

누가 결말을 지을지는 미묘한 호흡으로 결정된다. 그럴싸한 결말을 생각해 낸 사람이 맡을 수도 있고, 모두의 주목을 모은 사람이라도 좋다. 세 자매가 번갈아 할 수 있다면 가장 바람직하다.

"왜 그런 일을?"

사쿠라코의 설명을 이해할 수 없어 몇 번이나 되물었다. 하지만 그녀도 "글쎄."라고만 할 뿐 납득할 만한 대답을 한 적은 없다. 그러다 그녀들이 어렸을 때부터 그 같은 게임을 계속한 듯하다는 것을 알게 되었고, 점차 듣는 역할에도 익숙해졌다. 그녀들은 비참하고 괴기스러운 경향의 결말을 즐겼다. 오늘 얘기는 그나마 아주 우아한 편이다.

어떤 연극에서 비슷한 장면을 본 적이 있다. 사기꾼들 얘기였다. 그들은 사기 기술을 연마하기 위해 릴레이식으로 이야기 짓는 연습을 했다. 듣는 이의 호기심을 자극하고 나아가 말하는 이를 신뢰하게 만드는 그럴듯한 이야기를 그때그때의 내용에 맞춰 즉흥적으로 이어 나가야 하는 것이다. 그녀들도 그와 비슷한 일을 되풀이한다.

거짓을 사실처럼 잘 꾸며 내려면 사실을 어느 정도 적절하게 섞는 것이 핵심이다. 아무것도 없는 데서 이야기를 만들어 내기보다는 실제로 일어난 사건에 색깔을 입히는 쪽이 얘기하기가 쉽다. 상대를 믿게 하려면, 자잘한 사실을 쌓아 올려 목적지인 거짓으로 유도해야 한다. 해자를 건넌 후에는 단숨에 본진을 공격한다.

거짓말은 무언가를 은폐하기 위해 하는 경우가 많다.

그녀들은 과연 무엇을 은폐하려는 것일까. 나는 그 점에 흥미를 느낀다. 우리도 오래전부터 거짓말을 해 왔다. 고타쓰에 발을 밀어 넣은 채 눈을 올려 뜨고 괘종시계를 보고 있는 사쿠라코의 다리를 애무했던 나. 우리가 은폐해 온 것은 우리 둘의 용서받지 못할 관계. 타인에게 알릴 수 없는 그 관계는 우리 둘의 만남을 더욱 단단하게 했고, 좀 더 자연스럽게 처신할 수 있도록, 즉 보다 태연하게 거짓말을 할 수 있도록 심리적인 기술을 갈고닦게 했다.

그러니 거짓을 입에 달고 산다는 점에서 연륜이 깊은 이치코가 우리 둘의 관계를 간파한 것은 어쩌면 당연한 일인지도 모르겠다. 그런데 나머지 두 사람은? 니카코와 미즈코는 우리의 관계를 눈치 챘을까?

사쿠라코의 말로는, 묘한 일이지만 그 세 사람은 셋이 다 모였을 때만 거짓말을 한다고 한다. 한 사람씩 얘기할 때는 저마다 솔직하고, 실제로 있었던 일이 아니면 언급하지 않는다. 그런데 셋이 모인 자리에서 누가 스위치를 눌렀다 하면 게임이 시작되는 것이다.

"그럼 둘이 있을 때는 어떤데?"

내가 물은 적이 있다.

사쿠라코는 고개를 옆으로 갸우뚱하고서 대답했다.

"글쎄, 그걸 잘 모르겠어."

그녀가 관찰한 결과, 둘만 있을 때는 그때그때 다르다고 한다. 둘만 있을 경우에 적용되는 유동적인 룰이 있는 모양이다. 그녀들끼리만 공유하는 룰이.

아무튼 그 세 여자는 아무도 관여할 수 없는 기묘한 세계에 사는 사람들이라고 사쿠라코는 주장한다. 그야 그럴 것이다. 우리가 그렇듯, 사람은 누구든 자신이 정한 세계에서만 생활

할 수 있다. 불현듯, 이 호텔에 묵고 있는 사람들 모두가 그런 유가 아닐까 하는 의문이 들었다. 뒤틀린 망상의 세계에 사는 자매가 뒤틀린 인간들을 초대한다.

그러니 류스케는 이 호텔에 묵을 수 없다. 곱게 자란 목양견은 들판에서 유순한 양들을 쫓아다니면 될 일이다. 그에게는 이 장소가 어울리지 않는다. 이곳은 은폐해야 할 비밀을 품은 자들만의 거짓 낙원이다.

사쿠라코와 류스케가 얘기를 나누고 있다. 사쿠라코는 짜증을 참아 가며 자기 남편을 상대한다.

자, 사쿠라코, 이 자리에 어울리지 않는 방해꾼은 우리 눈앞에서 지워 버리자고. 우리가 그렇게 룰을 정하면 이 남자는 존재하지 않는 셈이 되니까. 사쿠라코, 상상해 봐. 이 세상에, 이 테이블에, 사와타리 류스케라는 남자는 실재하지 않아. 하나, 둘, 셋, 좋아! 이제 눈을 뜨면 우리 둘뿐.

종업원이 다가와 내 빈 잔에 와인을 따른다. 그가 가만히 나를 본다. 나는 고맙다는 뜻으로 그에게 고개를 끄덕여 보였다. 나의 망상으로 한 남자를 말살해 버린 일 따위는 없다는 것을 증명하듯.

그들과 그들의 인생에 관해서는 알려진 것이 전혀 없다. 그들은 우리 눈에 비친 그대로, 바깥세상으로부터 단절된 감옥이나 다름없는 이 거대한 리조트 호텔의 손님들일 뿐이다. 다른 곳에 있을 때 그들은 무엇을 하는가? 아무것도 하지 않는다! 고 말하고 싶다. 그들은 다른 곳에서는 존재하지 않는다. 그 남자가 이 봉인된 공허한 세계로 억지로 끌어들이려 하는 과거로 말할 것 같으면, 우리는 그것이 그가 지어낸 이야기에 불과하다는 것을 느낄 수 있다. 지난해란 존재하지 않으며, 마리앙바드는 그 어떤 지도에도 실려 있지 않다. 과거라는 것 또한 충분한 설득력으로 환기되는 순간 이외에는 어떤 현실성도 지니지 못한다. 그리고 그 과거가 끝내 승리를 거머쥐었을 때에만 과거는 현재가 된다. 마치한 번도 그렇지 않은 적이 없었다는 듯이.

나는 영화실에서 영화를 보고 있다.

도서실 한쪽 구석에 의자가 줄지어 놓여 있는 작은 방이 있다. 그곳이 영화실이다.

대형 TV 화면을 메우고 있는 흑백 영화. 왠지 모르지만, 이곳에 올 때마다 보게 되는 오래전 프랑스 영화다.

사쿠라코는 류스케와 함께 바에 있다. 나는 한 잔만 마시고 그들과 헤어져, 건들건들 이 방으로 오고 말았다. 이 썰렁한 작은 방이 은신처 비슷해서 안도할 수 있기 때문인지도 모른다.

취기를 날려 버리기에 딱 좋은, 막간 같은 시간. 나는 이다음 연기를 생각해야 한다.

화면에는 좌우가 완벽하게 대칭을 이룬 프랑스식 정원이 펼쳐져 있다.

말끔하게 손질된 원추형 나무들, 하얀 조각상, 체스의 말처럼 배치된 인간들. 인공미의 극치를 이루는 정원을 화면에 담았다가 훑듯이 뒤로 물러나는 카메라는 그 인간들이 실체가 없는 공허한 존재라는 것을 냉담하게 보여 준다.

"같이 있어도 괜찮을까요?"

매끄러운 목소리에 나는 반사적으로 "네."라고 대답했다.

여자가 옆으로 한 자리 건너에 앉는다.

돌아보기 전부터 나는 그 목소리의 주인공이 다도코로 사키라는 것을 알고 있었다.

테가 가는 안경을 낀 가냘픈 여자의 옆얼굴을 본다.

"영화를 좋아하나요?"

여자가 화면을 쳐다보면서 물었다.

"싫어하지는 않지만, 이 영화를 특히 좋아하죠."

"아름다운 영화이긴 하죠."

"공주님 옆에 있어야 하는 거 아닙니까?"

"일 때문에 온 게 아니니까요."

사키는 미즈호의 매니저다. 마흔 남짓한 나이지만 유능하다는 평이다. 그녀가 속해 있는 조그만 프로덕션은 미즈호 외에도 중견의 실력파 배우를 몇 명 거느리고 있는데, 그녀가 주로 담당하는 배우는 미즈호와 다른 한 명이라고 기억하고 있다.

"연예인 매니저도 한번쯤 해 보고 싶은 일입니다."

나는 절반은 진심으로 말했다. 오래전부터 매니저라는 직종에 관심이 있었다. 한발 물러난 자리에서 스케줄을 조정하고 오로지 배우를 홍보하고 또 판다. 자기 손으로 인재를 키워 세상으로 내보낸다. 그래서 성공하면 더할 나위 없이 기쁜 일이리라.

사키가 살며시 웃는다. 그 웃음의 뜻은 정확히 알 수 없다. 꿈 깨라는 뜻인지, 그렇게 즐거운 일이 아니라는 뜻인지.

"미나토 선생님은 벌써 성공하셨잖아요."

"성공했는지 어쩐지는 모르겠지만, 해 보고 싶은 일이 아주 많습니다. 사키 씨는 그렇지 않나요? 지금 하는 일 말고 달리 하고 싶은 일이."

사키는 역시 의미를 알 수 없는 웃음을 흘렸다.

"후후. 지금 하는 일이 아니라면 뭐든 해 보고 싶을 때가 있죠."

"흐음. 그렇게 힘든 일인가요, 매니저라는 게?"

"세상에 편한 일이 어디 있겠어요, 제대로 하자고 들면."

"하긴 그렇군요. 하지만 이 일이 아니면 무슨 일이든 좋다는 것은 이 일이 사키 씨에게는 천직이라는 뜻이기도 하죠."

"어째서요?"

"그야, 사키 씨에게 그 일이 특별하다는 것을 사키 씨 자신이 자각하고 있기 때문 아닐까요."

"과연, 평론가는 말의 차원이 다르네요."

"내 본업은 그저 회사원입니다."

"하지만 평론도 쓰시잖아요."

"부업이죠."

사키는 다시 한 번 웃었다.

"선생님의 말을 빌리자면, 부업이라고 생각하는 직업이 사실은 본업이라는 얘기가 되겠네요."

"아하, 그럴지도 모르겠군요."

둘이서 잠시 영화를 감상했다.

"이 영화는 말이죠, 아시는지 모르겠지만 아주 흥미로운 방법으로 찍었어요."

나는 주절주절 얘기하기 시작했다.

"흥미로운 방법요?"

사키가 말 상대가 되어 줄 모양이다.

"작가가 시나리오를 쓴 것이 아니라, 머릿속에서 상영되는 영화를 그대로 종이 위에 재현했어요. 그러니까 실제로 상영되고 있는 영화를 객관적으로 묘사했다고 할까요."

"그럼 콘티를 문장으로 설명하는 것처럼 말인가요?"

"비슷하다고 할 수 있죠. 남자가 걸어온다, 남자는 이렇게 말한다, 등 뒤로 나무가 보인다, 저 멀리에는 분수가 있다, 카메라는 천천히 남자의 얼굴을 부각한다. 이런 식으로, 보이는 것을 그대로 묘사한 원고를 감독에게 건넸어요. 그리고 그 원고를 읽은 감독은 그렇게 보이도록 촬영했고."

"그러니까 원작자의 머릿속에서 완성된 영화를 감독이 실사로 재현했다는 얘기로군요."

"그렇습니다. 보통, 감독은 시나리오를 보면서 연출의 상당 부분에 관여하는데, 이 영화의 경우에는 원작자가 촬영 감독과 연출까지 겸한 셈이죠."

"흐음. 흥미롭지만 감독은 싫었겠네요. 원작자와의 신뢰 관계가 상당하지 않으면 실현하기 힘들 것 같아요."

"작가 말이, 그런 점에서는 의사소통이 완벽했다더군요."

"더없는 행운이었네요."

사키는 진지한 표정으로 고개를 끄덕였다. 스태프들 간에 빚어지는 그런 유의 알력을 뼈저리도록 직접 체험하고 있기 때문이리라.

"미즈호 씨는 영화에는 출연하지 않았죠?"

"러브콜이 여러 번 있기는 했지만, 본인이 싫다고 해서 지금까지 실현되지 않았어요."

"그건 또 왜죠?"

"영화는 편집을 하니까 싫대요. 찍는 순서도 일정하지 않고, 토막토막 끊어서 연기하는 게 성격에 맞지 않다고 하네요."

"아하."

미즈호답다, 고 생각했다. 겉모습은 엄마를 닮았는데 알맹이는 다르다.

"이 영화, 스토리가 참 묘해요. 만난 적도 없는 남자가, 지난해에 당신을 만났다, 올해 이곳에서 다시 만나 함께 떠나기로 약속했다, 그렇게 계속해서 말하니까 여자도 그런가 보다 하고, 나중에는 그게 현실이라고 믿게 되는 얘기잖아요."

"정말 믿는지는 의심스럽군요. 나는, 그녀가 남자가 거짓말하고 있다는 걸 알지만, 그것이 현실이라고 믿기로 결심한 것이라고 해석하는데요."

"하지만 실제로도 그런 일이 왕왕 있잖아요. 있다고 믿으면, 공언하면, 그것이 사실로 인정되는 일이요."

사키의 목소리에서 싸늘한 울림이 묻어났다. 세 자매를 암시하는 말이라는 것을 직감한다.

"그 사람들, 왜 그런 일을 하는 것일까요?"

나는 그렇게 질문을 던져 보았다. 사키는 내 질문의 의미를 정확하게 이해했다.

"글쎄요. 진실을 직면하기가 두려워서 아닐까요. 또는 반대로 진실이 너무도 사소하고 초라해서 호화롭게 보이고 싶어 하는지도 모르죠."

"아, 그럴 수도 있겠군요."

"그런데도 결국은 오게 되네요, 해마다."

사키는 자조적으로 중얼거렸다.

그녀 역시 1년이 지나면 효력이 떨어지는 독에 매료된 듯하다.

"적당히 따뜻한 물이 몸을 담가도 기분이 좋으니까요."

"사쿠라코 씨는 언제 봐도 아름다워요."

사키가 불쑥 화제를 바꿨다.

"그런가요. 나는 같이 나이를 먹어 가니까 그런지 잘 모르겠는데."

세월을 따라 연마된 나의 완벽한 연기.

"아름다워요. 사쿠라코 씨를 보면 언제나 코케티시(coquettish)라는 말이 생각나요. 오늘 함께 있던 분이 남편이신가요?"

"네. 이곳에는 좀처럼 오는 일이 없는데."

"애당초 올 예정이었나요?"

"아닙니다. 약속된 일이 취소되어서, 갑자기."

"아, 그렇군요. 역시."

사키의 말투에 다른 뜻이 섞여 있는 듯해 마음에 걸렸다.

"역시라뇨?"

"음, 동생 분에게 얘기하자니 좀 그러네요."

사키는 당혹스런 표정이었다.

"괜찮습니다. 얘기해 주시죠."

나는 사키 쪽으로 몸을 내밀었다.

"사쿠라코 씨, 이곳에 다쓰요시 씨 차를 타고 왔거든요."

"네?"

예상치 못한 대답에 나는 어리둥절했다.

"다쓰요시 씨라면, 그,"

"네. 다쓰요시 아키라 씨요."

다쓰요시는 고급 외제 차를 판매하는 딜러다. 사와타리 자매를 비롯해 사와타리 집안이 소유하고 있는 차량 대부분이 그에게서 산 것이라고 한다. 떡 벌어진 어깨에 다부진 체형. 그야말로 성실하고 강건하다는 말이 어울리는 사십 대 중반의 남자다.

사쿠라코가 그 다쓰요시의 차를 타고 왔다, 처음 듣는 말이었다. 나처럼 버스를 타고 왔을 것이라고만 생각했다.

"역시, 모르고 있었나 보네요."

사키가 후회하듯 중얼거렸다.

"그게 올해 처음 있는 일입니까, 아니면 전부터?"

"같이 타고 온 건 올해가 처음이지만, 다쓰요시 씨가 오래전부터 사쿠라코 씨에게 혼이 빠져 있다는 소문은 들었어요."

"그 사람, 처자식은?"

"있기는 한데, 몇 년 전부터 별거 중이라고……."

"그렇군요."

마음속으로 먹구름이 몰려온다.

아내에게 남자가 생긴 것 같다는 류스케의 직감이 옳았던 것일까. 내가 아니라 실은, 사쿠라코가 굳이 이곳까지 와서 만나는 남자가 내가 아니라 실은.

몸이 밑으로 쑥 가라앉는 듯한 기분이 들었다.

사람들은 진실한 관계를 은폐하기 위해 거짓말을 한다.

사쿠라코가 바라는 것은 무엇인가. 나와의 관계인가, 아니면 낙엽 지는 길을 함께 드라이브한 남자인가.

오는 길에 차를 세우고 전망대에서 경치를 바라보았을 두 사람의 모습이 눈앞에 그려졌다. 멋진 풍경을 즐기는 순간의 밀회가 얼마나 감미로울지, 나는 손바닥을 들여다보듯 상상할 수 있었다.

사그라지는 모닥불 같은 빛깔의 단풍이 눈 속에서 타오른다.

"사쿠라코 씨에게 이 얘기를?"

나는 고개를 저었다. 완벽한 연기.

"피차 어른인데, 내가 이래라저래라 할 수는 없죠."

"내게 들었다는 건, 비밀로 해 주세요."

"물론입니다. 설마, 벌써 소문이 나도는 겁니까? 고모님들이 이 일을 아는지."

"글쎄요. 다쓰요시 씨와 친한 사람들은 둘이 사귀는 걸로 여기는 것 같던데. 하지만 그 어른들은 아직 모를 거예요. 다쓰요시 씨의 일에 지장이 있으면 안 되니까, 그분들 귀에는 들어가지 않도록 조심하는 게 아닐까요."

"그렇군요. 내 집처럼 집안을 드나드는 업자와 조카며느리가 그런 관계라면 단골손님들도 난감할 테니 말이죠."

"일과 직접적인 관계는 없겠지만, 아무튼 그래요."

사키는 이제 어쩔 수 없다는 표정으로 고개를 끄덕였다.

나는 흑백의 화면을 응시한다.

짐을 꾸리고, 만족스러운 미소를 띤 채 낯선 남자와 떠나려 하는 여자.

살아 있는 거대한 물체처럼 어둠 속에 솟아 있는 호텔.

여자가 일어나, 천천히 나간다.

영화의 스토리를 구상한다는 것은, 적어도 나에게는, 그 스토리를 이미 영상으로 구상했다는 뜻이다. 거기에는 각 숏을 연결해 어떤 장면을 만드는 것뿐 아니라, 동작이나 배경에 관한 것, 그리고 카메라의 위치나 움직임 등 세세한 것이 모두 포함된다. 알랭 르네와 내가 같이 일할 수 있었던 것은, 우리가 처음부터 이 영화를 같은 방식으로 보았기 때문이다. 그것도 대충 그런 것이 아니라 정확하게, 작품의 전체적인 구조에서 아주 사소한 부분에 이르기까지. 내가 쓴 시나리오가 이미 그의 머릿속에 고스란히 들어 있는 것 같았고, 그가 촬영하면서 첨가한 부분들 역시 내가 그렇게 썼음 직한 것들이었다.

이 점을 강조하는 것이 중요한 이유는, 서로를 이토록 완벽하게 이해하기가 그리 쉬운 일이 아니기 때문이다. 그리고 우리가 함께 일할 수 있다고, 더 정확히 말해 공동 작업을 할 수 있다고 확신한 것은 바로 이런 상호 이해가 있기 때문이었다. 그러나 한편 역설적이게도, 우리 두 사람의 생각이 완벽하게 일치한 덕분에 우리는 거의 언제나 각각 독립적으로 일할 수 있었다.

옷을 입은 채 침대에 누워 있는데 인터폰이 울렸다.

사쿠라코인가?

나는 침대에서 일어나 수화기를 들었다.

"네."

"처남? 미안한데, 자고 있나?"

류스케의 우물거리는 목소리.

"아니요. 무슨 일 있습니까?"

"아니. 괜찮으면 한잔할까 싶어서."

나는 긴장했다. 보나마나 속을 떠보러 온 것이리라.

"아, 좋습니다. 매형이 피곤하지 않다면요."

"고마워."

나는 문을 열고 류스케를 맞았다. 류스케는 손에 위스키 병을 들고 있었다. 이런 점은 참 그답다. 그런데 그의 얼굴을 보고는 움찔 놀랐다.

류스케는 아까 식당에서 본 목양견이 아니었다.

고뇌하는 남자. 질투와 시기, 의심에 시달리는 남자.

나는 그의 손에서 병을 받아 들었다.

"제가 만들죠. 물은 어느 정도나?"

"아니, 그냥 스트레이트로 마시겠어."

류스케는 커피 테이블 앞에 있는 의자에 몸을 묻었다.

나는 그를 동정하는 동시에 나 자신에게도 연민을 느꼈다. 조금 전까지는 그를 어수룩하다고 여겼는데, 지금은 나 자신이 그와 비슷한 처지로 전락했기 때문이다.

잔 두 개를 테이블에 내려놓았다.

"얼굴색이 안 좋은데요. 피곤하신 거 아닌가요?"

류스케는 고개를 저으면서 잔을 들었다. 그러고는 단숨에 절반을 들이켰다.

"누나는 방으로 올라갔습니까?"

"음. 아까까지 바에 같이 있었는데, 졸리다면서 일어섰으니까 아마 방에 갔을 거야."

혼자서 방으로 돌아갔다? 내게 아무런 신호도 없이? 그렇다면 혹시 지금쯤 다른 방에 있는 것은 아닐까?

그녀가 어느 방의 벨을 누르고 주위를 살피면서 안으로 들어가는 모습을 상상한다. 방 안에는 떡 벌어진 어깨에 가운을 걸친 그 남자가 있다.

"나 말이야, 자네 남매를 동경했었어."

류스케가 뜬금없이 말을 꺼냈다. 뜻하지 않은 말에 나는 어리둥절해졌다.

동시에 경계했다. 설마 류스케가 우리 관계를 알고 있는 것인가? 역시 이치코가 털어놓았나?

"무슨 말씀을요."

나는 웃어 보였다. 류스케의 표정을 찬찬히 살펴본다. 규탄의 빛은 없는지. 분노를 짓누르고 있지는 않은지.

"우린 그저, 시골에서 공무원 노릇 하던 남자의 자식들입니다. 게다가 부모가 일찍 돌아가셔서 기를 쓰고 살아왔을 뿐이죠. 우리 눈에는 매형이야말로 사는 세계가 다른 왕자님 같은 존재였어요. 나 매형을 처음 만났을 때, 자신이 너무 비참하게 느껴져서 부끄러웠습니다."

내 말에 류스케는 허탈하게 웃었다.

"난 내가 유복하다는 것을 알고 있었고, 부모는 무엇이든 해 줬어. 그 점에는 감사하지. 그리고 그게 내 손으로 쟁취한

게 아니라는 것도 누구보다 잘 알고 있어. 그런데 자네들은 다르잖아. 갖고 태어난 것을, 살면서 제 손으로 갈고닦았어. 자네 남매는 아름답고, 강하고, 똑똑하고, 그리고 노력해서 인생을 개척했어. 그게 얼마나 부러웠는지 몰라."

인생이란 흔히 그런 것이리라. 자신에게 없는 것을 손꼽으며 남을 부러워한다.

"자네들 눈에는 어리석고 안이하게 보이겠지. 하지만 정말이야. 그래서 사쿠라코가, 사쿠라코가."

류스케의 얼굴이 일그러졌다.

"누나가 왜요?"

나는 조심스럽게 물었다.

"그 사람과, 그 사람과 그렇고 그런 사이라니."

"그 사람이라니, 누구를 말하는 겁니까, 누나가 바람을 피우고 있다는 겁니까?"

안도와 낙담이 동시에 끓어오른다. 류스케는 아직 우리 관계를 알아차리지 못했다.

"자동차를 파는 사람이야. 나도 친구에게 몇 번 소개한 적이 있지. 성실하고 반듯하고 일도 잘해서 그 점을 높이 샀는데."

류스케는 몹시 상처 입은 표정으로 한숨을 쉬었다.

나는 놀랐다. 류스케의 귀에 들어갈 정도로 두 사람 소문이 널리 퍼졌다니. 그렇다면 당연히 고모들 귀에도 들어갔을 것이라고 생각하는 편이 옳을 것이다. 이치코는 왜 나를 흔들었을까? 혹시 다쓰요시도 잡고 흔들었을까?

"확증은 있습니까? 고객과 딜러 관계인데 괜히 오해하는 것은 아닌지."

나는 애써 차분한 목소리로 물었다.

"아니야. 두 사람이 개인적으로 만나는 건 확실해. 온천 여행도 다녀왔고, 시내에 있는 호텔에서 묵은 적도 있고."

나는 다시 한 번 놀랐다. 거기까지 뒷조사를 하다니.

"경멸하지 않으면 좋겠군. 실은 흥신소에 조사를 의뢰했어."

류스케가 애걸하는 눈빛으로 나를 보았다.

나는 그 순간 소름이 쫙 끼쳤다. 생각해 보면 나는 1년에 한 번, 이 시기에만 그녀를 만났기 때문에 발각되는 수모를 비켜 간 것이다.

그 정도로 류스케도 마음을 독하게 먹고 있다는 뜻일까. 이치코와 의논했을 때는 이미 상대가 누구인지 짐작하고 있었을지도 모른다.

나는 아차 싶었다.

그렇구나. 이치코가 뒤흔든 사람은 내가 아니라 사쿠라코였다. 그녀는 사쿠라코의 남자관계가 복잡하다는 것을 알고 있다. 그래서 나까지 불러 그녀에게 경고한 것이다. 류스케

가 찾아와 의논하더라는 말은 다쓰요시와의 관계도 알고 있
다는 것을 넌지시 암시하기 위한 것이었다.

"어쩔 생각입니까, 누나에게는 아직 아무 말 안 했겠죠?"

나는 류스케의 얼굴을 바라보았다.

류스케는 맥없이 고개를 끄덕였다.

"결심을 단단히 하고 왔어. 현장을 잡겠다고. 이곳에서 그
녀에게 말하려고 용기를 내서 온 거야. 그런데 그녀의 얼굴
을 보니 도저히 말을 못 꺼내겠더군."

"이치코 고모님과 의논해 보면 어떨까요? 이치코 고모님은
누나를 좋아하시잖아요."

"그럴 수도 없어. 왠지 내가 비겁하게 느껴져서."

류스케가 얼굴을 들고 나를 보았다. 생각을 굳힌 듯했다.

"처남, 자네가 얘기해 줄 수 없겠나?"

"제가요?"

"음. 자네 남매는 사이가 좋잖아. 자네가 충고하면 사쿠라
코도 들을 거야. 내가 그렇게 털어놓더라고, 몹시 괴로워한다
고 말이야. 만약 지금이라도 헤어진다면 아무것도 묻지 않고
비난하지도 않을 거야. 모든 것을 불문에 부치고, 다쓰요시와
도 고객 관계를 유지하겠다고, 그렇게 전해 주겠나. 가능하면
오늘내일 중으로. 대답을 들으면 나는 곧바로 돌아가겠어."

류스케의 눈빛은 겁이 날 정도로 진지했다. 도무지 거절할

수 있는 분위기가 아니었다.

"부탁해. 이런 일을 부탁할 수 있는 사람은 자네뿐이야."

"매형의 부탁이니."

"고맙군."

나는 머릿속으로 갖가지 계산을 하고 있었다. 사쿠라코를 추궁할 수 있는 기회가 생겨 고맙기는 하다. 하지만 그녀가 그리 쉬 승복할까. 그녀는 나와 마찬가지로, 아니 나 이상으로 거짓말에 능란하다. 그리고 나는 타인에게는 절대 속내를 드러내지 않는 그녀이기에 줄곧 매력을 느껴 왔다.

결국 이 영상들은 모두 무엇인가? 그것은 머릿속에서 상상된 것이다. 상상된 것은, 충분히 생생하기만 하다면, 언제나 현재에 속한다.

우리들이 재차 떠올리는 추억, 먼 고장, 미래의 만남, 그리고 각자의 편의에 따라 우리 머릿속에서 재구성되는 과거의 에피소드들은 우리가 주변에서 일어나는 일에 주의를 기울이지 않는 순간부터 우리의 마음속에서 끊임없이 상영되는 일종의 내적인 영화라고 할 수 있다.

반면 그 외의 순간들에 우리는 우리의 감각을 총동원해 실재하는 외부 세계를 기록한다. 그리하여 우리 마음속의 총체적인 필름은, 시각과 청각을 통해 제안된 실재하는 현실의 단편들과 과거 또는 미래 아니면 완전히 환영인 단편들을 번갈아 가며 동등하게 상영한다.

인터폰 저쪽에서 사쿠라코가 "네." 하는 소리가 들렸다.

"나야."

나는 조그만 마이크를 향해 그녀를 불렀다.

그렇다. 지금 여기에 있는 사람은 나. 류스케도 다쓰요시도 아니다.

"들어와. 배짱 있네, 낮에 그런 소리까지 들었는데."

그녀가 대담한 미소를 띠며 나를 맞아들이고, 껴안는다.

"아까, 매형이 내 방에 왔었어."

그녀의 몸이 굳는다. 그리고 내게서 한발 물러나 나를 보았다.

"뭐래?"

"다쓰요시 씨와 헤어지라고 누나에게 전해 달라고 하더군."

사쿠라코가 입을 쩍 벌렸다.

그러고는 잠시 후 두 팔을 양옆으로 벌리며 짧게 웃었다.

"하."

경멸이 섞인 웃음소리였다.

"소문이 나돌고 있다는 거, 알고 있었어?"

"아니."

사쿠라코는 새침한 표정을 지었다.

"매형이 흥신소에 의뢰했던 모양이야. 확증도 있대. 마음고
생이 심했나 봐."

"웬일이야, 갑자기 동정을 다 하고."

사쿠라코는 침대에 덜퍼덕 앉았다.

나는 선 채로 말을 이었다.

"이번 한 번으로 끝내면 아무 말 하지 않겠대. 다쓰요시 씨
와도 고객 관계를 유지하고."

"똑같은 말 낮에도 들었잖아. 하루에 두 사람에게 같은 설
교를 듣다니. 게다가 도키미쓰, 먼저 그 말을 들은 사람은 너
아니었니?"

사쿠라코는 후후, 심술궂게 웃었다.

"어떻게 할 거야? 대답을 들으면 곧바로 돌아가겠대."

"글쎄, 어떻게 할까?"

사쿠라코는 태연하게 대답하고서 담배를 꺼내 불을 붙였다.

"그 사람과는 언제부터?"

"질투하는 거야?"

사쿠라코가 요염한 눈길로 나를 흘겨본다.

"그이에게 말하지 그랬어? 나도 그렇다고. 나도 사실은 당
신 모르게 친누나와 자곤 했다고."

꺼억. 목구멍 깊은 곳에 무언가가 차올랐다.

"네가 뭘 원하는지 다 알아. 계속될 수만 있으면, 그러면 되

는 거잖아."

사쿠라코가 일어나 내 얼굴을 밑에서 올려다본다.

"너희들이 뭘 원하는지 다 안다고. 내가 뭘 어떻게 해 주길 바라는지. 다 내 탓이지. 내가 움직이지 않으면 너희들의 바람은 어림도 없어."

사쿠라코가 노래하듯 흥얼흥얼 읊조렸다.

나도 그녀를 노려본다.

"사쿠라코는 뭘 바라지?"

그녀가 놀란 표정을 짓는다.

"나?"

그녀가 다시 침대에 걸터앉았다.

담배를 피우면서 생각하는 얼굴이다.

"글쎄. 난 뭘 바란 적이 없는 것 같은데. 사람들이 뭘 원하는지, 그걸 알아내느라 벅차서."

뜻밖에도 목소리가 싸늘했다. 그것이 그녀의 본심으로 들렸다. 아니면 이 역시 그녀의 연기일까.

"내가 바라는 거,"

그녀가 싱긋 웃었다.

"생각났어. 어느 날, 갑작스럽게, 생각지도 않게 누군가의 손에 단번에 죽었으면 좋겠어. 자신이 죽었다는 것도 모를 정도로 갑작스럽게."

"영악하군, 사쿠라코."

"왜?"

"매형에게 뭐라고 대답하면 되겠어?"

"글쎄. 오늘 밤, 생각해 볼게."

"불쌍하잖아."

"누가?"

"내가."

"후후. 너는 아무 걱정 안 해도 돼. 내가 어떻게든 할 거니까. 자, 이리 와."

사쿠라코가 미소를 머금고 팔을 벌린다. 나는 생각하기를 포기하고 그 품에 뛰어든다.

비는 완전히 첫눈으로 바뀌어 연옥의 불길 같은 단풍의 바다를 하얗게 덮는다.

휘몰아치는 바람, 겨울을 몰고 온 바람이 비탈에 선 나무들을 흔들어 마지막 이파리까지 쥐어뜯는다.

나는 호텔 입구에 서 있는 꿈을 꾼다.

사쿠라코가 소파에 요염하게 앉아 있다. 그 옆에는 여행 가방이 놓여 있다.

우리는 지난해에 처음 이 호텔에서 만났다. 이 호텔에서 사랑을 나누고, 내년에 다시 이곳에서 만나자고 약속했다. 우리는 지금, 먼 곳으로 떠나려 한다.

괘종시계가 때를 알린다. 우리는 서로를 마주 보며 미소짓는다.

사쿠라코가 일어선다. 나는 그녀를 향해 고개를 끄덕인다.

우리는 밖으로 나간다. 진실의 세계, 부정한 모든 것들이 하양으로 뒤덮인 순백의 세계로.

아침, 커튼을 열어 보니 눈발 섞인 비가 여전히 세차게 뿌리고 있었다. 그 황량한 풍경에 마음까지 서늘해진다.

사쿠라코는 뭐라 대답할지 마음을 정했을까. 뭐라 대답할 생각인가.

세수를 하는데 물이 소스라칠 만큼 차갑게 느껴졌다. 바깥이 꽤나 추운 것 같다.

아침을 먹으러 내려가 메인 다이닝에 들어서자 류스케가 손을 흔들었다.

그쪽을 보니, 놀랍게도 그는 다쓰요시 아키라와 같은 테이블에 앉아 있었다.

둘이 화기애애한 표정으로 이쪽을 향해 살짝 고개를 숙인다.

복잡한 기분으로 그들 테이블로 걸어간다.

"잘 잤나, 처남?"

"네, 잘 주무셨습니까?"

"안녕하세요, 미나토 씨."

다쓰요시가 정중하게 고개를 숙인다.

예상외로 아침 식사 자리는 평온했다. 그야 류스케나 다쓰요시나, 됨됨이가 좋은 남자들이니까. 류스케는 더할 나위 없는 매형이고, 다쓰요시도 자동차에 관한 일을 맡기기에는 최고의 남자다. 그런 두 남자와 하루의 시작을 함께한다고 기분 나쁠 일은 절대 없다.

이 자리에 사쿠라코가 나타난다면 과연 어떤 표정을 지을까.

순간적으로 눈을 크게 떴다가 살짝 심술궂게 웃고는 여왕처럼 천천히 의자에 앉는 모습이 눈앞에 떠오른다. 그런 장면을 상상하니, 유쾌했다. 담소하는 우리의 모습을 이치코에게 보여 주고 싶다. 그런 기분도 들었다.

그런데 사쿠라코가 도무지 나타나지 않았다.

그녀는 깊게 자는 편이 아니기 때문에 아침에도 잘 일어난다. 아무리 피곤해도 네 시간 이상은 자지 않는다.

우리들 사이에서 무언가가 조금씩 어긋나기 시작했다. 평온했던 아침 식사 자리가 불온한 무언가에 침식되어 가고 있었다.

"어떻게 된 거지?"

"많이 늦는군."

"어젯밤에 얘기를 오래 해서 그런가."

내가 그렇게 말하자 류스케가 나를 힐끔 보았다. 내가 그의 부탁을 들어주었다는 것을 확인한 것이다.

다쓰요시는 표정에는 별 변화가 없었지만 몇 번이나 다이닝 입구를 돌아보았다.

커피를 한 잔 더 마시는데, 끝내 시간이 지나고 말았다.

괘종시계가 땡! 하고 길게 울렸다.

오전 10시 반.

"가 봐야겠군."

더는 참을 수 없었는지 류스케가 일어섰다. 나도 같은 심정이었다.

"저도 같이 가죠."

내가 일어서자 다쓰요시도 허둥지둥 뒤따랐다. 줄줄이 걸어가는 우리 셋을 다른 손님들이 호기심에 찬 눈길로 은근슬쩍 쳐다본다. 이들 중 몇 사람이나 사쿠라코의 스캔들을 알고 있을까.

류스케가 사쿠라코의 방 인터폰을 눌렀다.

반응이 없다.

안에서 소리는 울리는데, 대답이 없다.

"사쿠라코!"

류스케가 외쳤다. 여전히 아무런 반응이 없다.

손잡이를 비틀자 찰칵, 소리가 나면서 문이 열렸다. 이 호텔의 객실 문은 자동으로 잠기지 않는 구식이다. 커다란 열쇠로 열고 잠가야 하는데, 문이 잠겨 있지 않았던 것이다.

"사쿠라코."

류스케가 방으로 뛰어 들어갔다. 평소에는 점잖은 사람이 이럴 때의 움직임은 민첩하다.

나와 다쓰요시도 뒤이어 뛰어 들어갔다.

그러다, 우뚝 선 류스케와 부딪칠 뻔하고는 허둥지둥 걸음을 멈췄다.

거기에 커다란 갈색 눈이 있었다.

사쿠라코가 바닥에서 우리를 보고 있다. 무슨 바람이 불어 세 남자가 한꺼번에 내 방을 찾아왔느냐고 말하는 것처럼 보였다.

우리는 제각기, 각각의 장소에서 그녀를 만났다. 그녀는 우리의 바람을 들어주었다. 우리는 해마다 이 장소에서 다시 만날 것을 그녀와 약속한다.

있었다고 믿으면, 공언해 버리면, 사실로 인정된다. 그런 일이 세상에는 왕왕 있다.

그녀는 뒤로 벌렁 쓰러져 눈을 부릅뜨고 있었다.

방 안은 아주 고요했다. 사람이 넷이나 있는 방 같지 않았다.

"사쿠라코."

나는 맥없이 중얼거렸다.

바닥에는 피가 고여 있었다.

우리는 밖으로 나간다. 새하얀, 진실의 세계로.

이것이 진실의 세계인가?

사쿠라코의 목소리가 들린다.

어느 날, 갑작스럽게, 생각지도 않게 누군가의 손에 단번에 죽었으면 좋겠어.

사쿠라코가 생긋 웃는다.

자신이 죽었다는 것도 모를 정도로 갑작스럽게.

그녀가 마침내, 자신의 소망을 이룬 것이다.

제 2 변주

기차에 타고 있는 꿈을 꾸었다.

물론 아주 짧은 시간이다. 잠시 꾸벅꾸벅 조는 공백의 시간에 끼어든 꿈.

사람 없는 대형 목욕탕을 돌아본다. 피어오르는 수증기 너머의 거대한 창문 밖은 어둠. 휘날리는 눈송이와 산비탈에서 필사적으로 몸을 버티는 나무들이 희미하게 떠오른다.

바람이 엄청나게 불어 대고 있다. 기온이 영하로 떨어졌을지도 모르겠다. 유리창 하나를 사이에 두고 이쪽에서는 알몸을 느긋하게 온천물에 담그고 있는데.

가만히 창 너머 어둠을 응시한다.

산을 타고 휘몰아치는 바람 소리가 소름 끼치는 울림으로 이 건물 전체를 에워싸고 있다.

땅이 비명을 지르는 듯한, 짐승이 포효하는 듯한 소리. 가슴속을 휘젓는 불온한 울림.

호텔에 묵고 있는 손님들의 연령층이 높아서인지, 12시가 머지않은 이런 시간에 목욕을 하려는 사람은 없나 보다. 독차지할 수 있어 반갑기는 하지만, 이렇게 산의 소리를 들으며 목욕을 하자니 조금은 겁이 난다.

돌로 된 대욕탕에는 길쭉한 네모 모양의 노송나무 욕조가
있고, 그 욕조에 뽀글뽀글 경쾌한 소리를 내며 물이 흘러들
고 있다. 묵기에는 호텔이 쾌적하지만, 그래도 역시 여유롭
게 쉴 수 있는 온천이 있는 것은 기쁜 일이다. 근처에 있는
온천 치료장의 원천에서 물을 끌어오는 것이리라. 24시간 입
욕이 가능하다는 점도 고맙다.

등 뒤에서 사람의 기척이 난 것 같아 돌아보니, 수증기 너
머에 흐릿한 여자의 얼굴이 있어 소스라치게 놀랐다. 그것이
세면장에 붙어 있는 거울에 비친 자신의 얼굴이라는 것을 알
고는 안도하는 동시에 피식 쓴웃음이 나온다. 그런데 한번
알고 나니 거울의 존재감이 상당하다. 그만 몇 번이나 뒤를
돌아보고 말았다.

디즈니랜드의 헌티드 맨션을 떠올린다. 그곳의 거의 마지
막 부분에, 거울을 보면 자신의 모습이 유령과 함께 비치는
코너가 있었지, 아마.

욕조에 들어와 있는 다른 여자의 얼굴이 거울에 비치지는
않을까. 혹은 창문 너머에 서 있는 누군가의 모습이 거울에
보이지는 않을까.

나는 고개를 저으면서 그런 이미지를 떨어낸다.

아니, 아니. 조금 전에 본 이미지는 그런 것이 아니었다. 나
는 어떤 꿈을 꾸고 있었다.

불현듯, 파란 좌석에 앉아 있는 소녀의 모습이 떠오른다.

그렇다. 기차에 타고 있는 꿈이었다. 꽤 오래전의 나다. 그게 언제쯤이었을까.

낡은 기차다. 창밖은 눈. 춥고, 피곤하고, 불안하고. 나는 누군가와 함께였다.

누구였을까?

다시 눈을 감고 욕조 깊숙이 몸을 묻는다.

어둠 속으로 바람이 횡횡 질러간다. 무수한 나무들을 뒤흔드는 바람이 거대한 산의 소리가 되어……

산의 소리가 기적 소리가 된다.

나는 기차의 파란 박스석에 앉아 있었다. 코트를 입고 있는데도 찬 기운이 스며든다. 난방은 들어오지만, 손님이 많지 않아 문틈으로 새는 바람이 느껴지는 것이다.

그리고 건너편 비스듬히 마주 보이는 자리에 사람이 앉아 있다, 그 남자. 창백한 얼굴에 두 눈을 꼭 감고서 미동도 하지 않는다.

그렇다, 그 남자다. 그 남자와 함께였다.

그 순간, 세월을 건너뛰어 생생한 현장감이 되살아났다. 기차 안의 답답한 공기 냄새, 코트 깃의 감촉, 발치에서 올라오는 참기 어려운 한기. 움직이지 않는 남자의 옆얼굴, 수염을 깎아 파르스름한 턱.

불쑥 과거에 시청률이 높았던 미니 시리즈의 마지막 장면이 생각났다. 전철에서 서로에게 기대 잠든 남녀가 살아 있는 것인지 죽은 것인지 한창 화제를 모았다. 도피행에 지쳐 어린아이들처럼 잠든 것이라는 해석과 동반 자살을 한 것이라는 해석 중 어느 쪽도 가능하리만큼 애매하게 묘사된 장면이었다.

살아 있는 것인지, 죽은 것인지.

움직이지 않는 남자의 옆얼굴이 서서히 이쪽으로 다가온다. 설마.

혹시 그때 그 남자는 죽어 있었던 것일까?

그 순간, 한층 세찬 바람 소리가 미쳐 날뛰듯 세계를 에워쌌다. 나는 반사적으로 몸을 움츠렸다.

X의 목소리: "또다시…… 나는 또다시 걷고 있다. 이 회랑을 따라, 홀에서 홀로, 통로에서 통로로. 몇 세기 전에 지어진 이 거대하고 호화로운 바로크 양식의 침울한 호텔 안을. 끝없이 이어지는 회랑…… 조용하고 텅 빈 회랑은 나무 조각품과 벽토, 조형물, 대리석, 검은색 거울, 어두운 칠, 기둥, 묵직한 벽걸이 등 어둡고 차가운 장식품들로 가득하고…… 조각된 문틀, 늘어선 출입문들, 통로들…… 가로놓인 회랑은 역시 몇 세기 전에 만들어진 장식품들이 늘어선 거실과 방을 향해 있다. 정적이 흐르는 방

들······."

탈의실로 나와 옷을 입자 바람 소리가 멀어져 안심했다.

따스한 몸. 하루의 피로가 풀려 몸도 마음도 가벼워진 느낌이다.

밤의 호텔 복도는 약간 으스스하다. 누구를 만나도 이상할 것 없고, 끝없이 계속되어도 이상하지 않다.

계단을 올라가는데, 앞서 올라가는 한 남자가 보였다.

저 남자는 사와타리 류스케다. 그는 예정에 없이 이곳에 온 듯하다. 사쿠라코의 남편. 다른 남자에게 아내를 빼앗긴 남자. 다쓰요시의 차에서 내리던 사쿠라코의 미소가 뇌리에 되살아난다.

그는 내키지 않는 듯 느릿느릿 걷고 있었다. 내 쪽의 선입견 때문인지, 실팍하고 큰 체구가 노인처럼 지쳐 보인다.

사쿠라코의 방에 가는 것일까, 하고 생각하는 순간, 그가 인터폰을 누르고 뭐라고 얘기하는 소리가 들렸다.

"처남? 미안한데, 자고 있나?"

사쿠라코가 아니라 그녀의 동생을 찾아간 모양이다.

"아니. 괜찮으면 한잔할까 싶어서."

목소리가 낮아 겨우 알아들었다. 보니, 손에 술병을 들고 있다. 그들은 사이가 좋은 것 같다. 나는 슬며시 그의 뒤를 지나간다. 문이 열리고, 류스케를 맞아들이는 도키미쓰가 얼핏 보였다.

등 뒤로 문이 닫히는 소리를 들으면서, 도서실에서 나눴던 대화가 떠올라 조금은 불안했다.

도키미쓰가 혹시 다쓰요시 건을 그에게 말하는 것은 아닐까. 내게서 그렇게 들었다고.

그러다 이내 그 생각을 부정했다. 그는 그런 짓은 하지 않을 것이다. 머리가 좋고 냉철한 남자니까, 그랬다가는 내가 고자질한 입장에 몰린다는 걸 인식하고 있을 것이다.

그건 그렇지만 그 얘기를 도키미쓰에게 하다니, 경솔했다. 그가 너무도 담담하게 굴어서 살짝 놀라게 하고 싶었는지도 모르겠다.

코케티시.

여자답고 아름다운 사쿠라코의 모습을 떠올린다. 이 말은 도키미쓰에게도 해당된다. 많이 닮은 아름다운 남매이긴 한데, 때로 사쿠라코에게서는 방심해서는 안 될 당참이 느껴지는 데 반해 도키미쓰는 의젓하고 노블한 아름다움이 있다. 처자식도 있다는데, 세속에 찌들거나 생활에 치인 티가 전혀 나지 않는다. 이상한 일이지만 남성답기보다는 중성적인 아름다움이다. 외자 회사의 싱크탱크인 그는 요즘 경제 평론가로서도 이름을 날리고 있다. 간혹 전국지에서도 이름을 볼 수 있다.

직업상, 입은 재앙의 불씨이기에 늘 단속하고 있다. 이 업계는 판이 좁다. 돌고 돌아 어떤 뜻하지 않은 결과를 낳을지 예측할 수 없기 때문에 타인에 관한 소문에는 최대한 조심하는데, 아까는 그만 입에서 말이 튀어나오고 말았다. 하지만 그는 내가 그 얘기를 하고서 금세 후회한다는 것을 눈치 챘다. 만에 하나 제삼자에게 발설한다 한들 내가 정보원이라는 소리는 하지 않을 것이다. 그가 사쿠라코 본인에게는 말하지 않을 것이며, 내게 들었다는 것도 비밀에 부치겠노라고 약속했으니까.

그렇게 나 자신을 설득했던 것을 다시 한 번 확인하면서 방으로 들어와 소파에 앉았다.

이런 호텔에 준비되어 있는 유카타가 싫어 집에서 들고 온 실내복으로 갈아입었다. 얼핏 보기에는 잠옷 같지 않은 검정 위아래 한 벌이다. 갑자기 사람을 만나게 되어도 당황하지 않을 만한 차림.

나는 가방에서 담배를 꺼냈다. 테이블에 탁탁 두드리고는 불을 붙인다.

사람에게 보이는 일을 하는 인간들 중에는 밖으로 내보이는 얼굴이 평소와 다름없는 사람과 전혀 다른 사람이 있다. 나나 미즈호는 평소와 다름없는 부류이다. 평소에 하던 대로 하면 실수로 결점을 드러낼 일도 없다. 반대로 싹 바뀌는 타입은, 그런 식으로 분위기를 바꿔 자신을 방어하는 것이리라. 그런 사람은 어디에선가는 정신을 놓고 있어야지, 안 그러면 본인이 느끼는 이상으로 심신이 소모된다.

나는 원래 이 모임에는 올 필요가 없다. 사와타리 집안과는 직접적인 관련이 없으니까. 또 미즈호는 어른이고 상식이 있는 사람이다.

그런데도 그녀는 늘 나와 같이 오고 싶어 한다. 해마다 이 시기가 되면 그녀에게 확인하는데, 그때마다 그녀는 고개를 젓는다.

역시 안 되겠어. 무서워.

그녀는 올해도 솔직하게 대답했다.

혼자 그곳에 가고 싶지 않아. 엄마나 이모들과 혼자 마주할 용기가 없어. 그 분위기에 들어갈 자신도 없고. 돌아갈 때는 언제나 내년에는 괜찮을 거다, 혼자서 올 수 있을 거다, 그렇게 생각하지만, 그곳에 갈 날이 다가온다 싶으면 두 달 전부터 벌써 무서워져.

그 목소리에는 진정한 공포가 섞여 있었다.

부탁이야. 방을 따로 써도 되고, 날 무시하고 지내도 돼. 그냥 거기 같이 있어만 줘. 사키 씨가 가까이에 있다고 생각할 수 있으면 되니까. 나의 정신적인 지주, 신경 안정제가 되어 줘.

그러면 나는 번번이 승복하고 만다.

사실 내게는 여기에 머무는 기간이 휴가나 다름없다. 속세를 떠나 일을 잊고 느긋하게 지내면서 원작이나 시나리오를 읽고, 소원했던 사람들에게 편지를 쓴다. 미즈호는 약속한 대로 내게 별다른 요구를 하지 않으며, 호텔 자체도 쾌적한 곳이어서 편하다.

다쓰요시와 사쿠라코의 관계는 미즈호도 알고 있지만 이치코를 비롯한 세 자매의 귀에 소문이 들어가지 않도록 그녀 나름으로 애쓰고 있는 듯하다. 그녀는 사촌간인 류스케와 사이가 좋은 데다, 그가 사쿠라코에게 홀딱 빠져 있다는 것을 잘 알고 있기에 상처 입은 그를 보고 싶지 않은 것이다.

참 묘한 사람이라니까, 사쿠라코는.

미즈호의 말이 떠오른다.

무슨 생각을 하는지 도무지 모르겠어. 매력적인 것은 분명하지만, 그저 따분해서 연애 게임을 하는 것 같지는 않고, 자존심을 채우기 위해 바람을 피우는 것 같지도 않아. 좋지 않은 일인 줄 뻔히 알면서도 담담하게 한다니까. 마치 자신이 정도에서 어디까지 벗어날 수 있는지 시험이라도 하는 사람처럼.

코케티시.

다시 그 말을 떠올린다. 솔직히 사쿠라코가 누구와 바람을 피우든, 사와타리 류스케가 얼마나 괴로워하든, 내 알 바 아니다. 나는 그 남매에게만 관심이 있다. 그 둘에게는 미스터리한 구석이 있고, 바로 그 점이 그들의 매력이다. 사쿠라코의 경우는 팜므파탈적인 죄악의 냄새마저 풍기는데, 그 점도 큰 매력이다. 나는 아름다운 여자를 좋아한다. 당차면서도, 자신이 여자라는 것을 누구보다 잘 알고 있는 아름다운 여자를. 그래서 나는 이 일을 좋아한다.

연예인 매니저도 한번쯤 해 보고 싶은 일입니다.

도키미쓰의 목소리가 되살아난다. 빈말은 아닌 듯했다. 아닌 게 아니라 이 일에는 특유의 재미가 있다. 자신이 시도한 일이 성공을 거두어 배우들이 평가받는 것을 보면 쾌감을 느낀다. 자신이 전면에 드러나지 않기 때문에 오히려 재미있다.

편지를 쓰다가 내키지 않아 도중에 그만두었다. 편지를 쓰는 것도 에너지가 필요하다. 복잡한 인간관계를 염두에 두고 말을 신중하게 선택하지 않으면 실수할 수도 있다. 정신 차리고 쓰지 않으면 괜한 것을 써서 후회를 낳는다.

내선 전화가 울려 반사적으로 긴장했다.

이런 시간에, 누구지?

X의 목소리: "……걷는 사람의 발소리가 두툼하고 묵직한 카

펫에 빨려 들어가 아무 소리도 나지 않는 곳. 마치 또다시 걷고 있는 남자의 귀만이 이 회랑을 따라, 홀에서 홀로, 통로에서 통로로, 몇 세기 전에 지어진 이 거대하고 호화로운 바로크 양식의 침울한 호텔 안을 돌아다니는 듯하다. 끝없이 이어지는 회랑…… 조용하고 텅 빈 회랑은 나무 조각품과 벽토, 조형물, 대리석, 검은색 거울, 어두운 칠, 기둥, 묵직한 벽걸이 등 어둡고 차가운 장식품들로 가득하고…… 조각된 문틀, 늘어선 출입문들, 통로들…… 가로놓인 회랑은 역시 몇 세기 전에 만들어진 장식품들이 늘어선 거실과 방을 향해 있다. 정적이 흐르는 방들…… 걷는 사람의 발소리가 두툼하고 묵직한 카펫에 빨려 들어가 아무 소리도 들려오지 않는 곳. 마치 귀 자체가 바닥과 카펫, 이 무겁고 텅 빈 무대에서 멀리 떨어져 있는 듯한. 나뭇가지와 꽃잎으로 장식되어 마치 바닥이 모래나 자갈로 되어 있기라도 한 듯한 천장 아래의 복잡한 벽 치장에서 멀리 떨어져 있는 듯한……."

"사키 씨? 미안해, 아직 안 잤어?"
수화기 저편에서 들려오는 목소리가 어딘가 모르게 불안하다. 뜻밖이었다. 이런 시간에 전화를 하다니, 흔치 않은 일이다.
"네, 안 잤어요. 내가 올빼미형이라는 거, 아시잖아요."
"가도 괜찮을까?"
"그럼요."

"정말 미안해. 방해하지 않겠다고 했는데."

"괜찮아요."

2, 3분쯤 지나 벨이 울리고 미즈호가 나타났다. 아까 복도에서 본 사와타리 류스케의 모습을 떠올린다. 그는 지금쯤 처남과 술잔을 기울이고 있으리라.

"미안해, 이런 시간에. 잠이 안 와서."

가운을 걸친 미즈호가 가운 자락을 비벼 대며 소파에 걸터앉았다. 왠지 안색이 안 좋아 보인다.

"뭐 마실래요?"

"맥주, 나눠 마시면 좋겠는데."

"좋죠."

냉장고에서 캔 맥주를 꺼내 컵에 따른다.

미즈호는 말없이 컵을 받아 들고 절반가량을 단숨에 들이켰다.

"해마다 미안해, 이런 데까지 따라오게 해서."

미즈호는 지친 얼굴에 미소를 머금었다. 나는 어깨를 으쓱했다.

"괜찮아요, 난. 보통 때 못하던 자잘한 일을 한꺼번에 처리할 수 있으니까 나름대로 잘 활용하고 있어요."

미즈호는 책상에 놓인 편지지를 보았다.

"편지 쓰고 있었나 보네."

"쓰다가 내키지 않아 그만두었어요."

"편지는 쓰다 보면 꼭 막히더라. 반드시 보내야 하는 사람에게는 써서 보내지만, 단지 보내는 게 좋겠다 싶은 사람의 편지는 끝까지 쓰기가 힘든 것 같아."

"그래요. 어중간한 위치에 있는 사람에게도 다 보내는 게 좋다는 건 아는데, 그렇게 되면 상당히 양이 많아지니까 귀찮죠."

"사키 씨 글 솜씨가 좋아서 내가 늘 덕을 봐."

"무슨 말씀을요."

미즈호는 뭔가를 꺼리는 듯했다. 솔직한 성격인데, 좀처럼 본론을 꺼내려 하지 않는다. 미즈호는 나보다 아홉 살이 많지만, 우리 관계는 원만하다. 일에 대한 가치관과 자세가 비슷하기 때문일 것이다.

"왜요, 마음에 걸리는 일이라도 있으세요?"

나는 넌지시 말을 채근했다. 미즈호가 망설이는 게 느껴진다.

"도무지 분위기가 험악해서 못 견디겠어."

미즈호는 될 대로 되라는 표정으로 중얼거렸다.

"누가요?"

내가 묻자 미즈호는 난처한 표정을 짓는다.

"구체적으로 누구라고 지칭할 수는 없지만, 엄마와 두 이모를 둘러싼 모든 것이 그래. 분위기가 최악이야."

"그런가요. 저는 잘 모르겠던데. 하기야 저는 외부 사람이라서 잘 못 느끼는지도 모르죠."

나는 어떤 자리에서든 그 자리의 분위기를 잘 감지하는 편이다. 하지만 이곳에는 사람도 많은 데다 매니저라는 입장도 있는 터라 눈에 띄지 않게 처신했기 때문에 잘 모르는지도 모른다.

미즈호는 인간관계에 민감한 사람이다. 본인은 무척 너그러운 성격이지만, 타인의 긴장 관계에 지나치게 반응하는 나머지 과민해지는 일이 종종 있다. 미즈호 자신도 그렇다는 것을 알기 때문에 남의 일에는 되도록 신경 쓰지 않으려고 조심하지만, 상대가 친척일 때는 쉽지 않은가 보다.

"이 모임이 우리 엄마와 이모들의 공포 정치 무대라는 건 알고 있지? 좋아서 여기 오는 사람은 아마 거의 없을 거야."

"그럴까요. 대체로들 즐기는 것 같던데. 게다가 해마다 성황이잖아요. 사람들은 자기가 싫으면 무슨 구실을 붙여서라도 거절해요."

"사람들이 아직은 사와타리 그룹의 권위를 무시하지 못하는 거겠지."

미즈호는 담담한 목소리로 중얼거렸다. 맥주가 담긴 컵을 두 손으로 감싸 쥔 모습이 넋이라도 빠진 것처럼 보인다.

"엄마와 이모들은 그걸 확인하기 위해서 손님들을 부르는 거니까. 아직도 자기들에게 권력이 있는지 확인하고 싶어서 말이야."

"세 분 다 그런가요? 애당초 이 모임은 언제부터 시작된 거죠?"

"전에도 얼핏 얘기했을 텐데, 등산이 취미였던 외할아버지가 학생 시절에 친구를 따라왔다가 이 고장을 아주 마음에 들어 했대. 여기다 호텔을 짓고, 그 호텔을 시작으로 관광 사업에 진출하려는 꿈을 꾸셨나 봐. 그래서 이곳에 호텔이 들어섰을 때, 할아버지가 엄청 기뻐하면서 광고도 할 겸 창립 파티를 하신 거였어. 그렇게 시작된 거야. 그런데 언제부터인가 화려한 모임으로 변질되었어. 거품 경제 시절에는 정말 화려해졌지. 이 시기에 이 호텔에 오는 것이 사회적 지위를 말해 주던 때도 있었어. 지금은 척하는 사람들도 사라지고 보다시피 퇴락한 모임이 되고 말았지만."

미즈호는 비아냥거림을 담아 슬며시 웃고는 남은 맥주를 마셨다. 나는 그녀의 컵에 맥주를 더 따랐다. 미즈호는 술이 무척 세기 때문에 이 정도로는 끄떡없다.

"하지만 그건, 표면적인 이유일 뿐이야."

미즈호가 목소리를 낮췄다.

"표면적인 이유?"

나도 모르게 되물었다. 그녀는 심각한 눈빛으로 고개를 끄덕였다.

"할아버지에게는 이곳이 꿈의 장소였는지 모르지만, 사와타리 집안 전체로 보면 불행한 기억으로 점철된 곳이거든."

"불행?"

"대외적으로는 알려져 있지 않지만, 큰삼촌도 여기서 돌아가셨고, 작은삼촌이 사고를 당한 곳도 여기서 가까운 산속이었어."

"큰삼촌은 왜 돌아가셨는데요?"

그렇게 묻고 보니 나 역시 어느새 목소리를 낮추고 있었다. 미즈호가 웃었다.

"무슨 사건이 있었던 것은 아니고, 병으로 돌아가셨어. 젊었을 때 가벼운 결핵을 앓았는데, 그 탓인지 호흡기가 약했대. 그래서 오래전부터 이곳에 요양하러 오곤 했던 모양인데, 만년에는 만성적인 호흡기 질환으로 고생이 몹시 심했지. 돌아가시기 얼마 전부터 자꾸 여기엘 오고 싶다고 해서 가족이 모시고 왔는데, 일주일도 채 지나지 않아서 돌아가셨다나 봐."

"작은삼촌이란 류스케 씨의 아버지를 말하는 거죠?"

"음. 류스케의 아버지가 유일하게 할아버지의 취미를 이어받았는데, 사람 사는 게 참 아이러니하지. 여름 방학에 가족을 데리고 산속 오솔길을 걷다가 어떻게 된 일인지 늪에 빠지고 말았어. 험한 산도 몇 번이나 올랐던 사람인데, 아이들도 멀쩡히 걸어다니는 오솔길에서 말이야. 머리를 다쳐 피가 엄청 나왔지만 회복이 빨라서 본인도 크게 걱정하지 않았어. 정밀 검사를 해 봐도 이상이 없었고. 그런데 역시 머리라는 건 알 수 없는 거더라니까. 석 달쯤 지났을 때였나. 머리가 아프고 속이 울렁거린다고 하면서 갑자기 쓰러지더니 그대로 돌아가셨어."

"끔찍하네요."

"그리고 이치코 이모도 해마다 이곳에 오는 또 다른 큰 이유가 있어."

"이치코 이모님이요?"

미즈호의 표정에 다시금 불안이 어렸다.

"이치코 이모, 이곳에서 아이를 잃었어."

"네? 자식이 있었어요?"

내가 듣기로 이치코의 남편은 데릴사위로 들어와서 이치코와 둘이 사와타리 그룹을 경영했다고 한다. 구 재벌가의 아들이었다니까 일종의 정략결혼에 가까웠을 것이다. 그래도 사업상의 파트너로서는 나무랄 데가 없어, 둘이 사업을 몇 가지나 추진했다고 한다. 하지만 둘 사이에는 자식이 없었고, 남편인 사와타리 류조는 몇 년 전 세상을 뜨고 말았다.

"이건 정말 비밀이야. 아니, 사실 나도 정확한 건 잘 몰라.

가족들도 마찬가지지. 아무도 진실을 몰라."

미즈호가 더욱 목소리를 낮췄다. 덩달아 나도 몸을 가까이 내밀었다.

"쌍둥이였나 봐. 이치코 이모가 혼자 여기 와서 쌍둥이를 유산했대."

"혼자서요? 왜요, 병원에는 안 가고요?"

"응. 이모부의 아이가 아니었거든."

"네에?"

"이모가 그 쌍둥이를 낳으려고 했는지 어쩐지는 수수께끼야. 굳이 여기까지 혼자서 온 것도 어느 쪽으로든 해석할 수 있으니까."

"남편 분은 그걸 알았을까요? 아니, 모를 리가 없었을 텐데요."

"글쎄, 아무도 모른다니까. 이치코 이모가 정말 유산을 했는지 어쨌는지도 모르고, 낳았다면 누구의 아이인지, 그것도 몰라. 여기서 유산했다는 얘기가 먼저 떠돌았기 때문에 그렇다면 이모부 자식이 아니었을 거라는 식으로 얘기가 꾸며진 건지도 모르지. 어쨌거나 이 호텔 근처에 유산한 아이의 무덤이 있다고들 해."

"아이의 무덤이……."

불현듯 디너 자리에서 그녀들 사이에 오갔던 대화가 떠올랐다. 숲 속에 있는 시체. 하늘을 나는 무수한 나비들.

만약 지금 미즈호가 한 얘기가 사실이고 니카코와 미즈코가 그 사실을 알고 있는 것이라면 상당히 그로테스크한 대화가 아닌가.

"그럼 이치코 씨가 죽은 아이를 추모하기 위해 이곳에 온다는 말인가요?"

"이모가 이곳에서 늘 검은 기모노를 입는 것은 그 때문이라고 하는 사람도 있어."

"하지만 사실인지 아닌지는 아무도 모른다면서요. 니카코 씨와 미즈코 씨도 정말 모르는 건가요?"

"글쎄. 물어본 적은 없지만, 물어봐도 가르쳐 주지 않을걸."

"늘 궁금했는데, 그 세 분은 사이가 좋은 건가요, 나쁜 건가요?"

너무 노골적인 질문이 아닌가 싶었지만, 그렇게 묻지 않을 수 없었다. 미즈호가 피식 웃는다.

"그건 나도 궁금하네. 하지만 좀 이상한 자매라는 건 분명해. 사이가 좋으니 나쁘니 하는 단계를 넘어선 것 같기도 하고. 하지만 여자 형제들이란 원래 그런 건지도 모르지."

미즈호는 얘기를 하면서 조금씩 진정되는 듯했다. 평소의 느긋한 자신감도 돌아오고, 얼굴색도 좋아졌다.

"분위기가 험악하다는 건, 누군가가 누군가를 미워한다는 뜻인가요?"

나는 다시 얘기를 이어 갔다. 미즈호가 고개를 갸우뚱했다.

"그게…… 뭐라고 설명을 잘 못하겠어. 지독한 악의를 느껴. 미워한다기보다, 악의라고 표현하는 게 맞을 거야. 특정한 인간이 아니라 이 장소 전체를 악의가 뒤덮고 있는 느낌이야."

"모두의 잠재의식 같은?"

"음, 그럴지도 모르지."

미즈호는 답답하다는 표정이다. 타인의 감정에 누구보다 민감한 그녀로서는 그것을 언어로 표현할 수 없는 것이 안타까울 것이다.

"나, 내년부터는 안 올 거야."

미즈호는 결심한 듯 말했다.

"왜요?"

그녀는 그렇게 묻는 나를 애원하는 눈빛으로 보았다.

"머지않아 좋지 않은 일이 벌어질 거야. 틀림없어. 사키 씨, 내가 지금 한 말 꼭 기억해 줘. 부탁할게. 그리고 내년에 내가 또 망설이면, 작년에 다시는 안 간다고 하지 않았느냐고, 꼭 그렇게 말해 줘. 약속해, 응?"

X의 목소리: "……혹은 돌길을 따라, 마치 당신을 만나기 위해

서였다는 듯, 나는 찾아왔습니다. 나무 조각품과 벽토와 조형물, 그림, 액자에 담긴 판화들로 뒤덮인 이 벽들 사이로 당신을 찾아왔어요. 여기서 벌써부터 나는 당신을 기다리고 있었습니다. 다시는 오지 않을, 다시는 우리를 갈라놓겠다고 위협하지도 않을 그 남자를 아직도 기다리고 있는 당신 앞에 나타나기 전 아주 먼 곳에서부터. (사이) 자, 이제 가시겠습니까?"

날이 밝을 즈음에 또 기차 꿈을 꾸었다.

눈 내리는 밤, 기차가 달려간다. 기차 안에 나와 그 남자 말고는 손님이 한 명도 없다. 기적 소리만 쓸쓸하게 울리고, 나는 파란 박스석에 앉아 추위에 부들부들 떨고 있다.

눈앞에 있는 남자는 죽었다. 나는 그걸 알고 있다. 나는 시체와 함께 여행하고 있는 것이다.

침묵을 견디다 못해 퍼뜩 고개를 들었다. 남자는 죽은 지 며칠이나 지난 듯 건어물처럼 말라비틀어져 있고, 누런 이와 검붉은 잇몸이 드러나 있다. 그리고 자세히 보니 남자 주위에 조그만 주홍색 나비가 살랑살랑 날고 있다. 나비들은 노즐 같은 가느다란 관을 쭉 내밀고 그의 체액을 빨아 먹고 있는 것이다. 나는 그가 체액을 잃어 가는 동안 이렇게 줄곧 건너 자리에 앉아 있었던 모양이다. 무심결에 내 손을 보니, 그 역시 말라비틀어져 있다. 그렇구나, 나도 죽었구나. 어느 사이엔가 기차 안은 떼지어 나는 나비들로 가득해졌다.

 하룻밤 사이에 창밖 경치가 싹 바뀌었다.

 어제는 유리창을 두드리는 비에 눈발이 섞여 있기는 했지만 그래도 만추의 단풍을 볼 수 있었는데, 오늘 아침에는 모든 것이 눈으로 뒤덮인 회색 세계다.

 유리창으로 전해지는 한기에 순간적으로 몸을 푸르르 떨고는 옷을 갈아입고 식당에 내려갈 준비를 했다.

 빛이 없는 탓인지 공기가 부옇고 무겁게 느껴진다. 이 음울한 하늘 아래, 우리는 바깥세상으로부터 차단된 죄수 같다.

 메인 다이닝에 들어서니, 아침 식사를 하느라 시끌시끌한 가운데에도 이미 익숙해진 권태감이 떠다니고 있었다. 늘 시간에 쫓겨 허둥지둥 이동을 되풀이하는 일상을 생각하면, 이 느릿느릿 흘러가는 시간이 결코 싫지 않다. 일상을 떠난 세계에 몸담고 있다는 것을 실감하면서 기분이 여유로워진다.

 미즈호가 안쪽 테이블에서 손을 흔들었다.

 "잘 잤어요?"

 "어젯밤에는 고마웠어."

 내게 얘기를 털어놓아 후련해졌는지 미즈호의 얼굴은 평온했다. 이럴 때 나란 존재에 만족감을 느낀다.

 차분한 아침 식사. 억지로 대화를 나누어야 할 필요가 없는, 마음 푸근한 침묵.

불쑥 미즈호가 얼굴을 들었다. 그 시선을 따라 고개를 돌리자 사와타리 류스케와 다쓰요시 아키라가 담소하며 다이닝으로 들어오는 모습이 보였다.

저런, 하필이면 저 두 사람이.

물론 그들은 고객과 딜러로 친분이 있는 사이이니, 같이 있다고 비난할 수는 없다.

그런데 나와 미즈호 말고도 두 사람을 주시하는 시선이 느껴진 것은 순전히 내 기분 탓일까. 아무래도 다쓰요시와 사쿠라코의 관계가 생각보다 널리 알려진 모양이라고 짐작하는 편이 타당할 듯하다.

미즈호는 아무 말 없이 눈길을 돌리더니 베이컨 에그에 집중했다. 나도 고개를 제자리로 돌렸다.

주위의 호기심 어린 시선을 아는지 모르는지, 두 사람은 즐겁게 웃고 있다. 그러다 얼핏 들려온 류스케의 밝은 목소리에서 작위를 느꼈다.

정말 그는 아내의 부정을 모르는 것일까.

나는 류스케의 옆얼굴을 슬쩍 훔쳐보았다.

아내라면 죽고 못 사는 남자가 아내의 변화를 눈치 채지 못할 수 있을까. 그는 곱게 자란 데다 타고난 성품도 너그러워 점잖게 보이지만, 바보는 아니다. 실제로 장사 수완이 뛰어

나서 새로 시작한 요식 사업이 모두 성공을 거두었고, 노인을 다루는 솜씨도 좋아 출자자들이 순조롭게 늘어 간다고 한다. 그런 남자가 가족의 변화에 그렇게 둔감할 수 있을까. 하기야 세상에는 집으로 돌아가는 순간 사고력과 주의력을 내던지는 남자도 많다지만.

도키미쓰가 어슬렁거리며 들어오는 것이 보였다. 그 역시 류스케와 다쓰요시가 같은 테이블에 있는 것을 알고는 뜻밖이라는 표정을 짓는다. 그러나 이내 싹싹한 미소를 띠고 그들 테이블에 합세했다.

자못 흥미로운 광경이었다. 저 세 남자는 무슨 생각을 하면서 아침을 먹을까. 그 자리에 없는 한 여자를 둘러싼 세 남자. 잘하면 단막극 정도는 될 법한 장면. 나는 그들의 테이블에 스포트라이트가 비치는 듯한 기분을 느꼈다.

그리고 거기에, 그 자리에 없던 여자가 나타났다.

사쿠라코다. 그야말로 등장, 이라는 표현이 딱 어울린다.

회색과 짙은 갈색, 그리고 검정 줄무늬 블라우스에 검은 코듀로이 타이트스커트 차림이 그녀의 세련된 아름다움을 부각하고 있었다.

그녀는 세 남자가 앉아 있는 테이블을 보고 잠시 걸음을 멈췄다.

표정은 변함없다. 그런데 다음 순간 그녀는 입가를 살짝 올리면서 씩 웃었다.

쓸쓸함과 조롱과 연민. 그런 갖가지가 뒤섞인 미소.

그녀는 가슴을 좍 펴더니 그 테이블을 향해 당당하게 걸어
갔다. 그리고 세 남자는 웃음 띤 얼굴로 그들의 아침 식사 자
리에 그녀를 맞았다.

그때, 나는 확신했다.

그녀는 알고 있다. 자신에 관련된 모든 것을, 자신들의 관
계가 사람들에게 알려져 있다는 것을 그녀는 정확하게 알고
있다.

X의 목소리: "몇 초라도 더, 당신 자신이 아직도 그와, 또는 당
신 자신과, 헤어지기를 망설인다는 듯, 이미 색을 잃고 희미해진
그의 실루엣이 다시 이 궁전에 나타날지도 모른다는 듯, 그 충실
한 부부간의 신뢰를 갑자기 잃을지도 모른다는 공포에 휩싸인 채
그것을 상상해 온 바로 이 장소에……."

오전에 니카코의 차 모임에 초대받았다.

날마다 세 여자의 방에서 열리는 차 모임의 스케줄이 어떻
게 조정되는지, 아직도 잘 모르겠다. 내가 아는 것은, 이 호텔
에 머무는 동안 손님들이 세 자매 중 누군가의 차 모임에 한
번은 초대되어 달갑지 않은 얘기를 듣는다는 것뿐이다. 하기

야 나는 일단 니카코의 손님으로 되어 있기 때문에 나를 부르는 사람도 늘 니카코지만. 사람에 따라서는 세 자매 모두의 차 모임에 초대받는 경우도 있는 듯하다. 그것을 명예로운 일로 여기는 사람도 있고 반대로 귀찮게 여기는 사람도 있었다. 차 모임의 면접 내용에 따라서는 다음 해 초대 손님의 목록에서 제외되어 버리기도 하기 때문이다.

바로 그 점이 이 이벤트를 뒷받침하고 있다고 생각한다. 차 모임은 일종의 오디션 같은 것이다. 면접을 보아 선발이 되느냐 마느냐는 언제나 손님의 자존심을 자극한다. 자신이 선택된 인간이라고 느끼는 것은 무엇보다 기분 좋은 일이다. 오디션을 보러 갈 때는 늘 기대감으로 가슴이 벅차지, 만에 하나 자신이 떨어질지도 모른다는 생각은 하지 않는다. 모두가 불평불만을 늘어놓으면서도 해마다 때가 되면 이곳을 찾는 까닭은 자신의 운을 시험해 보며 즐기기 위해서다. 마치 설날 신사에서 한 해의 운세를 점쳐 보는 것처럼.

그녀는 1층 끝에 있는 복층 형태의 방을 사용하고 있다.

"어서 와요, 사키 씨. 오랜만이네."

니카코가 그렇게 맞아 줄 때면 미즈호와 인상이 겹쳐지면서 묘한 기분이 들곤 한다. 미즈호도 앞으로 십몇 년이 지나면 이렇게 변할까. 미즈호도 몸집이 작지 않은데 어머니에 비하면 왜소하게 느껴지니, 니카코에게서 풍기는 박력은 대단한 것이다.

"보나마나 아침에 커피 마시고 왔을 테지?"

"한 잔밖에 안 마셨으니까 저도 커피 마실게요. 커피, 좋아하거든요."

커피 애호가인 니카코는 이곳에 올 때에도 자기가 애용하는 커피메이커와 원두를 챙겨 온다.

나는 차란 차는 다 좋아하고 커피도 좋아하지만, 집에서는 인스턴트커피만 마신다. 그 편리하고 싼 맛을 좋아하는 것이다.

"일은 어때? 미즈호는 잘 지내나 모르겠네."

"네, 잘 지내고 있어요. 지금은 연말 공연 준비를 하고 있고요."

"그래, 다행이네. 사키 씨도 건강해 보여서 다행이야. 그 아이가 혹 사키 씨에게 부담을 주는 건 아닌지 모르겠네. 그 아이, 표현은 잘 안 하지만 의외로 예민한 편이라서."

니카코는 속내를 살피는 듯한 눈길로 나를 보았다. 사실 미즈호는 전 매니저와 성격이 잘 맞지 않았는데, 사장에게 그렇다는 말을 못해 정신적으로 힘들었던 때가 있었다. 전 매니저는 신경질적인 타입이었다. 자잘한 일에까지 신경을 쓰고, 자신의 걱정거리를 늘 입 밖으로 주절대는 여자였다. 그렇다고 나쁜 사람은 아니었고 일도 꼼꼼하게 빈틈없이 처리했다. 하지만 미즈호는 그런 푸념을 쉬 웃어넘기지 못하는 성격이라 그녀의 투정과 넋두리에 짜증이 나면서도 내색하거나 누구에게 털어놓지 못했다. 미즈호는 자신만 참으면 된다고 생각했지만, 긴 시간을 함께하는 상대이다 보니 끝내는 몸이 거부 반응을 일으켰다. 늘 턱이 아프다고 호소하게 된 것이다. 여러 가지 검사를 받아 보았지만 이상은 없었다. 결국 사장은 매니저가 원인이 아닐까 의심했고, 내가 그녀를 담당하게 되자 가까스로 회복되었다.

니카코는 뭐라 관여는 하지 않았어도 그 일의 전후 사정을 짐작하고 있었던 듯하다. 그래서 내가 미즈호를 맡게 되었을 때 나와 미즈호가 성격이 잘 맞는지 우회적으로 확인하는 눈치를 보였던 것이다. 내가 해마다 이곳에 오는 것은 니카코를 안심시키기 위해서이기도 하다.

"미즈호 씨가 분별력이 있는 분이라서 저야 편하게 지내고 있죠."

나는 진심으로 그렇게 대답했다. 그 마음이 니카코에게 전해졌는지, 그녀는 희미하게나마 안도하는 표정을 보였다.

일단 안심하고 나자 그녀는 자신의 신변에서 벌어지는 이런저런 얘기를 늘어놓기 시작했다. 그런 장황한 얘기에 넌더리를 내는 사람이 많다고 들었고, 미즈호도 그중 하나인 듯하지만 나는 그게 그리 싫지 않다. 1년에 한 번인 데다, 얘기를 듣다 보면 미즈호가 배우로서의 재능을 어머니에게 물려

받았다는 것을 실감할 수 있기 때문이다.

니카코는 미용사로 일했지만, 제 손으로 손님의 머리를 만진 기간은 매우 짧았고, 그 후에는 경영에 전념했다고 한다. 미용실과 기모노 교실을 운영하다가, 지금은 맏아들에게 모든 경영을 맡기고 유유자적한 말년을 보내고 있다. 가끔 가게에 얼굴을 내밀곤 하는데, 그때 보고 들은 얘기를 끝없이 들려준다.

오늘도 그녀는 선명하고 밝은 그린색 투피스를 입고 있다. 이 모녀에게는 화사한 색이 정말 잘 어울린다. 손님 접대하는 일을 오래 한 사람은 이런 샤넬 타입의 투피스를 멋지게 차려입는다. 윗몸은 풍만한데 종아리는 가늘고 구두 사이즈도 작다. 종일 힐을 신고 서 있기 때문에 장딴지에 근육이 붙는 것이다.

니카코는 쾌활하게 얘기를 계속하고 있는데, 나는 어딘가 모르게 위화감을 느꼈다.

왠지 좀 이상하다. 오늘은 예전의 니카코와 조금 다르다. 이런 느낌, 전에도 경험한 적이 있다.

문득, 미즈호의 어젯밤 모습이 떠올랐다.

무언가에 정신이 팔려 있었다. 왠지 몸만 여기에 있는 느낌.

니카코가 놀란 표정을 지었다.

"무슨 일이, 있나요?"

나도 모르게 그렇게 묻고 만 것이다.

"아니, 왜? 내 얼굴이 이상해?"

나는 갈팡질팡했다. 이럼 안 되는데. 세 자매가 얘기할 때는 끼어들지 않는 것이 이곳의 규칙이라는 것을 깜박 잊고 말았다.

"죄송해요. 그런 게 아니라, 그냥, 왠지, 근심거리라도 있나 해서요."

그 순간, 허를 찔린 듯 니카코의 표정이 변했다.

말 그대로, 얼굴에 시커먼 구멍이 뻥 뚫린 느낌이었다. 그리고 그 자리에 있는 것은 깊은 허무였다.

등골이 서늘해졌다. 그녀들이 늘 하는 게임은 허상을 구축하는 것임이 새삼스레 떠올랐다. 그저 부자들의 심심풀이라고 여기며 별 신경 쓰지 않았는데, 실은 깊은 의미가 있는 것 아닐까. 그녀들의 허상이 감추려 하는 것은 무엇일까.

"음, 글쎄. 그런가."

니카코는 자신의 잔에 커피를 따랐다.

"왜 그런지 올해는 이상한 일이 많네."

"이상한 일이요?"

"응. 여기 막 도착했을 때 이치코 언니 앞으로 이상한 편지가 왔다네. 보내는 사람을 알 수 없는. 우리 집안 사람들을 중상하는 갖가지 말들이 쓰여 있었던 모양이야. 우리에게는

보여 주지 않았지만, 우리 속사정을 잘 아는 사람이 쓴 것만
은 확실해."

악의.

미즈호의 말이 떠오른다. 이 장소 전체를 악의가 뒤덮고 있
는 느낌이야……

"게다가 오늘 아침에는 내 방 앞에 저런 게 놓여 있었어. 어
쩐지 불길해서……."

니카코는 책상 위로 힐끔 눈길을 돌렸다.

나 역시 이 방에 들어설 때부터 그것이 마음에 걸렸다. 왜
그런 것이 놓여 있는지 미심쩍게 여겼었다.

한 짝뿐인, 조그맣고 빨간 장갑.

그것은 아동용 장갑이었다.

남자 배우: "……영원히…… 대리석처럼 응고된 과거 속으로,
마치 이 조각상들처럼, 돌로 깎아 만든 정원처럼. 이 호텔도 마찬
가지요. 모두가 떠나간 텅 빈 방들. 이미 죽은 지 오래된 것이 분
명함에도 여전히 말없이 꼼짝 않고 지켜 서 있는 하인들. 그들은
회랑 모퉁이에, 통로에, 내가 당신을 만나기 위해 지나왔던 텅 빈
방마다, 내가 당신을 만나기 위해 통과해 온 활짝 열려 있는 문의
문턱에서 여전히 지켜보고 있었어요. 나는 마치 움직이지 않는,
얼어붙은, 바라보는, 무관심한 얼굴들로 이루어진 두 개의 울타리

사이를 지나가는 것만 같았지. 이미 나는 당신을 영원히 기다리고 있었는데. 그리고 당신이 여전히 주저하며 이 정원의 입구를 바라보고 있는 지금도 나는 변함없이 당신을 기다리고 있어요……."

눈발 섞인 바람이 계속 휘몰아치고 있다.

점심때가 가까운데 하늘은 전혀 밝아지지 않고, 기온도 올라갈 것 같지 않다.

로비를 지나가자니 따분한 손님들이 여기저기에 장식물처럼 앉아 있었다. 시간이 걸음을 멈추고 고여 있다.

마치 그 영화 같다. 어젯밤 도키미쓰가 도서실에서 보던 영화.

땡, 괘종시계가 갑자기 울려 몸이 움찔 반응한다.

이 시계는 정말 뜬금없이 울린다. 일부러 사람이 방심하고 있는 틈을 타서 울리는 게 아닐까 싶은 착각이 드는 것은 왜일까. 마치 시계에 인격이 있어서 우리에게 심술을 부리는 것처럼.

"다도코로 씨, 혹시 책 갖고 있는 거 있습니까?"

불쑥 묻는 소리에 뒤돌아보았다.

아마치라는 대학교수다. 어딘가 모르게 세상과 동떨어진, 외국인 같은 풍모의 남자.

몇 번 얘기를 나눈 적은 있지만, 내 이름을 기억하고 있다니 뜻밖이었다. 교수라는 인종은 이름 외우기가 특기인지도 모르겠다.

"책이 술술 잘 읽히는 바람에, 가져온 책을 예정보다 빨리 읽고 말았어요."

아마치가 어깨를 으쓱해 보인다. 그런 몸짓 또한 외국인 같다.

"전 소설밖에 없는데요. 드라마나 영화의 원작요. 그래도 괜찮으세요? 도서실에 있는 책은?"

"아, 거기 있는 책도 눈에 띄는 건 몇 년에 걸쳐 다 읽은 터라. 이런 곳에 있는 책은 대개 장식물이라서 읽을 만한 게 별로 없지요."

"그럼 다 읽은 책 빌려 드릴게요. 연애 소설이지만요."

"호오, 그거 잘됐군요. 꼭 읽어야겠습니다. 이래 봬도 나, 소설 좋아합니다."

"지금 가져올게요."

슬슬 잠도 오는데, 아마치를 상대하다 보면 잠기운이 달아날까 싶어 나는 방으로 돌아가 책을 가져왔다. 영화화하고 싶다는 젊은 감독의 기분이 충분히 이해되는 소설이다. 하지만 책으로 읽으면 멋져도 영화화되면 진부하고 시시껄렁해질 것 같은 예감이 든다.

"여기 있어요."

"흐음."

아마치에게 책을 건네고는 마주 보는 소파에 앉았다. 그는 무슨 신기한 것이라도 보듯 책을 이리저리 뒤집어 보고 끝

부분의 내용을 살폈다. 그 모습이 왠지 흥미로웠다.

"아마치 교수님, 전공이?"

"나 말입니까? 상법입니다. 아직 젊군요, 작가가. 이런, 줄바꿈이 꽤 많군."

나는 웃고 싶은 것을 간신히 참았다.

"이곳에는 어느 분의 초대로 오셨나요?"

"아, 나는 초대받아 온 게 아닙니다."

"네?"

"아, 그러니까, 나는 전 회장과의 관계로."

"아, 네."

무슨 소리인지 알 수 없는 대답이었다.

내가 어리둥절해하자 아마치는 정색하며 집게손가락을 흔들었다.

"비밀, 비밀. 시크릿입니다. 모든 걸 다 알면 재미가 없죠. 이 공중누각에는 비밀이 어울리잖습니까."

"아, 그렇군요."

왠지 속아 넘어가는 기분이 들었지만, 그가 그렇게 말하니 또 묘하게 설득력이 있었다.

"그럼 이 책 빌리겠습니다. 다 읽고 감상을 얘기해도?"

"네, 꼭 듣고 싶네요."

"사키 씨도 내 책 중에 읽고 싶은 게 있다면 빌려 드리죠."

"어떤 책이 있는데요?"

"관심이 있을지 모르겠습니다만, 지방세 배분의 시정, 비즈니스 모델의 재구축, 뭐 그런 것들이죠."

끝내 웃음이 터지고 말았다. 이번에는 아마치가 어리둥절해한다.

"제 취향은 아니네요. 적어도 이 호텔에서 읽고 싶은 내용은 아닌 것 같아요."

"그런가요."

"제가 빌려도 될까요, 아마치 교수님."

뒤에서 시원스런 목소리가 들렸다.

좋은 향기가 풍겼다. 얼굴을 드니 사쿠라코가 생글거리며 서 있다. 같은 여자인데 그녀가 곁에 있기만 해도 가슴이 두근거린다. 그녀에게는 사람의 마음을 자극하는 무언가가 있다.

"호오, 사쿠라코 씨는 지방세와 비즈니스 모델에 관심이 있나 보군요."

"네, 남편 사업과도 관계가 있고 해서. 앉아도 될까요?"

"그럼요, 그러세요."

아마치는 과장스러운 몸짓으로 옆 자리를 권한다.

사쿠라코가 우아하게 소파에 앉아 다리를 꼬았다. 가늘고 균형 잡힌 다리를 황홀하게 바라본다.

"사쿠라코 씨는 결혼하기 전에 무슨 일을 하셨어요?"

나는 호기심이 묻어나지 않게 물었다. 아마치도 좋은 질문이라는 듯 대답을 듣고 싶어 하는 눈치다.

"나?"

사쿠라코는 살짝 고개를 갸우뚱했다. 그런 데 관심이 있는 거야? 하는 표정이다.

"난 이공계였어요. 수학과를 나와 손해 보험 회사의 수리부(數理部)에서 일했죠."

"호오, 그거 참 뜻밖이로군요."

아마치의 말에 나 역시 동감했다. 나는 백화점에서 손님의 목에 넥타이를 매 주거나, 비서실에서 상사의 오늘 일정을 알려 주는 사쿠라코의 모습을 멋대로 상상하고 있었다.

"도키미쓰 씨도 그렇고, 숫자에 강하군요. 아버님도 그쪽 일을 하셨습니까?"

"아버지는 현의 농업 시험장에서 기술 관리직으로 계셨어요. 어머니는 초등학교 선생님이셨고요."

"아하, 그렇군요. 부모님은 지금 어디에?"

"저와 동생이 고등학생 때 사고로 돌아가셨습니다."

아마치는 "오." 하며 애도의 뜻을 표했다.

"이거, 미안하군요."

"아니에요. 벌써 오래전 일인걸요. 할머니 장례식에 가는 도중에 트레일러와 충돌하는 사고를 당했어요. 한순간의 사고였지요. 하지만 생명 보험과 유산으로 꽤 큰돈을 받았고, 주위 사람들도 여러 가지로 살펴 주어서 둘 다 무사히 대학을 졸업했어요. 비슷한 처지에 있는 사람들 가운데서는 행운인 편이었죠."

고등학생인 사쿠라코와 도키미쓰. 총명하고 빛나듯 아름다운 소년과 소녀. 갑작스럽게 불행에 처한 비극의 주인공. 주위 사람들은 그들을 그냥 내버려 둘 수 없었을 것이다. 그들이 무일푼이었다면 얘기가 다르지만, 돈이 있었으니 더욱 그랬을 것이다.

그들을 둘러싼 어른들의 목소리가 들린다.

무슨 일 생기면 서슴없이 얘기하거라─아버지에게 신세를 많이 졌어─반찬을 만들다 보니 양이 너무 많아졌구나, 둘이서 먹어 봐─택배가 왔기에 맡아 두었어─그런 일 같으면 내게 아는 사람이 있으니까 말해 볼게─여기에 전화를 걸면 아마 바로─네, 정말 착한 아이들인데─참 안됐어요…….

"흐음, 그러니 사쿠라코 씨와 도키미쓰 씨는 '살아남은 아이들'이었군요."

아마치의 목소리에 퍼뜩 정신을 차렸다.

"네?"

사쿠라코는 무슨 말인지 모르겠다는 표정이다. 아마치가 고개를 흔든다.

"아니, 귀에 거슬렸다면 미안합니다. 하지만 옛날의 소년 소녀 소설은 대개 그랬죠. 하늘이 일찍부터 그들에게 시련을 준다. 그러나 그들은 역경을 이겨 내고 살아남아 남들이 이루지 못할 일을 이뤄 내죠. 살아남은 아이들은 하늘이 준 지혜를 가졌으니까요."

"살아남은 아이들."

사쿠라코가 무심히 중얼거렸다.

남자: "그럼 이제 내 불만을 들어 줘요. 나는 이 역할을 더는 참을 수 없소. 이 침묵, 이 벽들, 이 속삭임을 더는 견딜 수 없어요. 당신은 나를 그 안에 가두고 있어요……."

여자: "조용히 얘기해 주세요, 제발."

남자: "그 속삭이는 목소리, 침묵보다 더 고약한, 나를 가두는 목소리. 우리는 여기서 죽음보다 못한 나날을 함께 보내고 있어요. 당신과 나, 마치 얼어붙은 땅속에 나란히 누운 관처럼……."

(중략)

여자: "그만 해요!"

남자: "사람을 안심시키도록 정돈된 정원, 잘 손질된 정원수들, 우리는 그곳에서 똑바로 난 길을 조심스럽게 걸었지. 둘이 함께, 매일같이, 손 닿을 듯 가까이서. 하지만 그 이상은 단 1인치도 서로에게 다가간 적이 없어요, 단 한 번도……."

여자: "제발 그만 해요, 그만!"

옆에서 들이치는 눈.

아직 2시밖에 안 되었는데 사방이 어두컴컴하다.

왜 밖에 나가려고 했는지는 나도 모르겠다. 하지만 두꺼운 벽이 지켜 주고 난방이 적정 온도를 유지해 주는 쾌적한 공간이 조금 답답해진 것은 사실이다.

주차장 앞으로 널찍한 지붕이 튀어나와 있는데도 눈발은 사정없이 좌우로 날아들었다. 몸을 에는 추위에 파르르 떨기는 해도, 머리가 시원해지면서 시야를 가로막던 안개가 걷힌 기분이 들었다.

지붕 아래 아스팔트는 검게 젖어 있고, 눈이 쌓인 곳과 그렇지 않은 곳의 경계선은 질척질척하다.

하룻밤 사이에 주위 풍경이 싹 바뀌었다. 단풍이 아직은 더러 남아 있을 텐데, 거뭇거뭇한 반점으로밖에 보이지 않는다.

나는 팔짱을 끼고 천천히 밖으로 걸어 나갔다.

아침까지만 해도 비가 섞여 있었는데 지금은 완전히 눈이다.

산은 위쪽에 부연 구름이 걸려 있어 능선이 보이지 않는다. 두툼한 회색 구름이 머리를 묵직하게 짓누르고 있는 느낌이다. 저물어 가는 거대한 풍경 속에 혼자 서 있자니 무력하다는 느낌만이 온몸을 휘감는다.

벗어날 수 없다. 그렇게 실감했다. 뭍의 고도. 이곳에서 벗어날 수 없다.

무심히 돌아보니 산속 오두막의 입구처럼 견고한 문이 하얀 어둠 속에 검게 널브러져 있어, 추위를 견디고 있는 커다란 짐승 같아 보였다.

밝은 현관 안쪽에서 나를 본 도키미쓰가 걸어 나온다.

"이런 데서 뭐하고 있습니까?"

그 얼굴에 어이없고 의아하다는 투의 표정이 어려 있다.

나는 머쓱하게 웃어 보인다.

"잠시 바깥 공기를 쐬고 싶어서요. 우리 안이 숨 막히잖아요."

도키미쓰가 힐끔 호텔 안을 돌아보았다.

"그렇군요. 이곳은 산속의 호사스런 우리로군요."

그 찰나, 그의 눈에 어두운 그림자가 스쳤다.

"기차 꿈을 꿨어요."

그 어둠을 모르는 척하며 나는 얘기를 시작했다.

도키미쓰가 내 쪽을 본다. 나는 말을 잇는다.

"대학에 갓 들어갔을 때, 하숙집 근처에 있는 찻집에서 아르바이트를 했는데, 그곳에 자주 오는 열 살이나 많은 사람을 좋아했어요. 몹시 비관적인 사람이었죠. 세상 모든 것을 싫어하고, 늘 죽고 싶어 했어요. 지금 생각하면 몇 번씩 낙제하고 부모 피나 빨아먹는 한심한 모라토리엄족이지만, 당시에는 그게 멋져 보였거든요. 늘 죽음을 거느리고 있는 것 같아서 사뭇 매력적으로 보였어요. 참 어리석죠, 어린 여자들이란."

도키미쓰는 대꾸하지 않았지만 얘기를 더 듣고 싶어 한다는 것을 알 수 있었다.

"그는 촌뜨기 어린 여자를 거들떠보지도 않았지만, 그래도 자신의 불만이나 고상한 고뇌를 열심히 들어 주니까 자존심은 충족되었던 모양이에요. 난 그가 전혀 여자로 상대해 주지 않아 속상해하고만 있었는데, 무슨 바람이 불었는지 한번은 여행길에 저를 데리고 갔어요."

파란 박스석. 애절한 기적 소리. 발치에서 올라오는 한기.

"어디에 갔었는지는 생각도 안 나요. 겨울밤, 사람 없는 기차를 타고 덜컹덜컹, 오래오래 갔다는 것만 기억나요. 말없이 그저 박스석에 마주 앉아 있기만 했어요."

감은 눈. 수염을 깎아 파르스름한 턱.

"그 후에 무슨 일이 있었는지는 정말 기억나지 않아요. 우연히 그때 일이 떠올랐어요. 그의 존재 자체를 잊고 있었는데. 아마 나 혼자 기차에서 내렸을 거예요. 그런데 오늘 아침에야, 어쩌면 그때 그 사람 죽었을지도 모른다는 생각이 들었어요. 나도 모르는 사이에 그가 약을 먹었을지도 모른다는 생각이. 자고 있었던 게 아니라 죽어 있었던 건지도 모른다고. 그는 충견처럼 여겼던 나를 자신의 마지막 갤러리로 선택한 것인지도 모른다고. 그런데 나는 그의 죽음을 미처 확인하지 못한 채 내려 버리고 말았다고."

발치에서 한기가 올라온다. 그것은 당시의 감각이 아니라 지금, 현재의 감각이었다.

"잊으려고 애썼는지도 모르죠."

도키미쓰가 낮은 목소리로 중얼거렸다.

"네?"

"사키 씨가 일부러 잊었는지도 모르죠. 스스로 원해서, 기억하고 싶지 않은 장면을요."

눈송이가 그의 머리 위에 내려앉았다.

"그러게요. 그랬는지도 모르죠. 그렇다면 다행스럽게도, 그때 일은 전혀 기억나지 않아요."

"그럼 된 거죠."

체념 섞인 대답이 아까 그 어두운 눈빛과 관련이 있는 것일까.

"인생에는 비극을 원하는 시기가 있나 봅니다. 자신이 비극의 소용돌이 속에 있기를 원하는. 주목받고 싶고, 세상의 중심에 있고 싶은. 가령, 부모가 이 세상에 존재하지 않고, 홀로 남아 외롭고 불쌍한데도 씩씩하게 살아간다든지, 그런."

도키미쓰는 담담하게 얘기를 이어 갔다.

"우리도 그런 엉뚱한 꿈을 그리고 있었어요."

사쿠라코와 도키미쓰. 빛나듯 아름다운 소년과 소녀.

"그런데 그 꿈이 현실이 되고 말았죠. 온 세상이 동정하는 불쌍한 천애 고아 남매로 말입니다. 그때 우리가 느낀 것은 당혹감이었어요. 그리고 점차 죄의식이 생겨났죠. 우리가 그렇게 되기를 원했기 때문에 부모가 돌아가신 건 아닐까, 그런 후회가 하루하루 커져 갔습니다."

로비에서 사쿠라코가 보였던 표정이 떠오른다.

살아남은 아이들.

"신기한 건, 그런 죄의식을 오래도록 품고 있자니 차차 기정사실이 되더라는 겁니다. 그러니까, 우리가 부모를 죽였다고 말이죠. 우리가 공모해서 부모를 죽이고 말았다, 그렇게 생각하게 되고 말았습니다."

"어떻게 그럴 수가."

나는 웃어넘기려 했지만 마음처럼 되지 않았다.

도키미쓰는 굳은 얼굴로 얘기를 계속했다.

"그러자 나 자신이 극악무도한 사람으로 여겨지더군요. 뱃속까지 시커먼 사악한 인간, 소중한 부모를 이해관계 때문에 살해한 인간이라고 믿게 되었습니다. 그리고 생활 패턴도 그런 나 자신의 이미지에 맞게 만들어 가게 되었죠."

내가 잠자코 말이 없자 그는 갑자기 웃음을 터뜨렸다.

"그런 일이 있을 수 있다고 생각합니까, 이 세상에?"

"글쎄요, 잘 모르겠어요."

사위가 한층 어두워졌다. 아직 해가 지지 않았을 텐데, 빛도 없고 서로의 옷 색깔조차 가늠하기 힘들 만큼 모든 것이 회색에 묻혀 있다.

"무슨 계기가 있었습니까, 그 기차가 갑자기 기억난 게?"

그의 물음에 나는 고개를 비틀었다.

"어젯밤 늦게 온천에 갔어요. 바람 소리가 몹시 무서웠는데, 그 소리가 기적 소리로 들렸나 봐요."

"흐음."

도키미쓰가 밝은 현관을 턱으로 가리켰다.

"돌아가죠, 우리의 우리 안으로. 따뜻한 저곳에서 식전술이나 한잔하죠."

"그래요."

그리고 우리는 쾌적한 우리 안으로 들어갔다.

환한 인공의 빛 속으로.

남자: "……이 침묵, 이 벽들, 나를 꼼짝 못하게 하는 침묵보다 못한 속삭임을 견디며, 우리는 하루하루가 똑같은 날들을 지내고 있어요. 이 회랑을 따라 조심스럽게 걸어 다니며, 손 닿을 듯 가까이서, 그러나 그 이상은 단 1인치도 더 가까이 다가가지 않고, 손을 마주 잡기 위해 서로에게 손을 내밀지도, 입술을……."

여자: "제발 그만 해요, 그만!"

허상을 구축하는 사람들.

그 세 자매뿐 아니라 사람은 누구나 하루하루 자신의 허상을 만들어 간다. 자신이라고 생각하는 상, 남들이 이걸 자신이라고 여겨 줬으면 하는 상을.

반짝이는 샹들리에 불빛 아래에서의 저녁 식사. 우리는 허식의 가면을 쓰고 그 한때를 보낸다.

커다란 테이블에 나와 미즈호, 사쿠라코와 류스케, 그리고 도키미쓰가 나란히 앉았다. 다쓰요시는 그의 단골 고객인 마담들과 함께 자리했다. 그들의 테이블에서 흥겨운 웃음소리가 끊임없이 들려온다.

물론 우리 테이블도 흥겹다. 류스케와 도키미쓰가 화제를 풍부하게 제공해 주고, 미즈호도 생기발랄한 표정으로 재미난 얘기를 들려준다. 맞장구를 치고 적당한 질문을 던지는 것은 사쿠라코와 나의 역할. 이렇게 멋들어진 연속 플레이로 멋진 식사 장면은 계속된다.

미즈호는 애써 태연을 가장하고 있지만, 마음 어디론가는 사쿠라코에게 스트레스를 느끼고 있는 듯하다. 아니 사쿠라코보다는 류스케의 웃는 얼굴 때문이다. 류스케가 아내의 불륜을 감지한 것 아닐까 하는 나의 의혹은 풀리지 않았지만,

미즈호는 여전히 그가 모른다고 믿는 듯하다.

"두 분은 어떻게 알게 되셨어요?"

"실은 도키미쓰 처남을 먼저 알았습니다. 우리는 같은 대학 출신인데, 대학 시절 요트부였던 내 친구가 그의 직장 선배였어요. 학교 다닐 때는 몰랐는데, 도키미쓰 처남이 취직한 후 그 친구를 통해서 알게 되었죠. 그리고 처남에게 아내를 소개받았고."

"사쿠라코 씨 보기에 류스케 씨의 첫인상은요?"

"아무 걱정 없이, 사람들에게 사랑받으며 자란 사람이다 싶었어요. 그리고 솔직히, 나랑은 인연이 없는 사람이라는 생각도."

"그건 또 왜요?"

"그야 우리는 부모도 없고, 간신히 취직해서 안심하던 차였기 때문에, 세상에 이렇게 유복한 환경에서 잘 자란 사람도 있구나 하는 비뚤어진 마음이 있었겠죠."

"처음에는 몹시 쌀쌀맞았지, 당신."

"어머, 그랬나요?"

"내가 나도 모르는 무슨 실수를 한 건 아닐까 하고 고민했다니까."

더는 못 견디겠다는 듯이 와인 잔을 들어 입에 대는 미즈호. 나는 그녀의 스트레스를 느끼면서도 대화를 계속 끌어갔다.

"도키미쓰 씨는, 사모님을 어떻게?"

"난 중매결혼을 했습니다. 상사가 권했다는 안이한 이유로 말이죠. 아무런 드라마도 없었지만, 의외로 처음부터 마음이 잘 맞았어요. 아내는 대대로 학자 집안의 딸이라서."

"평론가의 내조자 구실은 톡톡히 하겠군요."

"하하. 난 평론가가 아닙니다."

"아니지, 내 친구들이나 사업하는 선배들은 자네가 주목할 만한 인재라고 칭찬하던데."

"이거 황송하군요. 그래 봐야 현장에서 경영을 맡고 있는 사람들을 당해 낼 수 없지요."

"시장을 예측하고 분석하는 것도 필요하지."

"나도 이제 슬슬 일을 하고 싶어요. 고스케도 중학생이고."

"아니, 당신은 무슨 일을 하고 싶은데?"

"당신처럼 큰 규모로 할 수는 없겠지만, 회사를 만들고 싶어."

"어머나. 사쿠라코 씨, 그런 꿈을 품고 계셨나요? 갑자기 회사라고 하니까 좀 뜻밖인데요."

"회사에 다닐 때부터 리서치에 관심이 있었어요. 그런 일을 의뢰받아 하는 회사를 차리고 싶어요."

"구체적이로군요. 류스케 씨, 아내의 사업에 자금을 댈 의향은?"

"사업 계획서를 보지 않고는 뭐라고 말하기 어렵죠."

"나, 아마치 교수에게 한 수 배울 거야. 그렇죠, 사키 씨?"

그런 얘기를 나누는 동안, 한편으로 니카코를 비롯한 여자들의 목소리도 귀에 날아들었다.

그녀들 역시 허상을 만드느라 열심이다.

호박색으로 반짝이는 샹들리에. 와인 잔에 비치는 그림자 같은 종업원들.

"······참 이상한 일이 있었어요. 여러분에게 겁을 줄 마음은 없는데, 이 호텔에서는 좀 묘한 일이 자주 일어나요. 하기야 오래되었기도 하고, 그 긴 세월 동안 온갖 일들이 있었으니까. 유서 깊은 호텔에는 괴담이 늘 따라다니잖아요. 아니, 괴담이라기보다 전설이라고 해야 하나? 그래요, 어린아이였어요. 누가 어린아이 본 적 있어요? 이 호텔은 중학생 이하의 아이들은 가능한 한 사양하고 있어서 좀처럼 어린아이를 보기가 힘든데 말이에요."

나는 움찔했다. 니카코의 매끄러운 목소리. 이 얘기는.

"난 종종 봐요. 벌써 오래전부터. 그것도 남자아이와 여자아이, 둘을. 아주 비슷하게 생긴 귀여운 아이들이죠. 한밤중에 노크하는 소리가 나서 문을 열면, 문 앞에 아이들이 서 있는 거예요. 아무 말도 없이 그저 이쪽을 가만히 보기만 하죠. 그러다 이내 어디론가 뛰어가 버려요."

"왠지 무섭네. 쌍둥이라니, 그 영화가 생각나잖아. 아유, 으스스해. 난 밤중에 누가 노크하면 절대 나가 보지 않을 거야."

미즈코의 목소리였다. 그 목소리에 니카코를 비난하는 투와, 평소와 다른 당혹감이 스며 있다고 느꼈다. 평소 같으면 "그래, 맞아." 하며 맞장구를 치고 함께 물 흐르듯 얘기를 만들어 나갔을 텐데.

뭔가가 이상하다. 뭔가가.

하지만 니카코는 얘기를 중단하지 않았다.

"내가 몇 번이나 봤더라. 도서실 구석에 웅크리고 있는 것도 봤고, 계단 위에서 내려다볼 때도 있었고, 가끔은 창밖에 서 있기도 해요. 그리고 참 이상하지, 둘이 빨간 장갑을 끼고 있어. 그것도 한 짝씩만. 장갑 한 켤레를 둘이서 나눠 낀 것이겠죠."

니카코의 목소리가 무엇에 홀리기라도 한 듯 뜨거워졌다.

어느 틈엔가 사방이 고요해지고, 모두들 니카코의 얘기에 귀를 기울이고 있었다.

"가장 놀란 것은 그 괘종시계였지."

니카코는 눈도 깜박거리지 않고 얘기에 집중했다.

나는 슬쩍 이치코의 얼굴을 보았다. 미동조차 하지 않은 채 표정 없는 얼굴로 테이블의 한 점을 응시하고 있는 이치코. 그 얼굴에는 아무런 감정이 어려 있지 않았다.

"밤에 온천에 들어갔다가 돌아오는 길이었어. 어디선가 사람 목소리가 들리는 거야. 그것도 아이가 노래하는 소리. 가늘고 높고 예쁘고 뚜렷한 목소리. 음정도 정확해서 처음에는 노래를 참 잘한다고 생각했지. 그 노래 제목이 뭐였더라. 잘 자라, 잘 자라, 엄마 품에, 그런 노래야. 그런데 좀 있으니까 아무래도 이상한 거야. 아이들은 묵고 있지 않은데, 저 목소리가 어디서 들리는 걸까? 그런 생각을 하니 오싹 겁이 나지 뭐야. 그런데 내 발이 제멋대로 목소리가 나는 쪽으로 걸어가고 있는 거야."

니카코는 오전에 내게 보여 준 장갑을 실마리로 그런 얘기를 지어낸 것이 분명했다.

방 앞에 놓여 있었다는 조그맣고 빨간 어린애 장갑. 대체 누가 두고 간 것일까.

이치코는 돌처럼 꿈쩍하지 않았다. 그 자리에서 석상이라도 되어 버린 것 같다.

니카코의 얘기를 어떤 식으로 받아들이고 있는 것일까. 왜 가담하지 않는 걸까.

이치코가 쌍둥이를 유산했다는 소문, 그것은 사실일까?

모두가 긴장하고 공포를 느끼면서도 얘기에 열중하고 있다. 저 사람들은 모두 그 소문을 알고 있을까. 몇 사람이나 들었을까.

"아무도 없는 로비를 돌아보는데, 층계참에 있는 괘종시계가 불쑥 눈에 들어왔어. 그때 이미 목소리는 들리지 않았는데, 왜 그런지 괘종시계에서 눈을 뗄 수가 없는 거야. 내 발이 그 괘종시계를 향해서 걸어갔어. 돌아가고 싶었어. 도망치고 싶었어. 그런데도 발이 말을 듣지 않더라고. 나는 한 걸음 한 걸음 괘종시계로 다가갔어."

니카코의 눈이 번들거렸다. 그녀의 눈에는 지금, 괘종시계가 보이는 것이다.

"똑, 똑, 하는 소리가 들렸어. 노크하는 소리. 누가 괘종시계 안에서 유리문을 두드리고 있었어."

니카코는 목소리를 죽이고 귀 기울이는 시늉을 했다. 거의 일인극이다.

"난, 괘종시계의 문을 열었어."

그녀가 눈을 부릅뜬다.

"그랬더니 거기에."

목에서 꿀꺽, 소리가 났다. 이어 꽈당, 하고 요란한 의자 소리가 났다.

그녀가 일어선 것이다. 그 눈은 허공의 한 점을 응시하고 있었다.

"아이들이 있었어! 웃으면서 나를 올려다보고 있었지. 손에 빨간 장갑을 끼고서. 아니, 아니야, 아이들은 피범벅이었어. 손까지 빨갛게 물들어 있었던 거야. 둘의 몸이 마구 뒤섞여 있었어. 갈가리 흩어져 피범벅을 한 두 아이의 몸이 괘종시계 안에 처박혀 있었던 거야!"

니카코가 비명을 질렀다. 거기에 이끌리듯 누군가의 비명이 겹쳐졌다. 그것은 옆에 앉은 미즈호의 목소리였다.

산의 소리가 들린다.

멀리서 짐승들의 죽음의 포효가 계속되고 있다.

나와 사쿠라코는 미즈호를 사이에 두고 그녀 방 소파에 앉아 있었다.

가운을 걸친 미즈호의 얼굴이 초췌하다.

"자, 이거 먹어요. 좀 진정될 거예요."

전기 포트에 끓인 물을 잔에 따라 알약과 함께 그녀에게 건넸다.

그녀는 힘없이 고개를 끄덕이고는, 시키는 대로 알약과 따끈한 물을 입에 머금었다.

알약은 단순한 칼슘제지만, 플라시보 효과가 있다면 그것으로 충분하다.

그리고 나는 위스키를 따끈한 물에 섞었다. 칼슘제를 먹은 후에 술을 마셔도 괜찮을까, 잠시 고민했지만 큰 영향은 없으리라.

"사쿠라코 씨도 드실래요?"

"그래요. 한잔하죠."

내 몫까지 세 잔을 만들었다.

그때까지는 미즈호를 부축하듯 한 덩어리가 되어 있었는데, 잔을 건네자 그 덩어리가 풀어졌다. 공기까지 느슨해진 듯해서 우리 셋은 긴장을 풀고 소파에 다시 앉았다.

"꼴사납게 이게 뭐야. 엄마의 연기에 압도된 걸 보면 나도 아직 멀었나 보네."

미즈호가 자조적으로 중얼거렸다.

그래도 얼굴에 핏기가 돌아오고 표정도 인간다워져 안도했다. 아까는 정말 어떻게 되는 줄 알았다.

무슨 말을 하든 부자연스러울 것 같아 그저 침묵하고 있다.

사쿠라코 역시 묵묵히 잔을 입에 갖다 댔다.

나도 천천히 잔에 입을 댄다. 잔의 온기가 반갑다.

"하필 오늘 그런 얘기를 할 게 뭐야. 이치코 이모 얼굴 봤어? 나 정말 못 참겠더라."

미즈호는 얼굴을 찡그리고 이마를 벅벅 문질렀다. 그러다 갑자기 손을 멈추고 사쿠라코를 본다.

"자기도 들은 적 있지? 이치코 이모가 옛날에 여기서 아이를 유산했다는 얘기."

사쿠라코는 무표정한 얼굴로 고개를 끄덕였다.

"어렴풋이는. 하지만, 아까 니카코 고모님 얘기 듣고 생각이 좀 바뀌었어."

"어떻게?"

나와 미즈호는 사쿠라코의 얼굴을 보았다.

"니카코 고모님이 그렇게 미친 듯이 구는 거, 난 처음 봐. 자기 언니의 과거를 비난하는데 그렇게까지 동요할 필요는 없지. 그렇잖아?"

사쿠라코가 담담하게 얘기를 이어 간다. 나는 속으로 탄복했다.

이 사람은 언제 어느 때든 냉정하고 강하다.

둘이서 그녀의 얘기에 귀를 기울였다.

"이치코 고모는 보호막 아니었을까?"

"보호막?"

사쿠라코가 고개를 까딱했다.

"그래. 그러니까 쌍둥이를 유산한 사람은 이치코 고모가 아니라 니카코 고모였다는 얘기지. 이치코 고모가 여기에 묵는 것처럼 하면서 몰래 니카코 고모를 데려왔던 것 아닐까?"

"우리 엄마를?"

"그래. 아까 그 모습으로 보아서는 그 일이 강박 관념처럼 니카코 고모를 짓누르고 있었던 게 분명해. 이치코 고모는 절대 이 일을 발설하면 안 된다고 했을 테고. 자신이 유산했다는 소문을 퍼뜨려서라도 숨기고 싶었겠지."

"왜?"

사쿠라코는 여전히 무표정한 얼굴로 미즈호를 빤히 쳐다보았다.

"생각할 수 있는 이유는 딱 한 가지."

"뭔데, 말해 봐."

미즈호가 애원했다. 나도 듣고 싶었다. 하지만 사쿠라코는 잠시 주저했다.

"가르쳐 줘. 화내지 않을 테니까."

미즈호가 다시 부탁했다.

사쿠라코가 낮게 한숨을 쉬었다.

"쌍둥이의 아빠가 이치코 고모의 남편 사와타리 류조였기 때문이지."

그 순간 나는 머릿속이 새하얘졌다. 미즈호 역시 그랬을 것이다.

"뭐?"

얼빠진 목소리가 그녀 입에서 새어 나왔다.

사쿠라코는 안됐다는 표정을 지었다가, 동정이 오히려 잔인하다고 생각했는지 다시 무표정한 얼굴로 돌아왔다.

"그렇게 추측된다고밖에 할 수 없어."

사쿠라코가 입술을 적셨다.

"이치코 고모가 아이를 낳을 수 없었던 건지, 아니면 류조 고모부와 남녀 사이의 정이 없었던 건지는 모르겠어. 하지만 나라도 동생이 자기 남편의 아이를 가졌다면 절대 용서하지 못할 거야. 동생이 자기 남편의 아이를 유산했다고 세상에 알려지느니 차라리 자신이 다른 남자의 아이를 유산했다는 소문이 퍼지는 게 낫다고 생각했을 거야. 그래서 그렇게 한 거지. 동생의 유산을 거들면서까지, 자신이 유산했다는 소문을 퍼뜨린 거야."

미즈호는 창백한 얼굴로 사쿠라코의 얘기를 곱씹고 있었다.

과연 그럴 수도 있을 것 같았다. 이치코의 그 강한 자존심을 생각하면, 그쪽을 선택했을 것 같다.

미즈호도 같은 결론에 도달했는지 얼굴색이 더 창백해졌다.

만약 두 사람 사이에 그런 사연이 있었다면 애증의 갈등이 상당했을 것이다.

"그럴 수가. 어떻게 이모가……."

미즈호가 울먹거렸다.

"이건 어디까지나 추측이야. 귀담아듣지 마, 니카코 고모를 비난하는 게 아니니까."

사쿠라코는 미즈호를 달래듯 말했다.

하지만, 생각하면 생각할수록 사쿠라코의 설명이 옳은 듯한 느낌이 든다. 사와타리 류조가 살아 있을 때 침묵을 지킨

것도 그녀의 가설을 뒷받침하는 듯 여겨진다.

그럼 그 장갑은? 니카코의 방 앞에 놓여 있었다는 그 장갑은 대체 누가.

"왜 그래요, 사키 씨?"

하고 싶은 말이 있는 표정이었으리라. 사쿠라코가 내 얼굴을 들여다보았다.

"실은."

나는 니카코 씨의 차 모임에서 들은 얘기를 했다. 사와타리 집안의 내부 사정을 잘 아는 사람으로부터 이치코에게 편지가 왔는데, 그 내용이 중상이었다는 것. 그리고 오늘 아침 니카코의 방 앞에 빨간 어린애 장갑 한 짝이 놓여 있었다는 것.

사쿠라코와 미즈호는 인상을 찡그리고 심각하게 듣고 있었다.

"편지와 장갑이란 말이지."

사쿠라코는 팔짱을 끼고 골똘히 생각에 잠겼다. 그녀는 그런 모습도 아름답다. 빠르게 회전하는 그녀의 영리한 두뇌를 상상만 해도 황홀하다.

"악의야."

미즈호가 불쑥 중얼거렸다.

"이 장소가 악의에 차 있는 거야."

이번만은 그녀의 말에 동의하지 않을 수 없었다.

나는 또 그 추운 기차 안에 있었다.

또 그 꿈을 꿨네. 이렇게 짧은 동안에 같은 장소 꿈을 몇 번이나 꾸다니, 처음 있는 일이다.

하지만 기차에 있는 사람은 소녀였던 과거의 내가 아니었다.

현재의 나. 매니저로 일하고, 미즈호와 겨울 산의 호텔에 묵고 있는 나다.

나는 기차의 통로를 느릿느릿 걷고 있었다.

창밖은 눈보라. 꿈속의 나는 기차가 내가 묵고 있는 호텔이라는 것을 안다. 아니, 호텔이 기차가 되어 한겨울의 벌판을 달리고 있었다.

어느 차량의 절반은 노송나무 욕조가 차지하고 있고, 물이 뽀글뽀글 흘러들고 있었다.

수증기가 차내에 하얗게 끼어 있고, 욕조에 몸을 담그고 있는 미즈호와 사쿠라코의 어깨가 보였다.

둘은 진지하게 무슨 얘기를 나누고 있다.

둘 다 내가 있는 줄은 모른다. 나 역시 지금은 사람을 찾고 있기 때문에 두 사람에게 신경 쓸 처지가 못 된다.

재빨리 그 차량을 지나갔다.

나는, 그 사람을 찾고 있었다.

죽고 싶어 했던 그 사람. 수염 깎은 자리가 짙었던 그 사람을.

그 사람을 찾아내, 그때 죽어 있었던 것인지 아닌지 반드시 확인해야 한다. 마음이 조급했다.

나는 긴 통로를 하염없이 걸어갔다.

호텔에 묵고 있는 손님들이 인형처럼 좌우 박스석에 앉아 있었다.

아마치는 연애 소설을 쌓아 놓고 연신 읽어 대고 있다. 나를 알아보고는 말을 걸었다.

"사키 씨, 이제 곧 다 읽습니다. 그럼 감상을 나눠 봅시다."

나는 애매한 웃음으로 답하고는 다음 차량으로 향한다.

뒤에서 도키미쓰가 쫓아와 말을 걸었다.

"사키 씨, 당신 스스로 잊은 기억인데 되살릴 필요 없습니다. 마음을 따르는 게 좋아요."

나는 그의 손을 뿌리치고 걸음을 재촉했다.

확인해야 한다. 살아 있었는지, 죽어 있었는지.

제일 마지막 차량은 어두웠다. 정면에 좌우로 나뉜 계단이 있다.

그 호텔의 층계참과 똑같네. 아니지, 이 기차가 호텔이지.

어둑어둑한 층계참에 거대한 괘종시계가 서 있었다.

저 문을 열어야 해.

불쑥 그런 충동이 일었다.

저 안에 그 사람이 있다.

그런 확신이 들끓었다.

등 뒤에서는 도키미쓰가 목이 터져라 외쳤다.

"사키 씨, 열면 안 돼요. 열면, 생각나게 됩니다, 당신 스스로 애써 잊은 것을. 열면 안 됩니다."

하지만 나는 이미 괘종시계 앞으로 달려가고 있었다.

심장 뛰는 소리가 쿵쿵, 높아진다.

그리고, 조그만 손잡이로 손을 뻗어, 그것을 잡았다. 감촉이 싸늘했다.

그때, 땡! 하는 묵직한 소리가 차내에 울려 퍼졌다.

어둠 속에서 나는 퍼뜩 눈을 떴다.

순간적으로 지금 내가 어디 있는 거지, 하고 당황한다.

밤. 기차 안?

자신이 침대에 있다는 것을 깨닫고, 커튼 너머 하늘이 부옇게 밝아 오고 있다는 것도 알았다.

나는 후, 긴 한숨을 내쉰다.

호텔이다.

꿈을 꾼 거였어. 또 그 기차 꿈을 꾼 거야.

머리맡에 있는 시계를 보니 6시가 되어 가고 있었다. 해는 조금 더 있어야 뜰 텐데 바깥은 벌써 환하다. 그리고 여전히 눈이 내리고 있다.

내가 왜 눈을 떴을까.

눈을 비비면서 골똘히 생각했다. 그래. 무엇 때문엔가 눈을 떴다.

불현듯, 뭔가 커다란 소리를 들었다는 생각이 났다. 꿈에서 거의 깰 무렵 쾅, 하는 둔탁한 소리를 들은 것 같은데.

무슨 소리였을까, 역시 꿈속에서 난 소리였나?

나는 피로감이 남아 있는 몸을 꿈지럭꿈지럭 일으켜 침대 위에 앉았다.

그 소리도 꿈?

얼떨떨한 채 앉아 있는데, 복도를 후다닥 뛰어가는 발소리가 들렸다.

그것도 한두 사람이 아니다. 멀리서 와글거리는 소리도 들렸다. 이렇게 이른 아침에 대체 뭘 하고 있는 거지.

혹시 눈사태라도 난 것일까. 재해라도 발생한 것일까.

그런 생각을 하자 끔찍했다. 이런 깊은 산속에서 재해를 만나면.

잠기운과 피로감이 싹 달아났다. 나는 복도로 나가 보기로 하고 카디건을 걸쳐 입었다.

그 순간 인터폰이 울렸다. 허둥지둥 받아 보니 미즈호였다.

"무슨 일이 생겼나 봐."

그녀도 불안해서 일어나 나온 모양이다.

창백한 얼굴에 눈 밑이 거무스름한 미즈호가 문밖에 서 있었다. 아마도 잠을 제대로 자지 못한 듯하다. 어제저녁에 벌어진 소동과 사쿠라코가 한 얘기가 줄곧 마음에 걸렸으리라.

막 일어나 잠긴 목소리로 얘기를 나눈다.

"아까 땅이 울리는 듯한 소리 안 났어요?"

"응, 들렸어."

"눈사태라도 난 것 같은 소리던데."

"그러게 말이야. 무슨 소리였을까?"

"나가 볼까요?"

"응."

둘이 나란히 걸어갔다. 로비 쪽이 시끌시끌하다. 사람들이 모여 있는 듯했다.

로비의 어스름한 조명에 눈이 부셨다.

세상은 아직 잠 속에 있는데 본의 아니게 잠을 깼다는 분위기가 여기저기 떠다니고 있었다.

복도 끝 계단 난간에 사쿠라코의 등이 보였다.

얼어붙은 것처럼 움직이지 않는 등.

"무슨 일이야, 사쿠라코?"

미즈호가 인사도 없이 대뜸 묻자 그녀가 획 돌아보았다. 그리고 미즈호를 보더니 안색이 바뀌면서 다가가면 안 된다는 듯이 우리 앞을 가로막았다.

"안 보는 게 좋아. 보면 안 돼."

"뭐?"

사쿠라코의 얼굴이 하얗게 질려 있고 그 눈은 무서울 정도였다.

그런 순간에도 나는 그 눈을 황홀하게 쳐다보았다. 이 사람은 어떻게.

그런데 그 한순간의 틈을 헤집고 미즈호가 재빨리 뛰쳐나갔다.

"안 돼! 보지 마, 언니!"

사쿠라코가 그녀를 부둥켜안았지만, 미즈호는 이미 보고 말았다.

그녀의 목에서 짓뭉개진 신음이 흘러나왔다.

나는 미즈호와 사쿠라코 사이에서 그것을 보았다.

계단에, 커다란 관이 쓰러져 있었다.

불길한 상자. 오래된, 커다란 상자.

그 괘종시계가, 층계참에서 계단 쪽으로 쓰러져 있었다.

손님들이 계단 아래와 2층 난간에서 비명을 지르며 괘종시계를 쳐다보고 있었다.

그 관에는 손이 있었다.

그렇게 생각된 것은, 쓰러진 괘종시계 밖으로 하얀 팔이 쑥 튀어나와 있었기 때문이다.

자세히 보니 계단 아래쪽으로 다리도 있다.

한 여자가 괘종시계에 완전히 깔려 있는 것이다.

이미 목숨이 끊어졌을 그 여자가 니카코라는 것은, 의심의 여지가 없었다.

제 3 변주

강한 것을 좋아한다.

그것도 옳고 강한 것을.

강함에는 여러 가지 요소가 있다. 가령 운동선수라면 타고
난 재능에다 코치나 팀 등의 환경이 미래를 크게 좌우한다.
그리고 전력을 쌓아 가려면 자신을 강하게 보이도록 하는 배
짱이나 정신적인 전술도 필요하고, 운을 잡는 것도 중요하
다. 하지만 그런 외적 요인을 포함한 총체적인 강함이 아니
라, 그냥 내버려 두어도, 굳이 선전하지 않아도 주위에 서서
히 그 강함이 부각되는, 흔들림 없는 태생적인 강함을 좋아
한다. 내가 생각하는 옳고 강함이란 어디까지나 그렇게 해석
될 수 있는 어떤 것이다.

내가 그 남매에게 끌린 것도 그 두 사람이 그야말로 그런
옳고 강함을 지녔기 때문이리라. 두 사람은 부모를 일찍 여
의었고 집안이 그리 신통치 않다는 점에 열등감을 느끼는 모
양이지만, 그래서 오히려 타고난 것이 빛난다는 사실은 인식
하지 못하는 것 같다. 그 두 사람 앞에서는 웬만한 비극쯤 그
들을 돋보이게 하는 에피소드가 되고 만다.

지금도 가끔 어느 쪽이 목적이었을까 생각하곤 한다.

처음 미나토 도키미쓰를 소개받았을 때의 그 묘한 술렁거림은 지금 생각해도 그렇다.

내게는 친하게 지내는 친구도, 좋아하는 친구도 많았지만, 그를 처음 보았을 때 나는 나 자신이 진심으로 그와 각별한 사이가 되고 싶어 한다는 것을 깨달았다.

친구 사이에 이해관계가 개입되지 않도록 조심하고는 있지만, 이런 사업을 하다 보면 그것도 생각만큼 쉽지는 않다. 관계를 지속적으로 유지해야 하는 상대, 정기적으로 접촉해야 하는 상대, 내 편으로 끌어들여야 하는 상대, 그리고 그렇다는 것을 주위에 드러내야 하는 상대 등, 결국은 이해관계가 교우 관계와 겹치고 만다. 그런 복잡한 관계를 어떻게 하면 겉끄럽지 않게 잘 돌아가게 할 수 있는지, 그것이야말로 나 같은 3세의 수완이 발휘되는 대목이라 할 수 있다.

객관적으로 봐도 나는 그런 재능을 갖추고 있다고 생각한다. 세상에는 나 같은 위치에 있는 인간이 제법 많고 그 성격도 다양하다. 그런 인간들이 속한 각종 클럽, 협력 조직 등의 수많은 모임은 그들이 얼마나 불안한지를 잘 보여 준다. 자기 위치의 무게에 짓눌려 있는 사람, 실력은 없는데 간판에 기대어 있는 사람, 미리부터 정해져 버린 자리에 증오에 가까운 위화감을 느끼는 사람, 운명이라며 체념하고 담담하게 받아들이는 사람. 나는 그 어느 쪽도 아니니 주어진 위치에 실력까지 겸비한 행운이라 해야 할 것이다.

하지만 나 자신의 행운을 향유하면서도 마음 한구석에서는 미진함을 느낄 때가 있다. 그렇게 느끼는 자체가 오만이요 사치라는 것은 충분히 알지만, 인간이란 그런 존재이니 어쩔 수 없다.

그 미진함을 꿰뚫어 보듯 내 눈앞에 나타난 사람이 바로 미나토 도키미쓰였다.

그는 아름답고 기품이 넘치며, 젊음에 어울리지 않게 침착했다. 경력도 이제 막 오르막길에 접어들었으니 좀 더 반짝거려도 좋을 듯싶은데, 어딘가 모르게 차갑고 메마른 분위기를 띠고 있었다. 그렇다고 세상을 삐딱하게 대하는 것은 아니고, 사려 깊고 겸손하게 남을 배려할 줄도 알았다.

나는 놀라고, 감탄하고, 그리고 관심을 가졌다. 슬픈 건가, 꽤 좋은 집안 출신이겠지, 하고서 몸에 밴 나쁜 습관대로 그의 뿌리를 캐 보았다. 그런데 그가 천애 고아에 가까운 처지라는 것을 알고 나서도 전혀 부정적인 이미지를 갖지 않는 나 자신에게 놀랐다. 어렸을 때부터 배후에 있는 가족 관계와 이름에 따라다니는 간판까지 생각하며 사람들과 교류하는 데 익숙한 내게는 거치적거리는 것 없이 순수하게 본인과만 교류할 수 있다는 점이 오히려 신선했던 것이다.

나는 그에게 푹 빠졌다. 거의 연애에 가까운 감정이었다고 생각한다.

내게 그런 경향은 없다고 여겼는데, 가끔 무의식중에 그와 자는 장면을 상상하는 자신에게 낭패감을 느낀 적도 있다.

말하자면 나는 그를 소유하고 싶었다. 내게 없는 것을 가진, 내가 가장 선망하는 것을 지닌 사람을 소유함으로써 그가 가진 것까지 거머쥐고 싶었던 것이다.

그러던 차에 사쿠라코를 소개받았다. 도키미쓰와 꼭 닮은 사쿠라코. 도키미쓰가 여자라면 이랬으리라 싶은 누나. 도키미쓰는 소유할 수 없어도 사쿠라코는 소유할 수 있었다. 그러니 내가 그녀를 쫓아다닌 것은 필연적인 수순이었다.

그러나 역시 사쿠라코는 도키미쓰가 아니었다. 물론 당연한 일이다. 사쿠라코에게는 또 다른 의미의 거부하기 어려운 매력이 있었지만, 내가 소유하고 싶은 도키미쓰는 아니었다. 사쿠라코와 약혼할 무렵, 나는 이렇게 생각했다. 뭐 어때, 사쿠라코를 통해서 도키미쓰까지 소유하면 될 일 아닌가.

사쿠라코와 도키미쓰 사이에 지속적인 육체관계가 있다는 것을 안 것은 두 사람을 알게 된 지 오래지 않아서였다.

나는 남들이 생각하는 것보다 훨씬 인간관계에 민감하다. 타인의 몸짓이나 표정을 살짝만 봐도 남녀 관계를 비롯해 누가 누구에게 반감을 품고 있는지, 누가 누구와 손을 잡으려 하는지 이내 감지한다. 물론 그것은 살아가기 위해 필요한 후각이지만, 원래 나는 어렸을 때부터 그 부분에 무척 민감했다. 그리고 그 민감함을 어느 정도 감추는 게 좋다는 것도 오래전부터 본능적으로 알고 있었다. 점잖고 너그러운 3세로 행세하는 편이 주위의 사랑을 받기에도 좋고, 또 모두들 거리낌 없이 모두들 정보를 제공해 주니 말이다. 그렇다고 절대 얕보여서는 안 되니까 균형감을 유지하기가 수월치는 않다.

처음 두 사람의 관계를 눈치 챘을 때는 경악했다. 하지만 반대로 안도 비슷한 감정을 느낀 것도 사실이다.

두 사람이 그런 사이라면 어쩔 수 없다. 이 두 사람이라면 용서할 수 있다.

단둘이서 살아왔다. 고고한 두 사람이다. 오히려 나는 나중에 나타난 침입자이며 둘 사이를 갈라놓은 훼방꾼이다. 그렇게 생각하자 두 사람에게 고마운 마음마저 들었으니 참 어처구니없는 일이다.

사쿠라코와 내가 결혼한 후까지 두 사람의 관계가 계속될 줄은 몰랐지만, 그래도 나는 딱히 기분이 상하지 않았다. 오히려 사쿠라코를 통해서 도키미쓰를 소유하려는 소망을 이뤄 내고 있다는 만족감마저 들었다. 그제 밤 도키미쓰의 방에서 한 말에 거짓은 없다. 나는 사쿠라코와 도키미쓰 남매를 사랑하고 있다.

안타까운 것은 두 사람의 관계를 모르는 척해야 한다는 사실이다. 내 은밀한 바람은 두 사람이 사랑을 나누는 현장을 내 눈으로 보고 싶은 것인데, 그것이 이루어질 것 같지는 않다. 고작해야 사쿠라코의 침대를 보면서 그 위에서 두 사람이 한때를 보내는 상상을 하며 즐기는 정도다.

하지만 다쓰요시 아키라의 경우는 얘기가 다르다.

그가 사쿠라코를 처음 만났을 때 그녀는 이미 내 소유였고 나는 그의 고객이었다. 그것도 꽤 중요한 고객이었을 것이다. 그렇다면 이것은 중대한 배신행위이자 나에 대한 모욕이다. 사쿠라코의 매력에 한번 빠지면 헤어날 수 없다는 것은 알지만, 나는 아내를 빼앗긴 남자가 될 마음이 전혀 없었다.

그래서 이 타이밍에 오지 않을 수 없었다.

다쓰요시와 사쿠라코의 스캔들이 점점 퍼져 나가고 있었다. 이쯤에서 손을 쓰지 않으면 내게 무능하다는 낙인이 찍힐 것이다. 나는 내가 자신의 문제를 충분히 해결할 수 있는 남자라는 것을 각 방면에 어필해야만 했다.

지금까지 내가 이곳에 오지 않았던 것은 사쿠라코와 도키미쓰가 느긋하게 즐기기를 바라서였다. 도키미쓰에게 서비스하는 셈 쳤던 것이다. 물론 눈치 빠르고 말 많은 고모들이 괜한 것을 꼬치꼬치 캐묻는 게 싫어서이기도 했다.

그런 관례를 깨면서까지 이곳에 오게 했다는 점에서 나는 다쓰요시를 몹시 불쾌하게 여기고 있다.

물론 나는 신사니까 마지막 통첩은 할 것이다. 모 강대국처럼 마지막 통첩을 보내 압박을 가하고, 최종 공격은 그쪽에서 하도록 분위기를 조장하는 것이 전쟁의 올바른 방법이다.

도키미쓰를 통해 사쿠라코에게 기회를 준 것은 도키미쓰의 반응을 보기 위한 작전이기도 했다. 그가 사쿠라코와 다쓰요시의 관계를 알고 있는지 확인하고 싶었던 것이다. 그는 전혀 몰랐는지, 충격을 받은 것 같았다. 그렇지만 같은 입장이라도 세상이 보기에는 내가 입을 상처가 훨씬 크니까 그 정도는 어쩔 수 없다.

문제는 사쿠라코의 진의를 파악할 수 없다는 것이다.

그녀가 다쓰요시를 사랑한다고는 생각하지 않는다. 나를 약 올리려는 것도 아니다. 불륜으로 치닫는 아내들은 흔히 외로웠다느니 자신의 가치를 확인하고 싶었다느니 하면서 원망스럽게 자신을 변호하곤 하는데, 그녀는 그런 여자들과는 거리가 멀다.

사쿠라코에게는 도무지 알 수 없는 면이 있다. 나는 언제나 주의 깊게 그녀를 관찰하고 또 이해하려고 애써 왔지만, 이렇게 오래 함께 있는데도 갈피를 잡을 수 없는 여자는 처음이다. 물론 그 점이 그녀의 큰 매력이기도 하다.

그녀는 동생을 사랑하지만, 동생이 그녀에게 바치는 사랑에 비하면 그 정도가 몹시 미미하다. 그렇다고 특별히 자기

애가 강한 것도 아니다. 자기애가 강한 여자는 차라리 알기 쉽고 다루기도 쉬운데, 그녀는 그렇지 않으니 참 묘하고 알 수 없다는 것이다.

그녀가 타인에게 내보이지 않는 영역이 꽤 넓다는 것은 전부터 알고 있었지만, 다쓰요시 건으로 새삼 내가 모르는 영역을 확인한 기분이다.

이곳에 있는 동안 문제를 해결하려면 다쓰요시보다 그녀에게 초점을 맞춰야 할 것이다.

나는 그렇게 확신했다.

그리고 그녀는 다쓰요시보다 만만치 않은 상대다.

X와 M의 대화 첫 부분은 카메라가 모여 있는 사람들 쪽을 비추는 동안 화면 밖에서 이루어진다.

M의 목소리: "아니, 지금은 사양하겠어요…… 대신 다른 게임을 하나 제안하죠. 나는 내가 언제나 이길 수 있는 게임을 알고 있습니다."

X의 목소리: "당신이 절대 질 수 없다면, 그건 게임이 아니오!"

M의 목소리: "질 수는 있어요."

(짧은 침묵. 이때 M이 화면 안으로 들어온다. 그가 얘기를 계속한다.)

M(이어서): "……하지만, 언제나 내가 이깁니다."

X: "그럼 어디 한번 해 보죠."

M(X 앞에 카드를 늘어놓고): "이건 두 사람이 하는 게임입니다. 카드를 이런 식으로 늘어놓습니다. 일곱 장, 다섯 장, 세 장, 한 장. 그리고 두 사람이 차례로 카드를 집어 갑니다. 가져가고 싶은 만큼. 단, 한 번 집어 갈 때는 같은 줄에서만 가져가야 해요. 그래서 마지막 카드를 가져가는 쪽이 지는 겁니다. (잠시 침묵. 그러다가 늘어놓은 카드를 가리키며) 먼저 하시죠."

이치코 고모의 옆방에서, 나는 잠들기 전 술 한 잔을 마시면서 비몽사몽간에 앞으로 어떻게 할지를 생각했다.

고모는 말은 안 하지만 여러 가지를 이미 알고 있는 눈치다.

그녀의 인간 관찰력과 정보 수집력, 통솔력이나 경영 감각은 타의 추종을 불허한다. 나는 그런 점에서 그녀를 존경한다.

하지만 내 개인적인 일에 가타부타 끼어드는 것은 달갑지 않다. 아마도 태평한 조카인 척 연기하면서 그녀로 하여금 차라리 당사자가 모르는 게 약이라고 생각하게 만드는 편이 좋을 것이다. 과연 고모가 내 연기를 액면 그대로 받아들일지 어떨지는 의문이지만, 아무튼 현재 그녀는 그렇게 믿고 있는 듯 처신하고 있다.

나도 모르게 잠에 푹 빠져든 모양이다.

갑자기 쾅, 하며 지면이 울리는 소리에 눈을 번쩍 떴다.

반사적으로 일어났다.

어느새 아침 6시.

머리맡 조그만 스탠드가 그대로 켜져 있는 것을 보고야 내가 잠들었다는 사실을 알았다.

와글와글 복도로 나가는 손님들의 목소리가 들린다.

무슨 일이 생긴 모양이다.

가운을 걸치고 방을 나선다. 복도의 서늘한 공기에 몸이 움찔했다.

어슴푸레한 아침. 밖에서는 여전히 눈보라가 휘날리고 있다. 바로 며칠 전까지 가을이었는데, 지금의 창밖 풍경은 완연한 겨울이다.

복도가 끝나는 곳에 손님들이 모여 있었다. 불온한 소리, 소리들.

"무슨 일입니까?"

가까이에 서 있는 아마치 시게유키에게 묻자 그는 돌아보면서 어깨를 으쓱했다.

"괘종시계가 쓰러졌어요."

"네?"

나는 그의 머리 너머로 시선을 돌렸다.

2층으로 올라가는 계단 층계참 중앙에 있던 괘종시계가 계단 위에 똑바로 쓰러져 있다. 계단에 깔려 있는 카펫 위에 깨진 유리가 어지럽게 흩어져 있었다.

그랬군, 저 시계가 쓰러진 거라면 바닥이 흔들릴 만큼 큰 소리가 날 만도 하다.

시계가 있었던 벽에 거무스름한 흔적이 남아 있었다. 마치 괘종시계 유령이 벽에 달라붙어 있는 것처럼.

"대체,"

아마치가 고개를 갸웃했다.

"왜 쓰러졌을까요. 사전에 그럴 조짐이 있었던 것도 아니고, 지진이 난 것도 아닌데. 보기에는 아주 안정적인 시계였는데 말입니다."

"그러고 보니 이상하군요."

내 기억에 그 시계는 거의 붙박이에 가까울 정도로 벽에 고정되어 있었다.

다시 한 번 벽을 자세히 들여다보았다. 시계의 윤곽을 따라 벽이 5센티미터 정도의 깊이로 파여 있었다. 벽에 끼워 넣는 형태였던 것이다. 그런 것을 이렇게 쓰러뜨리려면 일단 벽에서 떼어내든지 엄청난 힘으로 밀어야 할 것이다.

아무래도 이상하다는 생각이 들었다.

"편안히 쉬시는데 정말 죄송합니다. 사고인 것 같습니다. 저희들이 정리할 테니, 여러분은 방으로 돌아가 주십시오."

부지배인이 모여든 손님들에게 머리를 조아렸다. 하지만 그는 물론이고 종업원들도 하나같이 여우에 홀린 표정이다.

"아니, 대체 어쩌다 이런 일이……."

"어제는 아무 이상 없었잖아요."

"근처에 사람이 없었기에 천만다행이지."

몇몇이 쑥덕거리면서 괘종시계를 철거하기 시작했다.

손님들은 너나 할 것 없이 알 수 없는 일이라는 표정으로 서로를 마주 보더니 하품을 하거나 어깨를 으쓱거리며 삼삼오오 방으로 돌아갔다.

무심결에 위를 올려다보니 계단 위 난간에서 어깨를 맞대고 있는 사쿠라코와 미즈호가 보였다. 둘 다 하얗게 질린 얼굴로 뭔가 얘기를 나누고 있었다.

계단에 나와 있는 다른 손님들도 보였다.

도키미쓰는 없었다. 다쓰요시도. 고모들 역시 아무도 나와 있지 않았다.

문득, 사쿠라코는 지금까지 누구와 함께였을까, 하고 생각했다.

도키미쓰인가, 다쓰요시인가.

방으로 돌아가려던 사쿠라코가 나를 알아보았다.

무표정하게 나를 보는 그녀가 무슨 생각을 하는지는 알 수 없었다.

우리는 말없이 각자의 방으로 돌아갔다.

젊은 여자: "나는 자유를 원해요."

남자: "여기서도 말이오?"

젊은 여자: "물론이에요."

남자: "이곳은 좀 이상한 곳이에요."

젊은 여자 "자유롭게 지내기에 그렇다는 말인가요?"

남자 "자유롭게 지내기에, 그래요. 자유롭게 지내기에는 특히 그렇지."

젊은 여자 "당신은 여전히……."

남자와 젊은 여자가 화면 한쪽으로 한두 걸음 옮긴 후, 그들 뒤쪽 조금 떨어진 곳에 A가 나타난다. 그녀는 꼼짝 않고 서서 카메라를 응시한다. (떨어진 곳에 그대로 있는데도 그녀의 모습은 점차 또렷해지는 반면, 더 앞쪽에 있는 남녀의 모습은 점점 흐릿해지는 것이 가능할까?)

남자와 젊은 여자는 몇 걸음 더 걸어가다가 젊은 여자의 마지막 대사 도중에 화면 밖으로 나가 버린다. 그리고 그녀의 목소리도 그 즉시 사라진다. 그러고 나서 다시 X의 목소리가 화면 밖에서 들린다.

X의 목소리: "당신은 여전히 아름답군."

카메라가 A 앞으로 다가가기 시작한다. 그러나 그 순간 다른 인물들이 카메라와 A 사이에 끼어들어 A의 모습이 완전히 사라지게 된다.

이렇게 며칠이나 같은 장소에 있기는 꽤 오랜만이다.

보통은 시간을 토막토막 사용하는 데 익숙하다. 차로 이동, 이동, 이동. 인사, 회의, 인사, 회의, 점심 모임, 회의, 회의, 파티. 그런 식으로 온갖 장소를 전전한다. 알리바이를 만들기 위해 얼굴을 내밀어야 하는 곳도 많다.

이렇게 한 장소에서 며칠씩 지내는 일이 흔치 않다 보니 왠지 불안하다.

게다가 이제는 시간을 더 지체할 수도 없다. 해야 할 일이 산더미처럼 쌓여 있고, 나를 아는 다른 손님들도 그 사실을 알고 있다. 아무리 권력 있는 고모들의 이벤트라지만, 한창 일할 나이의 사업가가 며칠씩 회사를 비우기는 쉽지 않다는 것을 업계에서 살아온 윗사람들은 잘 알고 있는 것이다. 그러니 왜 이렇게 오래 머무는지 의아해하는 사람도 당연히 있을 테고, 사쿠라코의 스캔들을 아는 사람들은 문제 해결에 시간이 걸리는 것을 싸늘한 눈초리로 지켜보고 있을 것이다.

오늘 중에 끝낸다.

나는 아침을 먹는 자리에서 그렇게 결심했다.

테러리스트들의 손에서 인질을 구출해 내는 데 걸리는 시간은 72시간 이내로 정해져 있다. 그 시간을 넘기면 인질의 체력이 떨어지고 상황이 복잡해져 문제 해결이 장기화된다.

다쓰요시가 들어온다. 나는 비장의 사람 좋은 미소를 머금고 그가 이 테이블에 앉지 않을 수 없도록 인사를 한다.

어제는 자연스러운 태도를 가장하더니, 이틀째가 된 오늘은 꽁무니를 빼고 싶은 모양이다.

순간적으로 주춤하는 그의 걸음에서 이쪽으로 오기를 꺼린다는 것을 알 수 있었다. 자신과 사쿠라코의 관계가 혹 발각된 것은 아닌지 의심하고 있으리라.

벙긋거리는 표정에서 일말의 불안과 두려움이 엿보인다.

나는 매정한 기분으로 그를 맞았다.

뭐, 겁은 좀 나겠지. 나름의 각오가 있어서 저지른 배신행위일 테지만.

"안녕하십니까."

다쓰요시는 영업용 미소를 띠며 의자에 앉았다.

"여전히 날씨가 엉망이로군. 해가 통 비치지 않으니 시간 감각이 없어서 아침인지 저녁인지 모르겠어."

"오늘 아침에는 기온도 뚝 떨어졌나 봅니다. 날씨가 이렇게 갑자기 추우니, 추위를 모르고 살아온 몸이 적응이 잘 안 되는군요."

어제와 마찬가지로 온화한 분위기 속에서 아침을 먹는다.

나는 입을 열었다.

"그나마 온천이 있어서 다행이지."

"네, 물이 아주 매끄럽더군요. 호텔에 온천이 있다는 게 참 좋은 거더라고요."

다쓰요시가 넉살 좋게 고개를 끄덕인다.

"좋기는 하지만 이곳까지 오기가 쉽지 않아서 말인데, 수도권 어디 추천할 만한 곳 없나? 요즘은 통 안 가 봐서 말이야."

나는 넌지시 그에게 물었다.

다쓰요시의 은밀한 동요가 느껴진다. 나는 그가 지난 1년 동안 다닌 수도권 온천 모두에 사쿠라코와 동행했다는 걸 알고 있다. 그의 머릿속에 사쿠라코와의 밀회 장면이 선명하게 스쳤을 것이다.

"저도 좀처럼 틈이 나질 않아서 말이죠. 가끔은 주말에 차를 몰고 훌쩍 도쿄를 떠나고 싶기도 하지만."

다쓰요시는 씁쓸하게 웃으면서 머리를 긁적거렸다.

흐음, 사쿠라코에게서 아직 별말 없었던 모양이로군. 그제 밤 도키미쓰가 사쿠라코에게 내 충고를 전한 것은 분명한데, 그 후에는 사쿠라코를 만나지 않은 것인가. 아니면 만났는데도 사쿠라코가 아무 말 하지 않은 것인가.

나는 얘기를 나누면서도 주저하고 있었다. 사쿠라코가 말할 때까지 기다릴 것인가, 아니면 직접 말할 것인가.

그러다가 괜한 시간 낭비를 한다는 기분이 들면서 자신이 한심해졌다. 대체 내가 이따위 남자 하나 때문에 무슨 짓을 하고 있는 거지. 사업에 써야 할 귀중한 시간까지 쪼개어 이런 산속까지 와 놓고서.

그때 도키미쓰가 들어왔다. 다쓰요시는 안도하는 눈빛이었다. 나도 생각할 시간을 벌 수 있도록 그가 완충제로 참여하는 데 찬성이었다.

"잘 주무셨습니까?"

도키미쓰는 무언가에 홀린 듯한 표정으로 자리에 앉았다.

"잘 잤나? 날이 꽤 춥군."

"네, 으스스하군요."

그가 청회색 카디건의 앞섶을 여몄다. 피부가 깨끗한 그에게 색상이 아주 잘 어울렸다.

"괘종시계가 쓰러졌다면서요?"

도키미쓰가 식당 출구 쪽을 힐끔 쳐다보았다. 그 너머에 괘종시계가 서 있던 계단이 있다.

"그래. 새벽녘에 그 소리 때문에 잠이 깼는데, 자네는 몰랐나?"

도키미쓰도 다쓰요시도 그 자리에는 없었다.

"네. 꿈결에 무슨 소리를 들은 것 같기는 한데, 전혀 몰랐습니다."

"손님들이 꽤 많이 나와 봤는데. 다쓰요시 자네도 몰랐나 보군."

다쓰요시 쪽으로 말머리를 돌리자, 그는 당황하며 고개를 끄덕였다.

"네, 정신없이 자고 있었어요. 잠이 깊은 편이라서."

"그런데 어쩌다 그 시계가 쓰러졌을까요? 망가진 데라도 있었는지, 아니면 너무 오래된 것이라 그런 건지."

도키미쓰는 영 마음에 걸리는지 내 얼굴을 보며 물었다. 나는 어깨를 으쓱했다.

"글쎄, 나야 모르지. 좀 이상하기는 해. 그 괘종시계는 벽에 고정되어 있었는데 말이야."

"그렇죠? 아무리 생각해 봐도 저절로 쓰러질 만큼 허술하지는 않았어요. 누구 다친 사람이라도?"

"아니, 다친 사람은 없었어. 쓰러질 때 그 자리에 아무도 없었던 것 같아. 유리가 사방에 튀어 있더군. 아무도 없길 천만다행이야."

"상당히 무거울 텐데, 옆에 사람이 있었다면 큰 봉변을 당할 뻔했습니다."

다쓰요시가 보조를 맞춘다.

"왠지 느낌이 불길한데요."

그러면서 도키미쓰는 또 식당 출구를 힐끔 쳐다보았다. 그 과민한 모습이 염려스러웠다.

"왜 그러나? 유난히 신경을 쓰는군."

"아니, 그게."

도키미쓰는 자신이 과도하게 신경 쓴다는 것을 스스로도 아는지 부끄러운 듯한 표정을 지었다.

"그 괘종시계, 늘 감시하는 듯한 기분이 들지 않던가요?"

그렇게 조그만 소리로 중얼거리고 도키미쓰는 나와 다쓰요시의 얼굴을 보았다.

"감시한다고요?"

다쓰요시가 어리둥절한 표정을 짓는다.

도키미쓰가 피식 웃었다.

"아, 네. 부끄러운 일이지만, 난 그 괘종시계가 왠지 무서웠습니다."

"무서워, 그 괘종시계가?"

내가 되묻자 도키미쓰는 더욱 겸연쩍어했다.

"어렸을 때는 우리 집에도 있었지만, 여기 올 때마다 괘종시계라는 게 이렇게 쉴 새 없이 울리는 거였나 싶더군요. 삼십 분에 한 번씩 울리잖아요. 시계 옆을 지날 때 울리면 놀라서 움찔하곤 했어요. 게다가 시계 자체가 그렇게 크다 보니 소리도 엄청 크고. 그래서 늘, 마치 감시하는 것 같다고 생각했죠."

그거야 자네에게 떳떳하지 못한 게 있기 때문이지.

나는 그렇게 말하고 싶었지만, 물론 참았다.

이곳에 올 때마다 자네는 언제나 떳떳하지 못한 환희에 잠졌지. 그래서 자네 내면에는 늘 죄책감이 도사리고 있어. 그러니 그 괘종시계가 자네 소행을 단죄하는 듯한 착각에 빠졌던 거야.

내 마음속 중얼거림 따위가 들릴 리 없는 도키미쓰는 맥없는 목소리로 말을 이었다.

"그래서 괘종시계가 쓰러졌다는 소리를 들었을 때, 나 같은 사람이 또 있었나 보다고 생각했습니다. 그 시계 소리를 더는 참을 수 없어 망가뜨리려 한 사람이."

"아하, 그럼 이곳에 있다는 것에 심한 스트레스를 느끼는 사람이 그 시계를 넘어뜨렸다는 얘기로군."

"그런 생각이 듭니다."

그런 조건이라면 이 호텔에 묵고 있는 손님들 모두가 많든 적든 해당되지 않을까.

"하지만 상당한 힘이 필요하겠지요, 그 시계를 넘어뜨리려면. 충동적으로 그렇게 하기에는 시간이 오래 걸릴 텐데."

다쓰요시가 중얼거렸다. 도키미쓰가 고개를 끄덕인다.

"네. 그러니까 더욱 불길하다는 겁니다. 그렇게까지 하면서 시계를 쓰러뜨리다니, 그 사람의 혐오감이랄까 스트레스가 얼마나 심각했는지를 보여 주는 것 같아서."

"자네는 뭐가 그리 걱정스러운데?"

나는 그렇게 봐서 그런지 파랗게 질려 있는 도키미쓰의 옆구리를 슬쩍 찔렀다.

"아, 왠지 불안해서요. 이걸로 끝나지 않을 것만 같아서."

"살인이라도 일어날까 봐 그러나. 눈보라가 휘몰아치는 산장이라, 하기야 살인 사건이 벌어지기에 딱 좋은 상황이군."

나는 농담 삼아 말했는데 도키미쓰는 웃지 않았다.

다쓰요시가 바짝 긴장하는 것을 느낄 수 있었다.

그때 사쿠라코가 식당으로 들어왔다. 늘 그렇지만 빈틈없고 느긋한 걸음걸이다.

"죄송합니다. 전화를 걸어야 할 손님이 있는데, 이제야 생각이 났습니다."

다쓰요시가 의자에서 엉덩이를 들고 나와 도키미쓰에게 인사를 하며 일어섰다.

어제는 네 명이서 식사를 했는데, 오늘 아침에는 그것마저 견디기 힘든 모양이다.

나와 도키미쓰 사이에 순간적으로 공범자의 시선이 오갔다. 말을 나누지 않아 서로가 무슨 생각을 하는지 알 수는 없었지만.

황급히 걸어 나가는 다쓰요시 대신 기특할 정도로 침착한 사쿠라코가 "잘들 잤어요?" 하며 의자에 앉는다.

역시 당할 재간이 없겠군, 하고 나는 생각했다.

사쿠라코를 감당하기에 다쓰요시는 그릇이 너무 작다.

나는 그 점에 뿌듯한 만족감을 느꼈다.

　A: "네, 저도 구경하고 싶어요. 이 호텔에 그렇게 비밀이 많나
요?"

　웅성거리는 실내 소음과 댄스 음악 소리가 점점 분명해진다.

　X: "엄청나게 많지요."

　A: "무척 신비스러워 보이는군요!"

　웅성거리는 실내 소음과 댄스 음악 소리가 특별히 주의를 기울
이지 않아도 잘 들리게 된다. 그러나 시끄럽게 떠드는 것은 아니
며, 음악도 부드럽다. X는 대답하지 않는다.

　A: (얘기를 계속한다) "왜 그렇게 나를 뚫어져라 보죠?"

　X는 곧바로 대답하지 않는다. 다시 침묵이 흐른 후, 그가 좀 더
낮은 소리로 말한다.

　X: "당신은 나를 기억하지 못하나 보군요."

　지금까지 정지되어 있던 화면에 춤추는 커플들로 인한 약간의
변화가 일어난 후 X와 A는 점차 화면 뒤쪽으로 물러나고, 곧 다른
커플들이 그들과 카메라 사이로 끼어든다. 바로 그때 X가 마지막
대사를 하고, 그 말에 A는 매우 놀란 표정으로 그를 바라본다.

　두 사람의 모습이 보이지 않게 된 후에도 이 장면은 몇 초 동안
계속된다.

이 호텔에서 차 모임을 갖는 고모들의 습관은 알고 있었지만, 오랜만에 오기도 한 데다 예정에 없는 방문이었기 때문에 설마 나까지 부를 줄은 몰랐다.

그것도 이치코나 니카코 고모가 아니라 미즈코 고모가 부른 것이 더욱 놀랍고 뜻밖이었다.

이치코 고모는 돌아가신 내 아버지의 자리를 대신했고, 니카코 고모는 내가 미즈호와 사이가 좋았기 때문에 비교적 왕래가 잦았지만, 두 고모에 비해 미즈코 고모와는 별 교류가 없었다.

사쿠라코나 도키미쓰와 느긋하게 얘기하고 싶은 마음이었는데, 부르는 사람이 고모이니 거절할 수도 없다. 한동안 소원하게 지냈으니 비위를 좀 맞춰 주는 것도 나쁘지 않겠다 싶어 순순히 응했다. 나는 연장자들과의 만남을 싫어하지는 않는다.

미즈코 고모의 방은 내 기억 속에 있는 고모의 방과 똑같았다. 소녀 취향이 여전했다.

이 호텔에 묵을 때면 커튼에 쿠션, 식탁보까지 가져온다고 한다. 올해는 로라 애실리의 제품인 듯하다. 지노리의 찻주전자와 잔도 한 세트 가져온 모양이다.

고모 본인이 입은 옷도 장미 무늬의 약간 두꺼운 원피스였다.

내게는 세 고모를 생각하면 떠오르는 각각의 키워드가 있다.

이치코 고모는 기백과 위압, 니카코 고모는 화려함과 말 많음, 미즈코 고모는 천진함과 가련함.

그런데 방에 들어섰을 때, 늘 막내다운 여유로움이 넘쳤던 미즈코 고모도 역시 나이를 먹었다는 것을 실감했다. 내가 사십 대 중반에 접어들었을 정도이니 그럴 만도 하지만, 오늘따라 고모가 유난히 예민해 보인 탓도 있었다.

"오랜만에 뵙습니다."

"어서 와, 류스케."

미즈코 고모는 복도를 힐끗 내다보고는 살며시 문을 닫았다.

"왜 그러세요, 저 말고 또 올 사람이라도?"

"아니, 그런 건 아니야. 홍차 마시련?"

"네. 밀크 티로 할게요. 아침에 커피를 몇 잔이나 마셔서."

"그래, 그럼 너무 진하지 않은 게 좋겠네."

"상관없습니다. 거들까요?"

"아니야, 그냥 앉아서 비스킷이라도 먹고 있어. 그거, 맛있어."

나는 조그만 소파에 앉았다.

고모의 기색이 아무래도 이상했다. 홍차를 끓이는 손이 희미하게 떨리는 것처럼 보이는 것은 내 기분 탓일까.

"혹시 어디 편찮으세요? 나중에 다시 올까요?"

내가 그렇게 말하자 고모는 얼른 손을 저었다.

"무슨 소리, 난 아무렇지도 않아. 아픈 데도 없고."

고모는 구불구불 파마한 머리를 흔들었다. 내내 똑같은 머리 스타일인데, 자세히 보니 머리숱도 많이 줄고 푸석푸석했다. 이런 데서도 세월이 느껴진다.

둘이 테이블에 마주 앉아 홍차를 한 모금 마시자 고모는 그제야 안정을 찾은 듯 보였다.

그녀는 조그맣게 한숨을 쉬고는 두 손을 무릎 위에 모았다.

좋은 홍차로 정성껏 끓인 밀크 티가 아주 맛있었다.

"고모들의 차 모임, 여전히 계속되고 있군요. 전 오래전에 맥이 끊겼나 했습니다. 지금도 정말 인사 고과의 대상이 되는 겁니까? 한때 그런 소문이 나돌아서 겁을 내는 손님도 있다고 들었는데."

내가 별생각 없이 그렇게 말하자 고모는 묘한 눈길로 나를 보았다.

차 모임에서 실수를 하거나 고모들의 기분을 거스르면 이듬해 초대 손님 명단에서 제외된다는 소문이 꽤 오래전부터 있었다. 하지만 사실은 디스코텍에 들어갈 때 받는 복장 검사와 비슷한 것이다. 드레스코드에 제한을 두는 정도이지 대수로울 것은 없다. 그런 것을 가지고 손님들 쪽에서 멋대로 지껄이며 즐거워할 뿐이다.

그보다는 오래 교류하는 손님을 정기적으로 대하면서 정보를 모으는 쪽이 더 중요하지 않았을까 하고 나는 짐작했다. 1년에 한 번 정기적인 면접이 있다고 하면 상대방도 올해는 무슨 말을 할까, 어떤 불만을 털어놓을까, 이래저래 생각하기 마련이다.

"류스케, 올해는 웬일로 여길 다 왔어?"

고모가 내 속내를 살피려는 듯 은근한 목소리로 물었다.

나는 고모의 의심에 찬 눈빛에 당황했다.

아내의 불륜 현장을 잡기 위해 왔다고 사실대로 말할 수는 없었다. 고모는 그보다 다른 것을 의심하는 눈치였다.

"웬일은요. 한동안 오지 못했는데 마침 계획된 일이 취소되는 바람에 옳다구나 하고 왔죠. 시간이 비어서 말이에요."

나는 당황한 목소리로 애써 대답했다.

사실은 80퍼센트의 확률로 취소될 일을 이 시기에 맞춰 일부러 계획해 놓았다. 아니나 다를까 그 일은 취소되었고, 덕분에 이곳에 올 시간이 생긴 것이었다.

"그랬구나. 난 또."

고모는 잠시 나를 빤히 쳐다보더니 다소 경계심을 풀고 한숨을 쉬었다.

"왜요, 무슨 일 있습니까?"

"이치코 언니가 부탁한 게 아닌가 해서."

"이치코 고모가요?"

"응."

"이치코 고모가, 왜요?"

미즈코가 몸을 꼼지락거렸다. 그녀의 그런 모습이 어색하기는커녕 진짜 여고생 같다.

"듬직해졌네, 류스케. 관록도 붙고."

"몸무게가 늘었을 뿐입니다. 신진대사가 좋지 못해서 그런지, 옛날보다 먹는 양은 줄었는데 지방이 착실하게 늘고 있어요."

"딴소리는. 정말 듬직해졌어. 우리 집안 남자들은 다 푸근한 타입이지. 오빠도 상냥하고 핸섬했고. 그에 비하면 여자들은 쓸데없이 표독스럽기만 하다니까. 그래서 남자들의 운까지 빼앗아 버리는 거야."

고모는 편안한 말투로 중얼거리고 나서 또 한숨을 쉬었다.

"무슨 일 있으세요? 저라도 괜찮다면 의논 상대가 되어 드리겠습니다."

나는 조심스럽게 제안했다.

나는 물론 고모들을 싫어하지는 않지만, 지금까지 그녀들에게 깊이 관여하는 일은 되도록 피해 왔다. 줄곧 둔감한 조카 연기를 해 왔던 것은 그녀들에게서 어떤 위험을 간파했기 때문인지도 모른다. 그녀들을 둘러싼 세계에는 발을 들여놓지 않는 것이 좋다, 그곳에는 내가 대처할 수 없는 미지의 어두운 부분이 있다, 일찍부터 그렇게 감지했기 때문이다.

"그래. 이제 류스케도 우리 집안을 책임질 나이가 되었으니 말이지."

고모가 애절한 투로 말하고는 나를 바라보았다.

"어제 니키가 한 얘기, 어떻게 생각해?"

"어제……."

막내인 미즈코 고모는 큰언니인 이치코 고모를 '잇짱', 작은언니인 니카코 고모를 '니키'라고 부르곤 했다. 그녀들을 그렇게 부르는 사람은 오직 미즈코 고모뿐이다. 그런 별명을 붙인 것도 그녀답다.

나는 어제 기억을 더듬었다. 그러고 보니 미즈호가 비명을 질렀었지. 그때는 깜짝 놀랐다. 대체 무슨 일인가 싶었다. 하지만 고모들의 잡다한 얘기에는 이미 익숙하고, 게다가 미즈호는 섬세하고 유약한 부분이 있는 터라 심각하게 생각하지 않은 것도 사실이다.

"괘종시계에 아이들이 들어 있었다는 얘기였던가요?"

나는 별 얘기 아니라는 듯이 말했다.

"그래. 니키, 어젯밤에 좀 이상했어. 잇짱도 이상했고. 그런 일은 처음이야."

그녀는 왠지 풀이 폭 죽은 모습이었다. 마치 두 언니에게 배반이라도 당한 표정이다.

나는 재킷의 가슴 언저리를 더듬었다.

"담배, 피워도 될까요?"

"이런, 류스케가 담배를 피웠었나?"

"가끔요. 뭔가 생각할 때는 피우고 싶어집니다."

"그래, 괜찮아. 재떨이 가져올게."

그녀가 들고 온 재떨이도 지노리 제품이었다.

한가운데에 선명하게 그려진 보라색 꽃을 보며 가만히 재를 떨었다.

"한 가지 여쭤 봐도 될까요?"

나는 미즈코를 바라보았다.

"그럼."

막내 고모는 고개를 끄덕이며 대답했다.

"큰고모가 옛날에 여기서 쌍둥이를 유산했다는 소문, 사실입니까?"

놀란 미즈코가 어리벙벙한 표정을 지었다.

"하지만 또 그건 그렇게 꾸민 것일 뿐, 사실은 큰고모가 데리고 온 작은고모가 쌍둥이를 유산했다고도 하더군요."

나는 애써 침착하게 물었다.

막내 고모는 내가 그렇게까지 대놓고 물을 줄 몰랐는지 창백한 얼굴로 나를 보았다.

"그 얘기, 누구에게 들었어?"

"딱히 누구에게 들은 건 아니고, 그냥 이런저런 사람들에게 귀동냥을 한 겁니다."

"그러니까, 다들 알고 있나 보네."

"그저 재미 삼아 하는 근거 없는 얘기겠죠."

나는 최대한 그녀를 자극하지 않도록 말했다.

"그리고 어느 쪽이 유산했든, 문제는 쌍둥이의 아버지가 누구였느냐 하는 점이겠죠. 그것 때문에 사람들의 이목을 피해 여기까지 와서 아이를 낳으려 했던 것 아닐까요. 고모는 아이 아버지가 누군지 아십니까? 어제의 분위기로 봐서는 작은고모가 유산한 게 틀림없는 것 같던데요."

"그래, 유산한 사람은 니키였어."

막내 고모는 깨끗하게 인정했다.

"그럼 아버지는?"

하지만 그 질문에는 고개를 저었다.

"내게는 가르쳐 주지 않았어. 두 언니와 피서를 갔다는 알리바이만 만들라고 했지. 그리고 두 언니는 산으로 가고, 난 따로 행동했어."

"혹시 큰고모부, 그러니까 류조 고모부가?"

"설마!"

놀라는 표정이 연기는 아닌 것 같았다.

"두 사람 사이에 아이는 없었지만, 사이가 나쁜 것은 아니었어."

"그렇겠죠. 거의 전우에 가까운 느낌이었으니까요."

말은 그렇게 했지만 나 역시 류조 고모부가 처제에게 임신을 시켰다고는 생각하지 않았다. 오히려 류조 고모부는 여자를 기피하지 않았을까 하는 느낌이 들었다. 이치코 고모도 그런 성향을 알고서 결혼한 것이 아닐까. 그리고 두 사람은 사업에 자신들을 바친 것이다.

"막내 고모도 모른다면 두 분만 알겠군요."

"그래. 지금까지도 가르쳐 주지 않아. 정말 지독하지."

그녀는 불만을 드러냈다. 반편이란 말이 떠오른다. 옛날부터 이치코 고모와 니카코 고모는 툭하면 둘이 짜고서 막내인 미즈코 고모를 놀려 댔다. 미즈코 고모에게는 괜스레 놀리고 싶어지는 천진난만함이 있다.

"그럼 그 일은 일단 덮어 두고, 어째서 어젯밤에 두 분이 이상했다는 거죠?"

나는 말투를 바꿨다. 그 두 사람이 작정하고 숨기려 한다면 우리 같은 사람이 절대 파헤칠 수 없을 것이라고 여겼기 때문이다.

"있잖아, 우리, 협박당하고 있어."

"네엣?"

그 천진한 말투에 나는 기겁했다.

"아, 그게 그러니까, 죽이겠다든지 돈을 내놓으라든지 그런 노골적인 것은 아니고."

막내 고모는 내 안색을 살피면서 허둥지둥 말을 덧붙였다.

"잇쨩 방으로 우리 집안을 중상하는 편지도 오고, 어제는 니키 방 앞에 빨간 어린애 장갑이 놓여 있었대."

"어린애 장갑이요?"

"응. 그게 아마 상당한 충격이었을 거야. 편지도 장갑도 이곳에 도착한 후에 온 거야. 그러니까 이 호텔에 묵고 있는 손님들 중 누군가가 보냈다고밖에 생각할 수 없잖아."

"손님들 중에 있다는 말씀입니까?"

"그래."

"종업원은요?"

"그동안 꽤 많이 바뀌어서 당시 일을 알고 있는 사람은 아무도 없어. 지배인도 바뀌었는데, 뭐."

"그렇겠군요. 그래서 동요한 작은고모가 어젯밤에 그런 얘기를?"

"그렇게밖에 생각이 안 돼. 그래서 새벽에는 괘종시계까지 쓰러진 거겠지. 무서워서 어디……."

지금까지 몰랐는데, 어젯밤 니카코의 얘기에 자극을 받아 그런 것이라면 앞뒤가 맞는다.

"괘종시계가 쓰러진 것을 니카코 고모는 어떻게 생각합니까?"

"글쎄, 말은 안 하지만 상당히 초조해하고 있어. 잇짱도 방에서 통 안 나오고. 둘 다 오늘은 차 모임도 안 가질 모양이야. 차 모임에 초대한 손님이 편지나 장갑을 보낸 사람이면 어쩌나, 생각만 해도 겁이 나겠지."

그녀의 말투에서 다소나마 재미있어하는 울림을 느낀 것은 나의 착각이었을까.

반편이 막내 동생.

그때, 문을 톡톡 두드리는 탁한 소리가 들렸다.

"네에."

막내 고모가 큰 소리로 대답했다.

그런데 문밖까지 들리지 않았는지 아무 소리가 없자 막내 고모가 인터폰으로 다가가 "누구세요?" 하고 다시 물었다.

하지만 문밖에서는 여전히 아무 반응이 없었다.

막내 고모와 나는 얼굴을 마주 보았다.

내가 가서 문을 열었다.

복도에는 아무도 없었다. 방금 전까지 누가 있었던 흔적도 없고, 누군가가 급히 도망친 듯한 기척도 없다.

"아무도 없는데요."

"노크한 후에 방을 잘못 찾았다는 걸 알았는지도 모르지."

문을 닫으려다 나는 손잡이에 뭔가가 걸려 있는 것을 보왔다.

"어?"

나는 그것을 손잡이에서 꺼내 방 안에 있는 막내 고모에게 보였다.

"이런 게 손잡이에 걸려 있는데요."

그때 막내 고모의 표정이 한동안 내게 각인되어 있었다.

막내 고모는 소리 없는 신음을 내지르며 반사적으로 뒷걸음질을 쳤다.

막내 고모로 하여금 그 정도로 격한 반응을 보이게 한 것.

내 손안에 있는, 흔하디흔한 그것.

그것은 파란 비닐로 된 어린애 줄넘기였다.

X의 목소리: "우리가 처음 만난 곳은 프레드릭스바드의 정원이었소……."

짧은 침묵 후, X의 목소리가 여전히 가까이서, 그러나 좀 더 크게 들린다.

X의 목소리: "당신은 사람들과 조금 떨어져 돌난간에 홀로 기대어 서 있었지. 팔을 반쯤 뻗어 손을 난간에 올려놓은 채. 중앙의 넓은 보도 쪽을 향해 있었기 때문에 내가 오는 것을 보지 못했어요. 자갈을 밟는 내 발소리가 당신의 주의를 끌었을 때에야 비로소 당신은 돌아보았지."

(중략)

X: "기억해 봐요. 우리 바로 옆, 좀 높은 받침대 위에는 고대의 복장을 한 남녀의 석상이 있었소. 얼어붙은 듯한 그들의 동작은 무언가 특별한 장면을 표현하려는 것 같았어요. 당신은 이 인물들이 누구냐고 물었고, 나는 모른다고 대답했지. 당신은 여러 가지로 추측했고, 나는 이들이 당신과 나일 수도 있다고 말했소."

A의 얼굴에 미소가 돌아오고, 그녀는 즐거운 듯 소리 내어, 그러나 기품 있게 웃기 시작한다. 그리고 곧 멈춘다. X의 이야기가 계속된다.

X: "그리고 당신은 웃기 시작했지."

카메라가 좀 더 빨리 움직이기 시작하고, X가 마지막 대사를 하는 동안 A의 모습은 시야에서 사라진다. 카메라는 천천히, 계속해서 한쪽 방향으로 움직이고, X가 잠시 침묵한 후 다음과 같은 대사를 덧붙이는 동안 몇몇 다른 인물들이 화면 속으로 들어온다.

X: "나는, 이미 예전부터 당신의 웃음소리를 좋아했어요."

이 대사 후에 X 역시 화면에서 사라지지만, 여전히 침착하고 확신에 찬 그의 목소리만은 화면 바깥에서 계속 들려온다. 그러는 사이 거실 가까이 있는 사람들의 모습(정면, 옆얼굴, 뒷모습)이 점점 많이 눈에 띈다.

X의 목소리: "주위에 서 있던 사람들이 우리에게 다가왔지. 누군가가 그 석상의 이름을 말했어요. 그것은 고대 그리스의 신 또

는 영웅, 아니면 우화 같은 데 등장하는 신화적인 인물의, 뭐 그런 종류의 이름이었소. 하지만 당신은 듣고 있지 않았지. 마치 정신이 딴 곳에 가 있는 듯했어요. 당신의 눈은 한층 진지하고 공허해 보였고. 그러더니 반쯤 몸을 돌려 중앙의 넓은 보도를 내려다보더군."

나는 내 방으로 돌아왔다.

미즈코 고모의 얘기와 아까 고모가 보여 준 반응에 대해 찬찬히 생각하고 싶었다.

내가 우선 생각해야 할 것은 어디까지 개입할 것인가다.

미즈코 고모가 오늘 나를 차 모임에 부른 목적은 나를 고모들의 과거에 관여토록 하는 것이었다. 쉽게 말해서, 아무도 가르쳐 주지 않았기 때문에 자신은 아직 모르는 사실, 언니가 유산한 아이의 아버지가 누구인지를 나를 통해 알고 싶은 것이다.

과연 그것이 내게 득이 되는 일일까.

방으로 돌아온 후에도 나는 계속 담배를 피웠다.

두꺼운 벽에 에워싸인 쾌적한 방 안에서 휘몰아치는 눈보라를 시야 한끝으로 응시하며 생각에 잠겨 담배를 피우고 있자니 꽤 호사스런 기분이 들었다.

커피에 홍차에, 아침부터 수분을 많이 섭취했는데도, 난방 때문에 공기가 건조한지 목이 말라 견딜 수가 없다.

나는 어제저녁 도키미쓰와 마시다 남은 위스키를 찔끔찔끔 마셨다.

고모들을 괴롭히는 자가 지금도 호텔 어딘가에 있다. 그리고 고모들에게는 그런 일을 당할 만한 이유, 즉 비밀스런 과거가 있다.

가령 그자가 누구인지 밝혀냈다고 치자. 그것은 동시에 고모들의 비밀이 폭로되는 일이기도 하다. 고모들은 과연 그렇게 되는 것을 달가워할까? 가장 마음에 걸리는 사람은 역시 이치코 고모다. 그녀는 내 사업상 절대 적으로 돌려서는 안 되는 사람이다. 나에게 원한이나 앙심을 품게 하는 일은 피해야 한다.

하지만 생각하기에 따라서는 기회가 될 수도 있다. 고모들의 비밀을 알게 되면 앞으로는 내가 우위에 설 가능성도 있다. 물론 나는 비밀을 누설하지 않는다는 것을 빌미로 생색을 내는 짓 따위는 하지 않을 테지만, 세상에는 안다는 것 자체가 무기가 되는 일도 있다.

또 한편으로는 떳떳하지 못한 개인적인 비밀에 휘말리고 싶지 않다는 마음도 있다. 나는 어떤 일의 과정에서 저지른 부정이나 실수 따위에 개의치 않는다. 그것은 그녀들 멋대로 처리하면 될 일이다. 상속이나 사업에 영향을 미치는 일이라면 몰라도, 나는 타인의 하반신이나 도덕관에는 별 관심이 없다. 나 또한 그리 윤리적인 인간은 못 된다고 생각하니까.

그래도 줄넘기를 보았을 때의 미즈코 고모의 표정은 마음에 걸린다.

두 언니가 받은 편지와 장갑에 대해서는 마치 남의 일처럼 얘기하더니, 그때의 반응은 대체 뭐란 말인가. 그녀에게도 또 다른 비밀이 있다는 말인가. 그토록 방어벽이 굳건한 세 여자의 비밀을 아는 사람은 과연 어떤 인물인가. 나나 미즈호도 모르는 일을.

문득, 미즈호와는 아직 아무 얘기도 하지 않았다는 생각이 스쳤다.

어젯밤 그녀가 지른 자지러지는 비명 소리가 귀에 되살아난다.

지금쯤 몹시 예민해져 있을 것이다. 위로해 주면서 그녀가 뭘 알고 있는지 슬쩍 물어볼까.

사쿠라코와 다쓰요시의 일은 일단 뒤로 미루기로 했다.

잔을 테이블에 내려놓고 일어나 문을 여는 순간, 때마침 노크하려던 미즈호와 딱 마주쳤다.

"오, 마침 잘 왔어."

"류스케, 지금 시간 좀 있니?"

미즈호는 눈을 치뜨고 나를 보았다. 나는 두 팔을 옆으로 좍 벌렸다.

"지금 누나를 만나러 가려던 참이었어."

"그래, 잘됐네. 나도 할 얘기가 있어."

"이 방에서?"

"아니, 도서실로 가도 될까?"

"나는 상관없어."

"미안해."

미즈호가 옆방 문을 힐끔 쳐다보았다. 그 방에 있을 이치코 고모를 의식하는 것이다.

"이치코 고모가 마음에 걸려?"

소리 죽여 속삭이자 미즈호는 창백한 얼굴로 희미하게 웃었다.

"실은 나 오전 중에 이치코 이모의 차 모임에 가기로 되어 있었어."

"취소된 모양이던데, 쾌종시계가 쓰러지는 바람에."

"어떻게 알아?"

"미즈코 고모에게 들었어."

"아, 네가 불려 갔었구나."

둘이서 소곤소곤 나직하게 얘기하면서 써늘한 복도를 걸었다.

"어젯밤에는 괜찮았어?"

그렇게 묻자 미즈호가 관자놀이를 누르며 말했다.

"부끄럽네, 그렇게 크게 소리를 질러서."

"배우인데 뭐, 당연하지."

"그런 소리 마."

미즈호는 다소 진정된 듯 보였지만, 그래도 어딘가 모르게 기운이 없었다.

"내 방에 위스키가 있는데, 가져올까?"

"아니, 지금은 됐어."

로비에서는 손님들이 삼삼오오 소파에 편안히 앉아 쾌적한 따분함을 즐기고 있었다.

하지만 이들 중에 편지를, 장갑을, 줄넘기를 놓고 간 자가 있다.

"어린애 장갑 얘기 들었어?"

"들었어."

아무도 없는 도서실에 들어가 소파에 나란히 앉은 후 물었더니 미즈호가 기다렸다는 듯이 고개를 끄덕였다.

"좀 전에 미즈코 고모 방에 있을 때도 누가 어린애 줄넘기를 문손잡이에 걸어 두고 갔어."

"줄넘기라고?"

"응, 고모가 충격이 큰 것 같더라고."

"대체 무슨 일인지 모르겠네. 미즈코 이모랑 무슨 얘기 했어?"

미즈호와 그녀는 절친하다.

그래서 나는 유산한 아이의 아버지 얘기를 꺼냈다. 그러자 미즈호도 어젯밤 같은 얘기가 나왔다면서 사쿠라코의 가설을 들려주었다. 사쿠라코는, 류조 고모부가 아버지이고, 이치코 고모는 자존심 때문에 자신이 유산했다는 소문을 퍼뜨렸을 것이라고 한 모양이다.

설득력 있는 가설이긴 하지만, 옛날부터 류조 고모부를 잘 아는 나로서는 납득하기 어려웠다.

"난 생각이 달라. 류조 고모부는 아닐 거야."

"그럼 누구야?"

"이름도 모르는, 오다가다 만난 남자일 수도 있고."

"글쎄, 그 말은 왠지 와 닿지 않는데."

"시계를 넘어뜨린 사람은? 역시 어젯밤 얘기와 관련이 있는 걸까? 더 거슬러 올라가면 유산한 아이들과도."

"있다고, 생각할 수밖에 없지."

미즈호는 느릿느릿 말했다. 방이 어두워서 그런지 그녀의 얼굴이 아까보다 창백해 보인다.

"아무리 그래도 그렇지, 누가 그런 걸 다 안단 말이야. 세 고모의 비밀을 알고 있다면 우리보다 고모들과 더 가까운 사람, 게다가 오래도록 고모들과 알고 지내는 사람이라는 얘긴데."

미즈호는 어깨에 걸친 오렌지색 숄의 앞자락을 끌어당겨

여몄다.

"해마다 같은 시기에 이곳을 찾은 지도 벌써 오래되었어. 그런데 왜 하필 올해야? 왜 지금 와서 그런 악의를 드러내는 거냐고. 그동안 무슨 준비라도 해 왔다는 얘길까? 아니면 때가 무르익기를 기다렸다는 걸까? 그런 생각을 하면 소름이 다 끼쳐."

미즈호가 불안한 눈빛으로 도서실 한쪽을 쳐다보았다. 마치 거기에 누군가의 그림자라도 웅크리고 있다는 듯.

"앞으로 또 무슨 일이 벌어질 거라는 얘기야?"

내가 그렇게 묻자, 미즈호는 초조한 기색을 띠며 말했다.

"그러지 않기를 기도해야지."

X의 목소리: "그게 지난해의 일이었소."

침묵. A가 미동도 하지 않은 채 계속 책을 읽자 X가 좀 더 큰 소리로, 그러나 변함없는 어조로 말한다.

X의 목소리: "그렇다면 내가 그만큼 많이 변했다는 거요? 아니면 당신이 나를 못 알아보는 척하는 건가?"

A는 책에서 고개를 들고 절반쯤 덮은 책을 무릎에 올려놓는다. 그리고 무심한 표정을 지은 채 꼼짝 않고 앉아 자기 앞의 바닥을 물끄러미 내려다본다. 카메라가 그녀 앞으로 바짝 다가가서 멈춘다.

X의 목소리: "벌써 1년이군, 아니 그보다 더 지났는지도 모르

지. 그동안 당신은 조금도 변하지 않았어요. 무심히 바라보는 눈동자, 미소, 갑작스러운 웃음, 어린아이나 나뭇가지를 밀어내듯 무언가를 밀쳐내기 위해 팔을 뻗는 동작, 느릿느릿 어깨에 손을 얹는 모습, 심지어 향수까지도."

(중략)

X의 목소리: "화제를 찾으려고 나는 석상에 대해 얘기했지. 나는 당신에게 이렇게 말했소. 남자는 젊은 여자가 앞으로 나아가는 걸 막고 싶어 한다고. 그는 무언가를 알아챘고—물론 위험이겠지—그래서 손을 내밀며 자신의 동행자를 막아선 것이라고. 그러자 당신은 이렇게 대답했어요. 무언가를 알아챈 것처럼 보이는 것은 오히려 여자 쪽이라고. 그것도 위험이 아니라 어떤 멋진 것을 발견하고는 손으로 가리키고 있는 것이라고.

하지만 그 둘이 상반된 것은 아니오. 남자와 여자는 자신들의 나라를 떠나 며칠 동안 여행했어요. 그리고 이제 막 깎아지른 벼랑 꼭대기에 도착했지. 그러자 여자는 자신의 발밑으로 보이는, 수평선까지 이어지는 바다를 가리켰고, 이에 남자는 여자가 벼랑 끝으로 다가가지 않도록 붙들고 있는 거요.

당신은 내게 두 인물의 이름을 물었지. 나는, 그런 것은 중요하지 않다고 대답했고. 당신은 내 말에 수긍하지 않고 두 인물에게 이름을 붙이기 시작했소. 그저 떠오르는 대로 지었겠지……피로스와 안드로마케, 헬렌과 아가멤논……그래서 나는 이렇게 말했지. 두 사람이 당신과 나라고 해도 괜찮을 것 같다고……, 또는 다른 어느 누구라도."

나는 사쿠라코의 방 벨을 눌렀다.

침묵. 혹시 다른 방에 가 있는 것일까 생각하는데 "네." 하는 낮은 목소리가 들렸다.

"나야."

인터폰에 대고 그렇게 말하면서 나는 과연 몇 명이나 되는 남자가 여기에다 "나야."라고 말했을까, 사쿠라코는 목소리만 듣고도 어느 '나'인지 정확히 구별할까, 라는 묘한 감회 비슷한 의문을 느꼈다.

"어서 와."

엷은 초록색 스웨터를 입은 사쿠라코가 나를 맞았다. 그 눈에 동요의 빛은 없었다. 평소와 다름없이 검은 타이트스커트를 입고 검은 펌프스를 신고 있었다. 그녀는 편한 차림새를 싫어한다.

"뭐하고 있었어?"

방에 들어서면서 물었다.

"책 읽고 있었어."

"처남은?"

"일하나 봐. 잡지사에 보낼 원고를 쓰는 것 같았어."

그녀가 1인용 소파를 권하기에 거기에 앉았다.

"당신, 다쓰요시와 헤어졌으면 하는데."

나는 단도직입적으로 말했다 .

사쿠라코는 표정 하나 바뀌지 않는다.

그녀는 침대에 앉아 무릎에 턱을 괴고 나를 빤히 쳐다보았다. 그 눈에도 역시 아무런 감정이 어려 있지 않다.

"그 말 하려고 일부러 온 거야?"

"음."

"도키미쓰에게 들었어. 지금 헤어지면 그와 고객 관계를 유지하겠다고 했다면서."

"그랬지."

"당신 참 관대하다. 그 사람, 행운아네."

사쿠라코는 이제 별 관심 없다는 투로 중얼거리고는 나를 보았다.

"벌써 끝났어. 그 사람 겁쟁이야. 당신이 여기 온 걸 보고는 딜러 생명이 끝나는 줄 알고 벌벌 떨더라. 내 얼굴조차 보지 않아. 나를 보면 도망치듯 피하고 있어. 아마 내일쯤 여길 떠나지 않을까."

담담하게 말하는 아내의 목소리를 듣다 보니 다쓰요시에 대한 관심은 사라지고 말았다. 대신 다른 호기심이 일었다.

"당신, 그 사람 좋아했나?"

빈정거림이 아니라 관심이었다.

"나쁜 사람은 아니었어."

"그런 대답을 듣자는 게 아니지. 당신이 그 사람을 좋아했냐고."

사쿠라코는 생각에 잠긴다.

"그렇게 심각하게 생각할 일이 아닐 텐데."

내가 어이없다는 듯 말하자 사쿠라코는 뜻밖이라는 표정을 지었다.

"그런가. 내게는 생각해야 할 일인데."

나는 물끄러미 아내의 얼굴을 쳐다본다.

"당신은 참 알 수 없는 여자로군. 아직도 난 당신을 잘 모르겠어. 이해해야만 좋아하게 되는 건 아니지만 말이야."

솔직하게 고백하자 사쿠라코가 살포시 웃었다.

"아니야. 당신은 나를 과대평가하고 있어. 난 텅 빈 여자야. 다쓰요시 씨와 사귄 것은, 그 사람이 그러길 바랐기 때문이야. 텅 비어 있으니까, 누가 뭘 원하는 데는 약하거든."

"나와 결혼한 것도 내가 그러길 원해서였나?"

"그럼. 더 정확하게 말하면 당신이 도키미쓰를 원했기 때문이지."

나의 희미한 동요가 전해진 듯하다.

사쿠라코는 대범한 미소를 띠었다.

"알아. 당신이 정말 좋아하는 사람은 도키미쓰지."

"당신도 좋아해."

"그래. 당신은 우리를 좋아하지. 나, 당신이 우리 관계를 눈치 챘다는 거 알고 있었어. 그리고 그렇게 나쁘게 생각하지 않는다는 것도. 아니, 오히려 만족하고 있다는 것을."

"허어, 그랬군."

안도와 낙담을 동시에 느꼈다. 역시 이 여자에게는 아무것도 숨길 수 없다.

비밀을 지닌 자의 즐거움을 빼앗긴 듯해서 조금은 아쉬웠다.

"당신은 우리가 관계하기를 원하고 있어. 난 그래서 그렇게 하는 거야."

"참고삼아 묻는 건데, 당신은 당신을 원하는 사람이면 누구든 같이 자나?"

사쿠라코가 약간 분개하는 기색을 보였다.

"나도 취향은 있어. 이 사람이 원하는 걸 내가 채워 줘야겠다고 생각되는 사람만이야."

"그 말을 들으니 안심이로군."

"언제까지 있을 거야? 이렇게 며칠씩 자리를 비우면 나중에 곤란할 텐데."

사쿠라코가 내 얼굴을 바라보았다.

"내일 돌아갈 거야. 아무튼 목적은 달성했으니까. 아 참, 다쓰요시에게 태워 달라고 할까."

그런 아이디어가 떠오르자 조금은 유쾌해졌다. 당혹해하는 그에게 운전을 시키면 꽤 뿌듯할지도 모르겠다.

"당신은 처남과 지내다가 천천히 와."

"그러기도 힘들어졌어."

목소리의 톤에서 껄끄러움을 느낀 나는 그녀의 얼굴을 바라보았다.

"이치코 고모님께 들켰어."

"설마, 당신과 처남 관계를?"

"응. 며칠 전에 우리 둘을 불러다 놓고 확실하게 못을 박더라. 이제 둘이서 오지 말라고. 초대 손님 명단에서 제외되었다는 뜻이지."

"어쩌다?"

"잘은 모르겠지만, 누가 편지를 보냈나 봐. 아마 그 내용 속에 우리 얘기도 있었겠지. 하지만 이치코 고모님 정도면 그 눈으로 뭘 꿰뚫지 못하겠어."

"우리 집안을 중상하는 내용의 편지가 왔다는 얘기는 들었어. 아무튼 속속들이 다 알고 있는 모양이군. 왠지 불길해."

사쿠라코와 도키미쓰의 관계까지 알고 있다니, 정말 예삿일이 아니다. 그 사람은 대체 어디까지 알고 있는 것일까. 지금도 바로 곁에서 엿듣고 있는 것은 아닐까.

지금에야 미즈호의 공포가 전염되는 듯한 기분이 들었다.

"정말 신기해. 누굴까? 궁금하네."

사쿠라코가 또 대담한 미소를 머금는다.

"당신이 바라는 건 뭐지, 모두의 소망을 들어주는 거?"

나는 불쑥 그녀에게 물었다. 왠지 묻고 싶었다.

사쿠라코는 뜻밖이라는 표정을 지었다.

"도키미쓰도 그렇게 묻던데."

"그래서 뭐라고 대답했지?"

"그게 아마, 누군가의 손에 자신이 죽는 줄도 모를 만큼 갑자기 죽임을 당하는 거라고 대답했을 거야."

"흐음. 당신다운 대답이로군."

갑자기 어떤 생각이 머릿속에서 맴돌았다.

가령, 지금 이곳에서 느닷없이 그녀를 때려죽인다면 어떻게 될까?

가령, 저기 있는 저 꽃병으로.

충분히 그런 일이 벌어질 수 있는 상황이다. 아내가 부정을 털어놓자 화가 치솟은 남편의 역할을 연기할 수도 있다. 어쩌면 이 경우는 아내가 바라는 것을 들어준 남편이 될 수도.

"뭔가를 바란다는 거, 참 신기한 일이지. 이미지에 불과한 것을 의지의 힘으로 실현하려고 하는 거잖아."

"이미지는 중요한 거야. 매일 염원하다 보면 실현되기도 하니까 말이지."

왜 나는 이런 말을 하는 것일까. 그것도 아내를 때려죽이는 공상을 한 후에.

나도 모르게 마음속으로 피식 웃었다.

"그럴지도 모르겠네. 나도 염원해 볼까."

"다른 소원도 있는 거야?"

"응. 지금 하나 생각났어."

사쿠라코는 그렇게 말하고 싱긋 웃었다.

A: "말했잖아요. 그런 일은 있을 수 없다고요. 난 프레드릭스바드에는 간 적도 없어요."

X: "글쎄, 그렇다면 아마 다른 장소였나 보군(X가 이 첫 대사를 한 후 화면에 모습을 나타내도 상관없다). 카를슈타트나 마리앙바드, 바덴살사. 아니면 여기, 이 방이었는지도. 내가 당신을 이 방으로 데려온 것은 저 그림을 보여 주기 위해서였소."

(중략)

X: "나를 기다리고 있었군."

다시 A의 얼굴. 그녀는 웃음기 없는 얼굴로, 공손함 뒤에 희미한 적의를 담아 대답한다.

A: "아니요…… 왜 내가 당신을 기다려야 하죠?"

X의 얼굴. 역시 확신에 찬 목소리로 대답한다.

X: "나는 오래도록 당신을 기다렸소."

A의 얼굴. 이번에는 공허하고 의례적이지만 아름다운, 엷은 미소를 띠며 대답한다. 짧은 대사가 끝난 후 그녀의 미소는 얼어붙더니 곧 사라져 버린다.

A: "꿈속에서 말인가요?"

X: "또 그런 식으로 말머리를 돌리려는 거요?"

X는 A보다 천천히, 그리고 또박또박 말한다.

A의 목소리: "대체 그게 무슨 말이죠? 전혀 못 알아듣겠어요."
(이 말을 듣자마자 X가 미소를 짓는다.)

X: "꿈속의 일이라면, 왜 무서워하는 거지?"

A의 목소리: "좋아요, 그럼 얘기를 계속해 봐요. 우리에게 있었던 일을!" (빈정거리는 투. 하지만 X는 동요하지 않는다.)

"류스케 씨, 잠시 저 좀 보시죠."

로비에서 지인과 얘기를 나누고 있는데 아마치가 톡톡 어깨를 쳤다.

"아, 네."

지인에게 인사를 하고서 그와 로비 한구석으로 갔다.

그가 목소리를 낮추어 소곤거렸다.

"실은, 이치코 씨의 방을 노크했는데 아무 반응이 없습니다."

"벨은요?"

"눌러 봤지만, 역시 반응이 없어요."

아마치의 눈빛이 심각했다.

"주무시는 것 아닐까요."

예사롭지 않은 표정이라는 것을 알면서도 그렇게 말해 본다. 아마치는 얼핏 답답하다는 기색을 보였다.

"그렇다면 다행입니다만, 아침에 뵌 후로 열 시간 가까이 방에서 꼼짝을 안 하시는 터라. 저의 괜한 노파심일 수도 있겠지만, 류스케 씨가 한번 가 보실 수 없을까요?"

그 눈을 보고는 도저히 거절할 수 없었다. 둘이서 급히 이치코 고모의 방으로 향했다.

그러고 보니 아침부터 옆방에서 인기척이 없었다는 생각이 들었다. 이치코 고모는 원래 차분하게 지내는 사람이라 자고 있나 보다고 생각했었다.

아닌 게 아니라 벨을 누르고 문을 두드리고 큰 소리로 불러도 아무 반응이 없었다.

우리는 말없이 서로를 마주 보았다.

우리 둘의 불안이 일시에 불거졌다. 아마치가 옆방을 보더니 말했다.

"류스케 씨의 방과 이 방이 이어져 있죠? 그 방에서 들어갈 수는 없을까요?"

"가능은 하겠지만 잠겨 있을 텐데요."

"열쇠가 없나 보군요."

"프런트에 가서 마스터키를 빌려 오겠습니다."

나는 그 자리에 아마치를 남겨 두고 프런트로 내려가서 조용히 상황을 설명하고 마스터키를 빌렸다.

그런데 돌아오다가 복도에 서 있는 아마치를 보자 문득 의문이 생겼다.

왜 그는 이치코 고모의 방을 찾았을까.

그는 대체 어떤 사람인가.

할아버지가 아끼던 사람이라는 것만은 사실인 듯하다. 그는 세 고모와도 왕래가 있고, 그녀들의 차 모임에도 모두 참가한다고 들었다.

그런 그라면 모두의 비밀을 알고 있지 않을까?

그렇게 생각하자 한층 불안해졌다. 지금 이 문을 열어도 되는 것일까. 혹시 어떤 책략에 휘말리는 것은 아닐까.

"어서요, 빨리."

아마치는 다급한 목소리로 재촉했다.

아무튼 고모의 안부가 확인되지 않는 것은 분명하니 문을 열지 않을 수 없다.

나는 서둘러 열쇠를 꽂았다.

찰칵. 문이 열리는 소리가 선명하게 울렸다.

코를 찌르는 이상한 냄새.

방 안이 약간 매캐했다.

이치코 고모는 거기에 있었다. 맥없이 의자에 앉은 채.

평소와 다름없는 반듯한 자세로 자고 있는 듯이 보였다. 하지만 핏기 없는 그 멀건 얼굴에서는 생명의 기운이 느껴지지 않았다.

테이블에 놓인 재떨이에서 담배가 아직 타고 있었다. 담배 끝에서 천천히 피어오르는 연기가 방 안에 가득하다.

아마치는 킁킁 연기 냄새를 맡았다.

"뭐가 섞여 있는 건가, 혹 이치코 씨 스스로?"

"이거, 독 아닐까요?"

나도 모르게 코와 입을 막았다.

"조사해 봐야 알겠지요. 독치고는 괴로워한 흔적이 없는데, 심장 질환이나 다른 급환이었는지도 모르죠."

아마치가 두리번두리번 방 안을 둘러본다.

마치 옛날 탐정 소설에 등장하는 외국인 탐정 같다.

"이거, 밀실이라는 거군요. 보세요. 날씨가 이러니 창문은 꼭꼭 닫혀 있고, 물론 류스케 씨의 방과 통하는 문도 잠겨 있었고, 입구는 지금 열었고."

아마치는 연극적인 손짓으로 창문과 문을 가리키고는 내게 동의를 구했다.

"당신은,"

나도 모르게 중얼거리고 말았다.

"대체 누굽니까, 우리 집안과는 무슨 연관이 있는 거죠?"

아마치가 손을 툭 떨어뜨리더니 잠시 후 무표정하게 나를 보았다.

"이전 회장님과의 관곕니다."

그는 침착하게 말했다.

"좀 더 구체적으로 얘기해 주세요. 고모들과도 잘 아는 사이인 듯한데, 어떤 관계가 있었다는 말씀인지."

감정을 억누르려 애는 썼지만, 끝내 캐묻는 꼴이 되고 말았다.

아마치에게 기분이 상한 기색은 없었다. 그저 나를 물끄러미 쳐다보다가 마침내 입을 열었다.

"사쿠라코 씨는,"

예기치 못한 이름이 나오는 바람에 나는 깜짝 놀랐다.

그러다 아마치의 시선이 내 뒤에 머무는 것을 보고 뒤를 돌아보았다.

언제 왔는지, 거기에 사쿠라코가 서 있었다.

그녀가 고모의 모습을 보지 못하도록 가리려 했지만, 이미 늦은 후였다.

그녀는 의자에 앉은 채 숨을 거둔 이치코 고모를 메마른 눈으로 망연히 바라보고 있었다.

"양녀였죠."

아마치가 사쿠라코를 향해 말을 건넸다.

"네?"

그 단어의 의미를 파악하지 못한 나는 그만 얼빠진 소리를 내고 말았다.

"네."

그렇게 분명히 대답한 것은 사쿠라코였다.

"사쿠라코 씨는 전 회장님의 손녀예요."

아마치가 말을 이었다.

"네?"

"네."

나와 사쿠라코가 동시에 대답했다. 나는 의문형으로, 사쿠라코는 긍정형으로.

"좀 더 알기 쉽게 말하자면, 전 회장님의 배다른 딸이 낳은 딸입니다. 도키미쓰 씨도 마찬가지죠. 둘 다 양자로 자랐어요. 그러니까 류스케 씨와 사쿠라코 씨는 사촌지간이라는 얘기죠."

아마치는 별일 아니라는 듯 술술 얘기를 풀어 나갔다.

"나와, 당신이?"

나는 어안이 벙벙해서 사쿠라코를 바라보았다.

그리고, 그녀의 눈을 보고 그 말이 사실이라는 것을 깨달았다.

"그렇다면 처남은 이 사실을?"

사쿠라코는 쓰러져 있는 이치코 고모에게서 눈을 떼지 않은 채 고개만 저었다.

"몰라. 나만 알고 있어. 이치코 고모님이 우리 부모에게 연락했지. 우리 남매를 데려가겠다고. 하지만 부모님이 거부했어. 부모님은 우리를 사랑했어."

이치코 고모를 빼닮은 사쿠라코.

마치 친조카처럼 닮은 사쿠라코. 이치코 고모가 무척이나 좋아하는 사쿠라코.

"이치코 고모님은 어떻게든 우리를 데려가고 싶어 했어. 자신을 꼭 닮은 아이들을. 고모님에게 자식이 없으니까 더욱이."

"부모님이 사고를 당한 후 파격적인 보상금이 지불되었죠?"

아마치가 끼어들었다.

사쿠라코의 눈이 어둡게 빛났다.

"증거는 없어, 증거는. 하지만 트레일러가 사와타리 그룹의 계열사 소유였어."

"설마……."

나는 그렇게 중얼거렸다. 설마, 그녀와 도키미쓰를 데려가기 위해서 사고를?

이치코 고모가 그녀의 부모를?

"하지만 그때 우린 이미 고등학생이었기 때문에 양자로 삼을 수 없었어. 시기를 놓친 거지. 그래서 고모님은 다른 수단을 썼어. 무슨 일을 어떤 식으로 벌였는지는 모르겠지만, 아무튼 결국에는 반드시 당신과 내가 결혼하도록 꾸몄어. 도키미쓰가 다닌 대학도, 취직자리도, 모두 그곳에 응시하도록 아주 자연스럽게 누군가의 제안이 있었지."

"설마, 어떻게 그런 일이."

사쿠라코를 아내로 맞은 건 참 잘한 일이지, 류스케.

이치코 고모의 만족스러운 목소리가 되살아났다.

"이미지란 거, 참 중요하더라. 바라는 걸 상상한다는 거."

사쿠라코가 불쑥 천진한 미소를 머금고 나를 보았다.

"우리는, 도키미쓰와 나는 사이가 좋았기 때문에 심심하면 둘만의 세계를 꿈꿨어. 어린애들이 흔히 그러듯이. 우리는 뭔가 사연이 있어서 친부모와 헤어진 불쌍한 아이들이다, 곧잘 그런 상상을 했지. 그랬는데 정말 부모님이 돌아가시고 말았어. 우린 우리가 그런 상상을 했기 때문에 그렇게 되고 말았다고 생각했어. 우리가 부모를 죽인 셈이라고."

"그래서 당신이 고모를?"

조심스레 묻자, 사쿠라코는 마음에 없는 미소를 보였다.

"그래, 상상했어. 이치코 고모님이 천벌을 받는 장면, 양심의 가책을 받아 괴로워하는 모습을. 이미지는 중요하잖아.

우리가 우리 부모를 죽였듯이 이치코 고모님도 죽일 수 있다고 생각했어."

사쿠라코가 두 팔을 좍 벌렸다.

"그래, 내가 죽였어. 미안해, 류스케."

그녀는 오히려 후련하다는 표정으로 나를 보았다.

"그런데, 사람을 저주해서 죽이면 죄가 되나? 죽는 장면을 상상했을 뿐인데? 그리고 이 방은 밀실이라면서. 고모님은 과거의 잘못에 대한 양심의 가책을 견디다 못해 목숨이 다한 것 아닐까. 안 그래요, 아마치 교수님?"

아마치와 나는 사쿠라코와 이치코 고모를 번갈아 바라보았다.

편안한 표정으로 영면에 든 고모와, 후련한 표정으로 내 얼굴을 보고 있는 사쿠라코를.

제 4 변주

모래 소리가 들린다.

어디에선가, 사락사락 무너져 내리는 모래 소리가 들린다. 한없이 고요하게, 또한 불길하게.

날씨가 여전히 고약하다. 하늘에서는 오늘도 눈발 섞인 비가 뿌리고 있다.

하지만 이 호텔에 있을 때면 나는 언제나 사락사락 부서지는 모래 소리를 듣는다.

괘종시계가 없는 지금, 모래 소리는 예전보다 훨씬 고요하고 또 불길하다. 어쩌면 이 소리는 모래시계에서 나는 소리인지도 모르겠다. 괘종시계 대신, 세상이 끝날 때까지 때를 알리는 것이리라.

졸린 얼굴의 손님들, 어딘지 모르게 불안정한 손님들에게는 그 소리가 들리지 않는 것 같다.

이토록 분명하게, 따분한 대화를 지워 버릴 정도로 잘 들리는데.

내가 신문을 읽고 있는 로비 곳곳에도 모래가 더미더미 쌓여 있다.

하지만 내 눈에만 그것들이 보이는 모양이다.

하기야 나는 내가 좀 별난 사람으로 여겨진다는 것을 알고 있고, 나 스스로도 어느 정도 그 점을 인정한다. 아니, 사실 나는 아주 성실하고 정상적인 인간이라고 생각하는데, 그렇게 생각하는 것 자체가 세상 사람들 눈에는 별나 보인다는 것을 안다.

나의 진지한 대화에 실소하는 사람들을 볼 때마다 옛날에 읽었던 단편 만화가 떠오른다.

미래를 투시하며 앞으로 일어날 일을 줄줄이 맞히는 저명한 예언자가 있었다. 그러나 그는 지금 십 년 넘게 방에 틀어박힌 채 세상을 등진 사람처럼 생활하고 있다. 오랜만에 그의 아들이 손자를 데리고 와 이 아이의 미래를 봐 달라고 부탁한다.

그런데 예언자는 초췌하고 겁에 질린 표정으로 고개만 저을 뿐이다.

아들이 아버지에게 캐묻는다. 무엇이 불안하냐, 어떤 불길한 미래가 기다리고 있는 것이냐, 부디 가르쳐 달라. 그렇게 아버지를 다그친다.

아버지는 신문을 가리킨다. 아들은 어리둥절해하면서 신문을 집어 들고 1면을 읽는다.

신문에는 늘 보아 온 익숙한 기사들이 실려 있다. 민족 간의 끊임없는 분쟁, 사전 예고 없는 핵실험, 이상 기후, 첨가

물이 들어 있는 식품, 충동적인 살인, 그 밖에 여러 가지.

아들은 아버지에게 묻는다. 이것들이 왜 문제가 되는가, 날마다 실리는 당연한 기사들 아닌가.

아버지가 공포에 찬 눈빛으로 아들의 얼굴을 바라본다.

아버지는, 이런 기사들을 아무렇지 않게 여기는 너희들이 두렵다고 대답한다. 상상력이 정상적으로 작동한다면 그 연장선 위에 무엇이 있을지 충분히 알 것이다, 현실이 절망으로 가득하다는 것을 알 것이다, 라고. 그러나 아들은 여전히 무슨 소리인지 모르겠다는 표정이다.

아버지는 창백한 얼굴로 손자를 안는다. 너에게 보여 줄 미래조차 이미 없단다. 그는 힘없이 그렇게 중얼거린다.

왜 그들은 절망하지 않는 것일까.

나는 모래에 묻힌 로비에 있는 손님들을 바라본다.

이 세계에, 이 일그러진 세상에, 이 무너져 가는 공중누각에.

나는 절망스럽다, 이 끔찍한 세계가.

그리고 해마다 나를 이곳에 얽매게 하는 인연의 암울함이.

나는 별난 인간이다. 내 별난 점은 절망이 감정으로 이어지지 않는 것이다. 내 절망을 알아채는 자는 아무도 없다.

X의 목소리: "······그리고 이 고요함. 이 호텔에서 목소리를 높이는 사람을 본 적을 없어요. 단 한 사람도. 마치 그 어떤 의미도

가져서는 안 된다는 듯 공허하게 이어지는 대화. 한번 시작된 말이 갑자기 얼어붙듯 멈췄다가는 그 지점 또는 다른 지점에서 반드시 다시 시작되지. 뭐, 그런 것들은 아무 상관도 없소. 언제나 반복되는 허망한 말들일 뿐이니까. 하인들도 침묵하고, 게임 역시 말없이 진행되지. 그곳은 휴식을 위한 장소. 비즈니스를 논의하는 사람도 없고, 어떠한 일도 진행되지 않으며, 심지어 정열을 불러일으킬 만한 일은 누구도 화제 삼지 않아요. 도처에 '정숙', 또는 '침묵'이라고 적힌 표지가 있었지."

나는 따분하다.

오늘 아침의 괘종시계 소동으로 이치코 씨의 차 모임이 취소되는 바람에 다도코로 사키 씨에게 빌린 책을 꾸역꾸역 읽기는 했지만, 솔직히 나중에는 고통스러웠다. 문장이 짧은 데다 줄 바꿈도 심한 것이, 그나마 양이 많지 않아 다행이었다. 이런 소설이 영화화되는 일은 상상만 해도 끔찍하다. 나는 영화라는 것에 아직도 환상과 존경을 품고 있는데, 필름을 헛되이 쓰는 일만은 사양해 줬으면 좋겠다.

로비에서 지인을 찾아 새 책을 조달했다.

사람들은 자신이 다 읽고 난 책은 기꺼이 빌려 준다.

해부학자가 쓴 독서 에세이, 미국 현대 문학, 독일에 사는 여성 작가의 최신작. 30분도 채 안 돼 몇 권의 책이 내 수중에 들어왔다. 다도코로 씨에게는 미안하지만, 이쪽이 내 취향에도 맞고 읽는 재미도 있을 것 같다.

"어머, 아마치 교수님, 제가 빌려 드린 책은 벌써 다 읽으셨어요?"

마침 그때 다도코로 씨가 내 뒤를 지나가며 말을 걸어 화들짝 놀랐다.

애써 낭패한 기색을 감추며 나는 가볍게 인사했다.

"네, 고마웠습니다. 젊은 사람 취향이었지만 그래도 재미있게 읽었어요."

다도코로 씨가 후후, 웃는다.

"괜찮아요, 그런 말씀 안 하셔도. 저도 참아 가며 읽었는걸요. 영화화된다고 해서 화제가 된 작품이니 얘깃거리나 삼으세요. 내년 여름에는 개봉될 예정이래요."

"영화화된다고요?"

근처 소파에 앉아 있던 부인이 관심을 보였다. 나는 다도코로 씨의 책을 그녀에게도 빌려 주자고 제안했다. 물론 다도코로 씨도 반대하지 않는다. 멋진 독서의 물결이다.

"오늘 아침 그 일은 대체 뭐였을까요?"

"일어나 있었어요?"

"네. 눈이 말똥말똥해져서 그 후로는 통 못 잤어요."

"전, 눈사태라도 난 줄 알았다니까요."

저쪽 테이블에서 소곤거리는 소리가 들린다. 역시 오늘 아침의 괘종시계 사건이다.

다도코로 씨의 표정이 갑자기 어두워졌다.

자신이 매니저로 일하는 미즈호 씨를 염려하는 탓일 것이다.

"미즈호 씨는 지금 어디?"

그렇게 물어보았다. 다도코로 씨도 자신의 표정이 바뀌었다는 것을 알 듯싶었다.

"아마 류스케 씨와 같이 있을 거예요. 아까 둘이 도서실에 가는 걸 봤거든요."

"아. 류스케 씨, 미즈호 씨의 사촌 동생 말이군요."

다도코로 씨의 눈길이 허공을 더듬는다.

뭐지, 저 불안한 눈빛은. 그녀의 눈길이 뭘 좇고 있는 것일까.

나는 그녀의 시선이 닿은 쪽으로 고개를 돌렸다.

편안하게 담소하고 있는 미나토 도키미쓰의 모습이 시야에 들어왔다. 하지만 그 외에도 손님이 몇 명 더 있어, 그녀가 누구를 보고 있는지 정확히는 알 수 없다. 아니면 도서실 쪽을 보고 있는 것인가.

다도코로 씨는 애매하게 미소지으며 인사를 남기고 사라졌다.

나는 해부학자의 에세이를 펼친다. 지금 기분에는 이 책이 어울릴 듯하다.

"저기 좀 봐. 무슨 유령 그림자 같네."

"아유, 섬뜩해. 뭘로 가리기라도 하면 좋을 텐데."

뒤쪽에서 수군거리는 소리가 들려 고개를 드니 계단 층계참에 휑한 괘종시계 모양의 여백이 눈에 들어온다. 과연, 여기서 보니 하얗고 거대한 그림자가 가로막고 선 것 같다. 조그만 스탠드와 꽃병이 놓여 있지만, 여백을 메우기에는 역부족이다.

괘종시계.

층계참에 서 있던 노인. 묘한 미소를 띠고 층계참 괘종시계 앞에 서 있던 남자.

괘종시계 소리.

노인의 미소.

내가 그 미소를 본 게 언제였을까. 올려다본 것으로 기억하니까, 어렸을 때인지도 모르겠다. 그리고 어쩌면 아버지의 손을 잡고 있지 않았을까. 하지만 그 미소는 결코 나를 향한 것이 아니었다. 그렇다면 그것은 아버지를 위한 것이었을까.

아버지 또한 남다른 사람이었다. 나보다 훨씬 세상과 동떨어져 있었다.

하지만 그 노인과 이치코 자매는 아버지의 그 점을 높이 샀다. 겉과 속이 한결같고 타인의 가십에 관심이 없는 성격 덕분에 아버지는 유능한 회계사로 인정받으며 청렴결백하게 살 수 있었다. 그래서 사와타리 가문의 사업뿐 아니라 지극히 개인적인 일에도 깊이 관여하게 된 것이다.

층계참에 서 있던 노인의 미소에 이치코 씨의 엄격한 표정이 겹친다. 그리고 그 위로 사쿠라코 씨의 얼굴이 또. 역시, 세 사람 사이에는 비슷한 점이 있다. 핏줄이란 거역할 수 없는 것이다. 도키미쓰에게서는 느껴지지 않는데.

문득 이치코 씨를 찾아가 볼까 싶은 생각이 들었다.

아침 식사 때 잠깐 얼굴을 보이기는 했는데, 왠지 생기가 없고 안색도 좋지 않았다. 역시 그 괘종시계 사건에 타격을 받은 것일까.

점심 식사 때는 아예 나타나지도 않았다. 하루에 반드시 세 번은 나타나 사와타리 가문의 위엄을 과시하는 그녀가 이렇게 장시간 모습을 보이지 않다니, 흔치 않은 일이다.

나는 책을 옆구리에 끼고 일어섰다.

X의 목소리: "당신이 두려워하는 것은 그가 여기에 다시 오거나, 혹은 그가 여기 있을 때 내가 다시 당신 방으로 들어오는 것이오."

다소 긴 침묵. 잠시 후 화면 밖에서 목소리가 계속된다.

X의 목소리: "그는 당신 방과 거실 하나를 사이에 두고 붙어 있는 방에 머무르고 있었소."

이 목소리는 아주 조금씩 빨라지면서 긴장감이 돌고 자제력을 잃어 간다. 대사를 이어 갈수록 이런 경향은 점점 심해지다가 마침내 매우 격앙되어 더듬거리게 되고, 그러고 나서야 점차 진정된다.

X의 목소리: "하긴, 그 시간에 그는 카드 게임 테이블에 가 있었지. 그 전에 나는 미리 당신에게 가겠다고 일러두었지만 당신은 대답하지 않았어요. 하지만 막상 가 보니 문이란 문은 모두 열려 있더군. 객실 입구도, 거실 문도, 당신 침실 문도. 난 그저 그 문들을 차례차례 밀어젖히고, 또 차례차례 닫기만 하면 되었지."

이 마지막 대사를 말하는 동안 A가 천천히 얼굴을 들고는 고개를 돌려 조용히 카메라를 향한다.

괴로움에 굳어진 A의 얼굴이 클로즈업되는 동안 정적이 이어진다. 그리고 몇 초 후, X의 낮고 차분한, 그러나 권위적인 목소리가 화면 밖에서 들린다.

X의 목소리: "그다음은 당신도 알고 있겠지."

잠시 꼼짝 않고 있던 A의 표정이 일그러지고 입이 점점 벌어지는가 싶더니 그녀가 자지러지는 비명을 지르기 시작한다. 그러나 그 소리는 이내 가까이서 들리는 격렬한 폭음에 지워지고 만다. 그러고 나서 정적 속에서 아까 사격실에서 들었던 것과 똑같은 일련의 규칙적인 총성이 계속된다. 그러는 가운데 일그러진 얼굴로 입을 벌리고 있는 A는 이 장면 끝까지 얼어붙은 듯 움직이지 않는다.

문이 두꺼워 방 안의 동향을 전혀 짐작할 수 없다.

이 방에는 연결된 방이 있고, 그곳은 현재 류스케가 사용하고 있을 것이다.

왠지 불길한 느낌이 들었다. 자고 있는 것인가? 그렇다 쳐도 이렇게까지 조용할 리가 있을까.

사락사락 모래가 떨어지는 소리가 머릿속에서 들린다.

벨을 누르고, 인터폰에 얼굴을 대고 말한다.

"아마치입니다. 계십니까? 좀 어떠신가 싶어서요. 목소리만 듣고 바로 돌아가겠습니다."

인터폰 저쪽은 한없는 정적.

그 침묵이 불길했다.

모래가 떨어지는 소리.

분명하게, 나쁜 쪽으로 확신했다.

나는 재빨리 로비로 가서 류스케 씨를 찾았다. 문을 부수는 데는 그가 가장 적역이라고 판단했기 때문이다.

내 얼굴을 본 그도 사태를 파악한 모양이다. 둘이서 이치코 씨의 방으로 돌아왔다. 우리의 행동을 본 사람은 없는 듯하다.

둘이서 문을 두드렸지만 역시 반응이 없었다.

나는 류스케의 얼굴을 보며 물었다.

"류스케 씨의 방과 이 방이 이어져 있죠? 그 방에서 들어갈 수는 없을까요?"

"가능은 하겠지만 잠겨 있을 텐데요."

"열쇠가 없나 보군요."

"프런트에 가서 마스터키를 빌려 오겠습니다."

류스케는 후다닥 뛰어가더니 마스터키를 손에 쥐고 금방 돌아왔다.

"어서요, 빨리."

문 앞에 창백한 얼굴로 서 있는 그를 재촉하자, 그는 마음을 정한 듯 열쇠를 꽂고 문을 열었다.

찰칵. 문이 열리는 소리가 유난히 크게 울린다.

코를 찌르는 이상한 냄새.

방 안이 약간 매캐하고, 공기가 끈끈하며 무겁고 탁하게 느껴졌다.

이치코 씨는 의자에 기대어 흙빛 얼굴로 축 늘어져 있었다.

류스케가 뛰어가 입가에 얼굴을 댔다.

"괜찮아요, 숨을 쉽니다. 주무시는 것인지, 의식을 잃은 것인지는 몰라도. 그런데 뭐죠, 이 냄새는?"

테이블 위 재떨이에서 담배가 타고 있었다. 담배에서 천천히 연기가 피어오르고 있다.

나도 모르게 입과 코를 막았다.

"이거, 독입니까?"

"글쎄요. 잘 모르겠군요. 그저 냄새가 독한 담배일 수도 있고."

"창문은 열 수 있습니까?"

"눈보라가 몰아치고 있으니. 조금만 열어 보죠."

그와 나는 창가로 다가갔다.

손을 뻗으니 손가락 끝에 한기가 느껴진다.

"호오."

나도 모르게 그런 소리를 내뱉고 말았다.

류스케 씨가 놀란 얼굴로 나를 본다. 나는 내 발견에 스스로 심취했다.

"이거, 밀실이라는 거군요. 보세요. 날씨가 이러니 창문은 꼭꼭 닫혀 있고, 물론 류스케 씨의 방과 통하는 문도 잠겨 있었고, 입구는 지금 열었고."

"딱히 이상할 건 없죠. 고모님은 혼자 계셨으니."

"그럴까요?"

나는 재떨이로 눈길을 돌렸다.

"이건 이치코 씨가 평소에 피우는 담배와 다르군요. 거기 조그만 핸드백 안을 좀 보시죠. 그녀가 피우는 담배가 들어 있을 겁니다. 누군가 이 방에 와서 이 담배를 권했을 거예요."

류스케는 작게 으음, 하고 신음했다.

"그렇다면, 고모님이 이 담배 때문에 기절했다는 건가요?"

그때, 의자에 늘어져 있던 이치코 씨가 류스케의 신음 소리에 반응하듯 웅얼거렸다. 나와 류스케가 놀라며 다가가 말을 건넸다.

"고모님, 고모님, 들리세요?"

"괜찮으십니까? 이 호텔에 의사가?"

"가와구치 선생님이 묵고 있을 겁니다."

"……오오, 류스케. 아니, 아마치 교수님까지."

이치코 씨의 얼굴에 서서히 핏기가 되살아난다. 의외로 분명하게 의식을 되찾은 그녀가 눈을 쓱쓱 비빈다.

"내가 그만 졸고 말았구나."

"이 담배를 피운 사람이 누굽니까?"

류스케가 캐물었다.

"뭐? 아, 내가 피웠지."

"누가 준 겁니까?"

그 질문에 이치코 씨는 정신이 번쩍 든 듯하다. 퍼뜩 놀란 것처럼 방 안을 돌아보고는, 류스케 씨와 내 얼굴을 슬쩍 본다. 그러고서야 자신이 처한 상황과 류스케가 뭘 묻고 있는지 알아차린 것 같다.

"글쎄, 누구였더라. 누가 외국에서 사 왔다며 주지 않았을까. 흔치 않은 것이라서 살짝 피워 보았는데."

그녀는 거짓말을 하고 있다.

류스케가 갑갑함을 감추지 않았다.

"뭔가 들어 있었단 말입니다. 고모님의 목숨을 노리는 자가 있을 수도 있어요."

"무슨 그런 소리를. 아니 벌써 시간이 이렇게 되었나. 담배를 피우다 잠들면 위험하지. 내가 어쩌다. 죄송합니다, 교수님. 이런 꼴을 보여서."

이치코 씨는 상냥한 미소를 띤 채 나를 보았지만, 그 날카로운 눈은 웃고 있지 않았다. 그녀는 끝까지 시치미를 뗄 작정이다. 어째서. 누가 자신의 목숨을 노리고 있는데, 그녀는 상대를 감싸 주려 하고 있다.

류스케가 뭐라 말을 하려고 입을 열었다가, 소용없다고 생각했는지 얼굴을 돌려 버린다.

이치코 씨가 휘청거리며 일어섰다.

"괜찮으시겠어요, 갑자기 일어나도?"

"제가 가와구치 선생을……"

"괜찮다, 무슨 오해를 하고 있는지 모르겠다만."

여전히 강경한 그녀의 말투. 하지만 몸은 아직 완전히 회복되지 않은 듯, 안색이 다시 나빠졌다.

"그냥 앉아 계세요. 무리해서 일어나실 것 없습니다."

내가 손을 내밀자 그녀는 살며시 잡고서 다시 소파에 앉았다. 팔에 힘을 주고 있는 것으로 보아 아직도 머리가 어질어질하고 속도 좋지 않은 것이다.

그녀는 재떨이에서 타고 있는 담배를 보더니 손을 뻗어 비벼 껐다.

"괜찮다, 괜찮아."

주문처럼 중얼거리는 그녀의 목소리를 들으며 류스케와 나는 서로를 마주 보았다.

X: "당신이 내게 저 조그맣고 하얀 팔찌를 준 것도 바로 그날이었소. (사이) 그리고 당신은 내게 1년의 유예 기간을 달라고 했지. 아마도 그런 식으로 나를 시험하려고…… 아니면 나를 지치게 만들려고…… 그것도 아니라면 나를 잊기 위해서였겠지. (사이) 하지만 시간은 중요한 게 아니오. 이제 나는 당신을 데리러 왔소."

(침묵)

나는 눈을 바라보고 있다.

내 방에서, 창밖에 조금씩 어둠이 내리는 것을 바라보고 있다.

그러잖아도 날씨가 나빠 빛이 없는 하루였던 터라 낮과 밤의 경계가 몹시 애매하다. 벌써 해가 질 시간인가, 생각하는 동안 금세 밤이 되고 말았다.

이 애매함이 나는 불안하다.

살아 있다고 생각하는 동안에도 죽어 있는 것은 아닌지.

아직 세계가 존재한다고 생각하는 동안에도 이미 존재하지 않는 것은 아닌지.

그 사실을 모르는 내가 유령이 되어, 이 세상 끝 호텔 방에서 흩날리는 눈을 그저 망연히 바라보고 있는 것은 아닌지.

냉장고에서 생수를 꺼내 마신다.

밀폐도가 높은 호텔은 공기가 건조하다.

나는 술을 마시지 않는다. 술을 마셨을 때의 비정상적인 감각을 좋아하지 않기 때문이다. 술은 절망을 완화하는 듯 보이지만, 술에서 깨어났을 때의 더 큰 절망을 생각하면 나는 술을 즐길 수 없다. 세상 사람들을 봐도, 실제로 술에서 깨어났을 때의 절망이 더 깊을뿐더러 자기혐오와 육체적 고통까지 동반하는 듯하다. 그런데 그런 절망을 경험한 사람일수록 또다시 술을 마시니, 나로서는 불가사의할 따름이다. 그럴 때 세상 사람들은 내가 생각하는 것보다 훨씬 깊은 절망에 빠져 있는지도 모른다는 생각을 얼핏 해 본다.

나는 텅 빈 재떨이를 본다.

아까 이치코 씨 방에서 맡았던 냄새가 뇌리에 되살아났다.

이치코 씨의 처신을 이해할 수 없다. 누가 그녀의 목숨을 위태롭게 한 것일까.

갑자기, 숨이 막힌다.

지난 세월 동안 해마다 이 장소에서 낭비한 시간이 무의미하게 느껴진다.

층계참에 서서 웃고 있던 노인.

그 야릇한 웃음. 모든 감정을 내포한 웃음.

저 웃음은 대체 뭘까, 라고 생각했던 때가 떠오른다.

저 남자는 웃고 있는 것인가, 아니면 경멸의 표정인가, 세상을 저주하고 있는 것인가, 그것도 아니라면……

벨 소리에 몽상이 중단되었다.

문을 열어 보니 류스케와 미즈호가 함께 서 있었다. 둘 다왠지 모르게 창백한 얼굴이다.

"아마치 교수님, 잠시 시간 좀 내주실 수 있을까요? 여러가지로 여쭙고 싶은 것이 있어서요."

류스케가 진중한 목소리로 물었다.

드디어 나타나셨군. 지금까지 우리가 아무런 얘기도 나누지 않은 것이 오히려 이상하다.

올해는 그래야 하는 해인지도 모른다.

두 사람을 방 안으로 들였다.

"어머나, 굉장히 깔끔하게 정리되어 있네요. 내 방은 이틀만 지나도 엉망진창인데."

미즈호가 감탄스럽다는 듯 말한다.

"아닙니다. 난 그저 정리하는 걸 좋아할 뿐이에요. 차라도?"

"집에서 와인을 가져왔는데, 어떠세요? 괜찮으시면 저녁 식사 때까지 함께."

그녀의 손에 들린 토트백에서 와인 병이 고개를 내밀고 있다.

"나는 술을 안 하는데……."

사양하려다 생각을 바꿨다. 왜 그런 충동이 일었는지는 모르겠다. 이것도 평소와 다른 공기 때문인가.

천천히 고개를 끄덕인다.

"그럼 딱 한 잔만 하죠."

"고마워요."

내가 묵고 있는 방은 복층이라서 침실은 2층에 있다.

거실처럼 생긴 내 방 1층에서 지내다 다른 방을 찾아갔을 때 침대와 마주치면 몹시 어색하다.

"또 써늘해졌군요. 날씨가 계속 이 모양이니……. 앞으로도 며칠은 이런 날씨가 계속되려나 봅니다."

류스케가 창밖으로 눈길을 돌리며 말한다.

그의 옆얼굴에 온갖 것들이 점점 떠 있다. 평소에는 성실함과 붙임성이 그 대부분을 차지하는데, 지금은 노회함과 의심 등 평소에 볼 수 없는 것들이 차가운 윤곽을 그리고 있다.

이 사람도 이미 젊지 않군, 하는 감회 비슷한 감정이 일었다. 내가 아는 그는 유복한 환경에서 자란 사람만이 지닐 수 있는 밝음이 전면에 드러나 있는 사람이었다.

미즈호가 잔에 화이트 와인을 따른다.

향기가 아주 훌륭하다. 메마르고 무미건조한 방을 부드럽게 적신다.

"이상한 일들이 자꾸 벌어지고 있어요."

미즈호가 공손하게 말했다.

나는 말없이 그녀의 얼굴을 바라본다. 내가 먼저 말할 수는 없다. 그것이 이 호텔에서의 규칙이다.

"아까 큰고모님 방에서 생긴 일도 그렇고."

류스케가 덧붙인다.

잠시 서로의 속내를 탐색하듯 어색한 분위기가 감돌았다. 류스케가 작은 소리로 헛기침을 하고는 나를 보았다.

"외람된 질문입니다만, 아마치 교수님은 우리 집안과 어떤 관계이신가요? 고모님들과도 친분이 두터우신 것 같던데, 저는 그저 지인이시라는 얘기밖에 듣지 못해서요."

두 사람이 정말 궁금하다는 눈빛으로 나를 보고 있다.

당연한 의문이다. 내가 이곳에 오는 것을 이상하게 여기는 손님들이 많다는 것을 알고 있다. 하지만 내가 먼저 나 자신에 대해 설명할 일은 없다. 나는 스트레인지 스트레인저, 그것이 내 의무다.

"내 아버지는 전 회장님의 회계사로 일했던 다마키 쇼지입니다."

"넷?"

두 사람이 동시에 놀란다.

"다마키 씨라고요? 그런데 성이……."

"전, 그분이 독신인 줄 알았는데요."

미즈호가 반사적으로 말하고는 민망하다는 듯 살짝 얼굴을 붉혔다.

오해할 만도 하다. 아버지는 자신에게 처자식이 있다는 것을 사람들에게 거의 설명하지 않았다. 하기야 그의 개인적인 일을 궁금해하는 사람도 별로 없지 않았을까. 그 정도로 근엄하고 곧으며, 사심 따위가 전혀 느껴지지 않는 남자였다.

"잘 아시겠지만, 아버지는 좀 남다른 사람이었습니다. 그 점을, 나 역시 조금은 물려받았지만."

내 대답에 두 사람은 웃어도 괜찮을지 모르겠다는 듯, 뒤틀린 미소를 살짝 지었다. 나는 농담으로 한 말이었는데.

"아들인 내가 봐도 우리 부모는 좀 이상한 부부였어요. 거의 별거에 가까운 결혼 생활이었죠. 한 달에 한 번 들어오면 그나마 괜찮은 편이랄까. 어렸을 때는 가끔 찾아오는 이상한 아저씨라 여겼죠."

"어머니는 무슨 일을?"

미즈호가 호기심을 드러낸다.

"어머니는 약사였어요. 약국을 했는데, 두 사람 사이에 무슨 약속이 있었는지는 몰라도 오랜 세월 약국을 하면서 담담하게 살았죠."

"그럼 선생님은 어머니의 성을 따르셨나요?"

류스케가 의심스럽다는 표정으로 물었다.

"아닙니다. 아내의 성이에요. 난 데릴사위로 들어갔거든요."

"어머나, 부인이 계세요?"

미즈호가 놀란 목소리로 솔직하게 묻더니 또 입을 가리고 얼굴을 붉혔다.

나는 손을 저었다.

"늘 나 혼자 여기 왔으니 독신이라 여겨져도 어쩔 수 없죠. 아내는 큰 불단 가게의 외동딸입니다. 당초 장인 댁에서는 나를 후계자로 삼으려고 사위로 맞았는데, 나는 전형적인 학자 타입인 데다 장사에 관해서는 아내 쪽이 훨씬 재능이 많아요. 그녀 자신도 점차 그 점을 자각하고 장사에 재미를 붙였고, 지금은 그녀가 가게 쪽 일을 도맡아 운영하고 있습니다. 덕분에 나는 마음껏 학문을 하고 있고요."

"그거 잘되었군요."

둘이 연신 고개를 끄덕인다.

나는 와인 잔에 입을 댔다. 차갑고 향기로운 것이 입 안에 퍼진다. 술에 대해서는 잘 모르지만, 상당히 고급 와인이라는 것은 짐작할 수 있었다.

"아버지가 1년에 한 번은 꼭 나를 이곳에 데리고 왔습니다. 그리고 그때마다 전 회장님을 만나게 해 주었어요. 전 회장님은 아버지를 무척 아끼셨던 것 같은데, 그래서인지 나 역시 귀여워해 주셨어요. 이렇다 하게 뭘 하는 것은 아니었지만, 늘 몇 시간씩 얘기를 나누면서 맛있는 것을 먹었죠."

"우리는 할아버지와 얘기한 기억이 별로 없는데, 대단하군요."

류스케가 매우 놀랍다는 듯이 나를 보았다. 그 눈에 존경의 빛마저 엿보인다.

층계참에 서 있는 노인.

섬뜩한 미소를 띤 남자.

계단 밑에서 그런 그를 올려다보는 아이.

"그렇게 전 회장님께 신세를 많이 진 터에, 매해 이곳에 와야 한다는 언질이 있어서요. 그런 인연으로 고모님들을 방문하는 습관이 계속된 것입니다."

나는 의도적으로 설명을 상당 부분 생략했다.

류스케가 슬며시 머리를 숙였다.

"그동안 그것도 모르고 실례가 많았습니다. 고모님들께 아마치 교수님에 대해 아무리 물어도 대답해 주지 않아서요. 다마키 씨께도 신세를 많이 졌다죠. 할아버지가 돌아가셨을 때도 그 많은 업무를 끈질기고 완벽하게 처리하고 모든 것을 철저하게 확인한 후, 때를 기다렸다는 듯이 돌아가셨다고 들었습니다. 할아버지가 진정으로 신뢰한 분은 다마키 씨뿐이었다고, 다들 그렇게 말하더군요."

그렇다. 그 일이 아버지의 수명을 단축했을 것이다. 세 자매도 전후 상황을 잘 알고 있다.

"그렇다면 아마치 교수님께서 우리 집안 사정을 속속들이 알고 있다고 생각해도 될까요?"

"어느 정도는 그렇죠. 동시에 비밀을 지켜야 하는 의무에 대해서도 숙지하고 있습니다."

나는 어휘를 선별해 가면서 설명했다.

과연 이들에게 어디까지 말해야 하는 것일까.

"이모들에게 무슨 말 못 들으셨어요? 올해는 유난히 이상한 편지가 오질 않나, 문 앞에 장갑이 놓여 있지를 않나, 모두 우리 집안과 집안사람들의 사정에 밝은 사람이 아니면 할 수 없는 행동이에요."

미즈호가 심각한 표정을 지으며 다가앉는다.

"게다가 아까 이치코 고모님 일도 그래요. 고모님들은 무언가를 숨기고 있어요. 혹시 아마치 교수님이 아시는 게 있다면 저희에게도 가르쳐 주셨으면 합니다. 불길하기도 하고, 무슨 일이 벌어진 후에는 이미 늦으니까요. 우리도 이제 우리 가문의 일을 책임감 있게 생각해야 할 나이가 되었다고 봅니다. 우리 할아버지나 아버님과 모종의 약속이 있었는지는 모르겠지만, 아무쪼록."

류스케의 말투는 정중하면서도 위압적이었다. 이럴 때의 그는 강렬한 아우라를 발산한다. 경영자는 그래야 마땅하다. 그러고 보니 평소에는 얌전한 내 아내에게도 그런 카리스마가 있다. 역시 내게는 장사가 맞지 않는다.

"……전 회장님 역시 남다른 분이셨지요."

나는 생각을 정리해 가며 느릿느릿 얘기를 시작했다.

"아버지가 전 회장님에 대해 어떤 견해를 피력한 적은 없지만, 그럼에도 전 회장님은 도무지 이해할 수 없는 구석이 있다는 말을 간혹 흘리곤 했습니다."

웃는 노인.

"나는 지금도 기억하고 있어요. 진실 따위는 소용없다, 전 회장님은 그 말씀을 몇 번이나 하셨죠."

"진실 따위는 소용없다……."

미즈호가 그 말을 중얼중얼 되풀이했다. 나는 고개를 끄덕였다.

"그렇습니다. 진실 따위는 소용없다, 아무런 도움도 되지 않는다고 말이죠."

"저도 들은 적이 있습니다."

류스케가 왠지 모를 어두운 표정으로 말했다.

"인간은 시시껄렁한 진실보다는 재미있는 픽션에 돈을 지불한다, 이 세상 사람들 어느 누구도 진실 따위는 필요로 하지 않는다, 거짓이라도 좋으니 사람들을 즐겁게 하라, 자신을 신비롭게 보이도록 하라, 수수께끼로 가득한 인간이 사람들의 관심을 끌고 존경심도 얻는다, 그렇게요."

"네, 그런 식이셨죠. 그리고 솔직히, 그분에게는 인간 사이에서 벌어지는 문제, 그것도 피붙이들 사이에서 벌어지는 문제를 재미있어하는 악취미가 있었습니다."

류스케와 미즈호는 난감한 표정을 지었다.

"아, 미안합니다."

내가 가볍게 고개를 숙이자, 류스케가 얼른 손을 저었다.

"사실을 말씀하셨는데, 사과는요."

하지만 그의 눈에서는 싸늘한 살기가 엿보였다.

"네, 그래요. 할아버지는 그런 사람이었어요. 그리고 그 점을 대물림했다는 생각도 들고요."

미즈호의 눈빛에 언뜻 불안이 어린다.

그렇다. 그 한 예가 사쿠라코다.

나는 사와타리 가문의 두 사람을 보면서 생각한다.

피를 둘러싼 문젯거리. 그것이야말로 부자들의 쾌락이지.

그 노인은 그렇게 호언했다. 농담인 줄 알았는데, 진담에 가까웠던 모양이다. 그는 갖가지 재난의 씨앗을 뿌리고 다녔다. 그리고 그런 일들을 미주알고주알 내 아버지에게 얘기하고는 가슴 아파하는 아버지의 모습을 즐기지 않았나 싶다.

예를 들면,

예를 들면, 류스케는 아마 모르고 있을 것이다. 그가 사랑하는 아내가 자신과 사촌간이라는 것을.

나는 사쿠라코와 도키미쓰의 친어머니를 알고 있었다. 전 회장이 만든 자회사를 운영하던 여자였다. 그것도 전 회장의 딸, 쉽게 말해서 세상에 알려지지 않은 자식이었는데, 전 회장이 그 딸의 소질을 일찍이 간파해 키운 후에 발탁했다고 들었다. 미모를 겸비한 재원에 야성적이고 상승 욕구가 강했다. 그런데 처자식 있는 남자의 아이를 둘이나 낳은 후에는 대가 꺾이기라도 한 것처럼 마음의 병을 앓았다.

전 회장은 재빨리 그녀를 입원시키고, 아이들은 양자로 보냈다.

그리고 몇 년이 지나 그는 자식이 없는 맏딸 이치코에게 넌지시 암시했다. 자신과 이치코를 닮은 아이들이 지방에서 살고 있다고. 그는 어떤 기대를 품고 있었다. 뭔가 일이 벌어지기를. 비극이 생기기를. 그의 가슴이 두근거릴 만한 문젯거리가 대두되기를.

그리고 또 몇 년이 지나 사고가 발생했다.

사쿠라코와 도키미쓰의 양부모가 그 사고로 죽었다. 나는 신문에서 그 사진을 보았다. 다중 충돌. 트레일러 차체에 찍혀 있던 사와타리 그룹의 로고.

사쿠라코를 처음 봤을 때는 세월이 거꾸로 돌아간 듯한 착각에 빠졌다.

이 사람이 그 여자의 딸이로구나. 그리고 전 회장의 손녀.

우수하고 아름답고 야성적이며, 그리고 어딘가 모르게 파멸적인.

잠시 생각에 빠져 있던 나는 문득 마음속에서 무언가가 움직이는 것을 느꼈다.

아까 이치코 씨의 방에 있었던 사람은 혹시 사쿠라코가 아니었을까.

불쑥 그런 생각이 떠오른 것이다.

만약 사쿠라코가 부모의 죽음에 의심을 품고 있다면, 이치코 씨가 자기를 양녀로 삼고 싶어 했다는 것을 알고 있었다면, 그녀는 과연 어떤 판단을 내릴까?

그 지적이며 영리하고 매서운 눈동자를 떠올린다.

만약 사쿠라코가 자신의 목숨을 노렸더라도 발고할 수 없는 빚이 이치코 씨에게 있는 것이라면.

"그 밖에 우리 집안 사정에 밝은 사람이 또 있나요?"

미즈호가 여전히 불안한 표정으로 물었다.

"교수님은 고모가 옛날에 여기서 쌍둥이를 유산했다는 애기, 아시죠?"

류스케가 방금 생각났다는 듯이 끼어들었다.

"네."

나는 시큰둥하게 대답했다. 그 얘기는 안 나왔으면 했다.

"아이의 아버지를 아십니까?"

드디어 올 것이 왔다. 나는 목구멍 깊숙이 씁쓸한 것을 삼켰다. 물론 내색은 하지 않는다.

"그런 걸 알아서 어쩌려고요?"

그렇게 되물었다.

문득, 방금 전 류스케가 '고모'라고만 했다는 것을 깨닫는다.

이 두 사람은 실제로 유산한 사람이 미즈호의 어머니인 니카코 씨라는 것을 아는 것일까. 표면적으로는 이치코 씨가 유산한 것으로 되어 있지만, 실제로 유산한 사람은 동생인 니카코 쪽이었다. 그 사실을 아는 사람은 아마 세 자매와 나뿐일 것이다.

"어린애 장갑에 줄넘기. 보나마나 그 사건을 암시하는 물건을 엄마와 이모들에게 보낸 것이겠죠."

미즈호가 초조한 표정으로 대답했다.

"글쎄요."

나는 시치미를 뗐다.

"아시다시피 그 세 자매는 식사 때마다 많은 얘기를 하죠.

그중에는 어린애 얘기도 있었습니다. 며칠 전에도 어린 시절 얘기를 했고요. 그래서 누가 장난질을 한 것인지도 모르죠. 꼭 옛날 사건과 연결 지어 생각할 수는 없지 않을까요."

그렇게 그럴듯하게 덧붙이자 미즈호가 입을 다물고 만다.

"고모들이 그렇게 얘기를 지어내기 시작한 계기를 아십니까?"

류스케가 다른 방향으로 질문을 했다. 쉬 물러설 생각이 없는 듯하다.

"류스케 씨는 뭐라고 들었나요?"

내가 되묻자 류스케가 고개를 갸우뚱했다.

"어렸을 때부터 세 자매가 이야기를 지으면서 놀았다는 것밖에 모릅니다. 하지만 그것이 지금은 마치 고모들의 의식이나 의무처럼 보이더군요. 단순한 습관이나 게임이라고밖에는."

류스케는 내뱉듯이 말했다. 그가 그 습관을 탐탁지 않게 여긴다는 것은 분명하다. 물론 기묘한 습관이라는 점은 인정한다. 하지만 내게는 그것이 이 호텔에 묵는 손님들 나름의 오락이자 자매의 매력이기도 하다고 생각된다. 그 이야기의 그로테스크함도 허구라는 전제가 있는 한 적절한 자극제가 될 수 있다.

"내가 들은 바로는 이렇습니다."

내가 얘기를 시작하자 둘이 집중하는 것을 느낄 수 있었다.

"전 회장님은 저녁을 먹을 때면 아이들에게 이야기를 하도록 했답니다. 재미있는 이야기를 한 아이에게는 용돈을 주면서 말이죠. 그러니 아이들도 어렸을 때부터 경쟁심에 불탔겠지요."

나는 잔에 입을 댔다. 싸늘한 향기.

"막내인 미즈코 씨가 초등학교에 들어간 해의 여름 방학이었을 겁니다. 전 회장님이 특이한 제안을 했다는군요. 당시 이 호텔은 없었지만, 이 고장에 피서를 왔던 모양이에요. 무슨 생각으로 그런 제안을 했는지는 모릅니다만 전 회장님은 아이들에게 소위 '담력 테스트'라는 것을 시켰죠."

"담력 테스트라고요?"

미즈호가 잘못 듣기라도 한 양 얼굴을 찡그렸다.

"그렇습니다. 왜 어렸을 때 곧잘 하지 않았습니까. 수련회에 갔다가 산속 깊은 절 같은 데 가서 다녀온 것을 증명하는 물건을 가져오기도 하고, 두고 오기도 했죠."

"다들 했죠. 저도 여기서 했습니다, 여름 방학에요. 오솔길 끝에 조그만 사당이 하나 있어요. 친구와 거길 다녀왔죠. 농담이 안 나올 정도로 무섭더군요. 게다가 도쿄와 달라서 산속은 정말 캄캄하니까 말이죠. 친구들도 모두 도시 아이들이었고. 도중에 겁에 질려서 포기하고 냅다 도망쳐 온 기억이 있습니다."

류스케는 어렸을 때의 기억이 되살아나는지 어깨를 후들후들 떨었다.

내게도 '담력 테스트'의 기억이 있다.

하기야 내 경우는 무서움보다 따분함으로 기억된다. 그 무렵 나는 이미 이 세상에는 무서운 일보다 절망스러운 일이 많다고 생각했다. 아무것도 보이지 않는 캄캄한 밤길을 단순히 걷기만 하는 것은 몹시 따분한 일이었다.

"바로 거기였습니다. 옛날부터 있던 사당이었는데, 형제 모두가 각자 거기에 스푼을 갖다 두고 오는 테스트였지요."

"그런 걸 밤에? 할아버지가 그렇게 시켰단 말입니까?"

그렇게 보아서 그런지 창백하게 질린 표정으로 류스케가 물었다.

나는 고개를 끄덕였다.

"네. 저녁 식사 때 말이죠. 맏아들부터 차례로, 10분 간격으로 한 명씩 출발시켰습니다."

"정말 무서웠겠습니다. 이 호텔이 들어서기 전이라면 캄캄하고 무시무시한 게 지금과는 비교도 되지 않았을 텐데."

류스케의 말투에서 분노에 가까운 감정이 묻어났다.

나도 동의했지만, 진짜 무서운 것은 이제부터다.

두 사람의 얼굴이 파랗게 질려 있었다. 그들도 이 얘기 끝에 있을 불길함을 예감하는 것이리라.

"전 회장님은 시계를 보면서 각각 돌아온 시간을 재겠다고 했습니다. 그리고 1분이라도 더 늦게 돌아온 아이에게 상금을 주겠노라고 했죠. 가장 무서운 체험을 한 아이, 그리고 그 체험을 제대로 얘기한 아이에게는 상금을 덧붙여 주겠노라고 했습니다. 아이들 용돈치고는 파격적인 금액이었다는군요."

둘은 어이가 없다는 표정이었다.

"사모님은 '그렇게 위험한 일을 돈을 걸고 경쟁하게 하다니, 안 된다'고 애원했답니다. 물론 전 회장님이 그 말을 들을 리 없었겠죠. 아이들은 상금에 혹해서 하겠다고 나섰고요."

"소름이 다 끼치네요."

미즈호가 팔을 쓰다듬었다.

"그래서요?"

류스케가 까칠한 목소리로 얘기를 재촉한다.

나는 마치 괴담이라도 늘어놓는 듯한 기분이었다.

아니 실제로 이것은 괴담이다. 그리고 실화다.

"아이들은 한밤중이 되어서야 뿔뿔이 흩어져서 돌아왔답니다. 상처투성이에 피를 흘리는 아이도 있었다는군요."

"무슨 일이 있었다는 건가요?"

미즈호가 목소리를 낮춰 물었다.

"모릅니다."

나는 심드렁하게 대답했다.

"전 회장님은 아이들을 기다리지 않고 잠자리에 들었죠. 사모님이 걱정하며 뜬눈으로 기다렸는데, 무슨 일이 있었는지, 왜 다쳤는지 아무리 다그쳐도 누구 하나 대답하지 않았다고 합니다."

"그래서 상금은 누가?"

류스케가 묻는다. 나는 고개를 저었다.

"이치코 씨가 제일 늦게 돌아왔기 때문에 담력 테스트의 상금은 받았지만, 무슨 일이 있었는지 얘기하지 않아서 그 이상의 상금은 못 받았다고 합니다."

"지독하군요."

류스케가 비열한 처사라는 투로 중얼거렸다.

"한마디로 할아버지다워요."

"그 후부터라는군요, 세 자매가 이야기를 짓게 된 것이. 셋이 돌아가면서 이야기를 길게 지어 나갔는데, 그러다 오늘날의 습관이 된 것이죠. 이유는 잘 모르겠지만 담력 테스트가 계기가 된 것만은 분명합니다."

나는 얘기를 마무리 지었다.

하지만 이번에도 의도적으로 생략한 부분이 있었다. 특히 한 부분을 크게 왜곡했다. 그 부분을 정확하게 얘기했다면 두 사람의 표정은 더욱더 일그러졌으리라.

그들이 담력 테스트를 할 때 들고 간 것은 스푼이 아니었다.

식사용 포크. 어둠 속에서 흉기가 될 수도 있는 물건이었다.

그들은 아마도 서로를 찔렀을 것이다. 세 자매가 여름 산의 어둠 속에서. 증오 때문이었는지, 공포 때문이었는지, 뭘 잘못 보고 그랬는지는 알 수 없다. 하지만 그곳에서 그들은 서로에게 상처를 입혔다.

미즈호는 말없이 모두의 잔에 와인을 따랐다. 나도 거절하지 않았다.

위 속에 무겁고 탁한 것이 고여 있는 기분이었다.

"장갑이다 줄넘기다, 그런 것을 보내는 사람이 누구인지는 나도 짐작이 안 갑니다. 어쩌면 그것은 자매들 사이의 문제인지도 모르죠. 외부 사람이 관여했을지, 그건 모르겠습니다."

그렇게 말하자 두 사람이 화들짝 놀란 듯 나를 보았다.

"설마, 고모들이 서로에게 그랬다는 말씀이세요?"

"그렇게 말하지는 않았습니다."

나는 부정했다.

"다만, 이치코 씨의 태도로 보아 그녀들의 아주 개인적이고 민감한 일과 관계되어 있다는 것은 분명합니다. 그런 일에 우리가 과연 끼어들 수 있을지."

내 대답에 두 사람은 동의와 실망의 표정을 보였다.

미즈호가 깍지 낀 손을 무릎에 올려놓고 거기에 얼굴을 갖다 댔다.

"나도 잘 모르겠더라고. 옛날부터, 엄마와 이모들이 단단히 뭉쳐 있는 것인지 뿔뿔이 흩어져 있는 것인지, 서로를 사랑하는 것인지 미워하는 것인지. 그 세 사람 사이의 문제라고 하니까 납득이 가네. 오랜 시간을 두고 속에서 곪아 있던 것이 지금 밖으로 터져 나오는 것인지도 몰라."

그녀는 자기 자신에게 말하듯 중얼거렸다.

"나도 그 생각은 전혀 못했군. 외부 사람이라고만 여겼지."

류스케도 고개를 끄덕였다. 고모들의 감정적인 문제라면 굳이 외부 사람에게 도움을 청하지 않아도 된다는 안도와, 그분들 사이의 일이라면 더욱이 자신들에게는 벅찬 심각한 문제라는 염려가 뒤섞인 표정이다.

셋이서 한동안 말없이 와인을 즐겼다. 다들 즐겼는지는 불확실하지만, 적어도 나는 그 향과 맛을 즐겼다고 할 수 있다. 그리고 세상 사람들이 술에서 뭘 원하는지 어렴풋이 알 듯한 기분이 든 것은 신선한 충격이었다.

"죄송해요, 시간을 너무 많이 뺏어서."

미즈호가 자리에서 일어나며 류스케에게 눈짓했다. 이제 그만 가자는 신호다.

"그렇군요. 그럼 나중에 저녁 식사 자리에서."

주춤거리며 자리에서 일어서던 류스케의 눈길이 내가 읽다 테이블에 올려놓은 책에 머물렀다.

"아마치 교수님은 책을 많이 읽으시나 봅니다. 저도 내일 돌아가기 전까지 책이나 좀 읽어 볼까요. 책 한 권 빌려 주시겠습니까? 아, 누나는 먼저 가도 괜찮아."

"그럼 먼저 가 볼게요. 나중에 뵙겠어요."

미즈호는 억지웃음을 지으며 고개를 숙이고는 방을 나갔다.

물론 나는 류스케가 이 방에 더 머물기 위한 구실로 책을 운운했다는 걸 안다.

문이 닫히는 소리를 듣고 류스케는 정색을 하며 나를 보았다.

"교수님은 알고 계시죠? 이곳에서 쌍둥이를 유산한 사람이 미즈호의 어머니라는 것을요."

아니라고 둘러댈 수 없다는 생각에 나는 고개를 까딱 숙였다.

"그럼 아버지는 누굽니까?"

류스케는 다시 그렇게 물었다.

그 눈을 보니 대답을 피하기가 어려웠다.

"내 아버지입니다."

류스케의 안색이 변하면서 순간적으로 숨을 멈추는 것을 느낄 수 있었다.

잠시, 서로를 응시한다.

나는 웃으며 그의 어깨를 쳤다.

"농담입니다, 농담. 사실은 나도 잘 몰라요. 적어도 우리가 아는 사람은 아닌 듯합니다, 아버지 얘기로는."

류스케는 크게 한숨을 내쉬고는 내 등을 툭 쳤다.

"아, 깜짝 놀랐습니다. 농담으로 들리지 않았어요."

"그런가 보군요. 내가 농담을 하면 늘 그래요. 주위 사람들이 다 얼어붙으니, 농담을 하기가 무색해요."

내가 진지한 표정으로 중얼거리자 류스케가 "하하하." 하고 소리 내어 웃었다. 이 방에 들어온 후 처음으로 누그러진 표정이다.

그 특유의 붙임성 있는 얼굴로 미소를 건넨다.

"할아버지가 교수님을 마음에 들어 한 이유를 알 것 같습니다."

"그래요?"

나는 어깨를 으쓱했다.

류스케는 후후후 웃으면서 문을 향해 걸어갔다.

"저녁은 저희 자리에서 함께 하시죠. 기다리고 있겠습니다."

그는 미소를 남기고 방을 나갔다.

혼자 남은 나는 낮은 한숨을 쉬고서, 잔에 남은 와인을 한 모금 마셨다. 실내가 따뜻한 탓에 미지근해져서 맛이 밍밍하다.

나는 방 안에 가만히 서 있었다.

밖은 완전한 어둠, 돌아보니 유리창 속의 자신도 나를 돌아본다.

전 회장은 여러 가지 얘기를 했다. 그 가운데 몇 가지는 지금도 메아리처럼 내 안에서 울리고 있다.

'진실은 그 자체로도 재미있지만 허구가 섞이면 더욱 진한 향을 풍긴다.'

나는 남은 와인을 단숨에 들이켰다.

진실은 거짓에 섞어야 한다. 그래야 더욱 진실다워 보인다. 또 진실은 농담에 섞어야 한다. 그래야 얘기가 더욱 탄탄해진다.

나는 지금, 전 회장이 가르쳐 준 교훈을 실천한 것에 불과하다.

A: "아니요, 안 돼요. 그럴 수 없어요."

X: (매우 다정하게) "아니요, 안 돼요. 그럴 수 없어요……(마치 꿈을 꾸듯 아련하게 되풀이한다). 물론 그렇겠지. (사이) 하지만 당신은 알고 있소, 이건 가능한 일이고, 당신은 준비가 되어 있으며, 이제 우리는 떠난다는 것을."

A: "어떻게 그렇게 확신할 수 있죠? (사이) 대체 어디로 떠난다는 거예요?"

X: (다정하게) "어디가 될지는…… 잘 몰라요."

A: "그것 봐요. 우리는 헤어지는 편이 좋겠어요, 영원히. 지난

해라니, 오! 말도 안 돼. 그런 일은 있을 수 없어요. 당신 혼자 떠나세요…… 그리고 우리, 영원히……."

X: (다소 격하게 그녀의 말을 가로막으며) "말도 안 돼! 우리가 서로를 잃고, 외톨이가 되어서, 서로를 영원히 기다려야 하다니, 말도 안 돼. 당신은 지금 두려워하고 있어!"

아마도 사와타리 집안과 전 회장은 훗날을 위해 내 아버지에게 올가미를 씌워 놓았을 것이다. 아무리 근엄하고 성실하며 강직하고 충실한 회계사라 해도, 무슨 일로 어디에 구멍이 생길지 알 수 없는 노릇. 언젠가 사와타리 집안의 적으로 돌아서 아킬레스건이 될 수도 있다. 아버지 본인에게는 그럴 마음이 전혀 없다 해도, 생각지 못한 형태로 누군가에게 이용당할 수도 있는 일 아닌가.

그렇다고 전 회장이 아버지를 의심한 것은 아니다. 유능한 경영자로서 수많은 신산을 겪으며 기업과 일족을 이끌어 온 사람이 당연하게 취한 하나의 안전장치에 지나지 않았을 것이다.

그러니까 아버지는, 걸려든 것이다.

니카코 씨가 임신하고 유산한 것은 사실이고, 그녀에게 씨를 뿌린 남자가 존재한 것도 분명하지만, 그 상대가 내 아버지였는지는 확실치 않다. 하지만 상황이 내 아버지가 쌍둥이의 아버지라고 믿게끔 돌아간 것은 분명하고, 그렇게 믿을 수밖에 없는 사건도 실제로 있었을 것이다. 그리고 그 일 때문에 아버지가 얼마나 죄의식에 시달렸을지도 상상하고 남는다.

그렇게 조작된 것이다. 요는, 진짜 아버지가 누구든 그건 상관없었다. 내 아버지가 자신이 아버지라고 믿기만 하면 그것으로 충분한 일이었다.

니카코가 외간 남자의 아이를 임신한 사건이 먼저였을 것이다.

어차피 이 세상에 태어날 수 없는 아이. 서둘러 처분해야 했다. 하지만 사와타리 집안은 어떤 잘못이든 유효하게 이용하려 들기에 사와타리 집안인 것이다.

자신이 아버지일 것이라고 믿게 된 사람이 내 아버지만은 아니었을 거라고 나는 생각한다. 사와타리 집안은 온갖 수단과 방법을 가리지 않고 그들에게 그런 생각을 심고 죄의식을 짊어지게 했을 것이다. 그런 사람들이 사와타리 집안의 자존심과 자산을 지금까지 지켜 온 것이다.

그렇다고 딱히 전 회장을 원망하는 것은 아니다.

그리고 그것이야말로 나다운 점이라고 생각한다.

아버지를 딱하다고 여기지만, 니카코의 거짓말을 간파하지 못한 아버지, 죄의식을 짊어질 수밖에 없는 행위를 저지른 아버지에게도 잘못은 있다.

그보다, 사와타리 집안은 참으로 불가사의하다.

그리고 뭐가 어쩌고저쩌고하면서도 해마다 이렇게 이곳에 오는 나 자신도 불가사의하다.

그 집안을 떠나지 마라.

아버지의 목소리가 들린다.

하지만 관여하지는 마라. 멀지도 가깝지도 않게, 적당한 거리를 유지해라. 늘 방관자로 지내라.

이것이 내 딱한 아버지의 유언이었다. 물론 사와타리 집안은 아버지에 대한 보상을 아끼지 않았고, 우리 가족에게도 편의를 많이 제공해 주었다. 나나 어머니는 그 점에 대해서는 감사하고 있지만(아니, 어머니는 어땠는지, 그 부부에 대해서는 아직도 잘 모르겠다), 그 이상으로 그들이 우리에게 뿜은 독은 강렬했다. 우리는 사와타리 집안의 독에 절어 있다. 그러나, 솔직히 말하자, 그래서 기뻐하고 있기도 하다.

그렇다. 그 사람들은 사와타리 집안 자체에 중독되어 있는 한편 그것에서 벗어나고자 하는 의식도 있었다. 또 그들은 자신들이 비정상적인 존재라는 것을 자각하고 있었으며, 그 점을 인정해 주고 냉철하게 지켜봐 줄 존재도 필요했다.

그런 존재로 선택된 자들이 아무래도 우리 부자였던 것 같다.

내가 스트레인지 스트레인저로 이곳에서 혼자 책을 읽는

이유도 바로 그것이다.

지금 나는 묘한 예감을 품고 있다.

이제 곧 내 임무도 끝나지 않을까. 책을 덮고 이 로비의 소파에서 일어나 여기를 떠나면 두 번 다시 돌아오지 않을 날이 가까워진 것은 아닐까.

식당을 향해 긴 복도를 걸어가면서 나는 그런 생각에 확신을 가지게 되었다.

X의 목소리: "아직도 무슨 증거가 더 필요한가? (사이) 내게는 당신이 떠나기 며칠 전 오후에 공원에서 찍은 사진까지 있어요. 그런데 그 사진을 보여 주자 당신은 또다시 그건 증거가 안 된다고 말하더군. 그런 사진은 언제 어디서든 누구라도 찍을 수 있다고. 배경도 모호하고, 너무 멀리 떨어져서 잘 보이지도 않는다며⋯⋯."

마지막 말과 동시에 책이 A의 무릎에서 미끄러져 바닥으로 떨어지고, 거기서 사진 한 장이 흘러나온다. A는 몸을 굽혀 그것을 바라보다가 사진을 주워 도로 책갈피 사이에 끼우고 책을 무릎에 올려놓는다. 그러고는 다시 생각을 바꿔 책을 집어 들고 페이지를 넘기면서 사진을 찾아내 좀 더 주의 깊게 바라본다(그리고 사진을 뒤집어 보기도 한다). 그것은 정원에 그녀 홀로 있는 사진. 잠시 후 화면 밖에서 목소리가 계속된다.

X의 목소리: "정원…… 그곳이 어디이든…… 나는 당신에게 흰 레이스 천을 보여 줘야만 했어. 그 하얀 물결 같은 레이스에 당신의 몸을…… 하긴 몸이야 모두 마찬가지. 흰 레이스도, 호텔도, 조각상도, 정원도 모두…… (사이) 하지만 이 정원은, 내게는, 그 어느 정원과도 달랐어…… 여기서 나는 매일 당신을 만났지……."

복도 어둠 속에 사람이 앉아 있는 것이 얼핏 보였다.

한구석에 장식물처럼 놓여 있는 조그만 소파.

그 사람은 내가 알아봐 주기를 기다렸다는 듯, 천천히 얼굴을 내게로 향하며 소리 없이 일어섰다.

"사쿠라코 씨."

나도 모르게 이름을 불렀다.

"아니, 왜 이런 데서. 누구를 기다리고 있는 겁니까?"

말을 건네자, 몸은 가냘파도 존재감은 강한 그녀가 미소를 띠고 나를 쳐다본다.

지성과 야성. 그리고 파멸의 예감. 그녀의 몸 어딘가에 흐르고 있을 그의, 그들의 피.

"교수님을 기다리고 있었어요."

그녀는 생긋 웃으며 대답했다. 요염하지만 교태는 없는 신비로운 목소리다.

"오호, 그거 반가운 일이군요. 그런데 무슨 일로?"

"알고 계실 텐데요."

그녀는 결코 서두르지 않았다. 복도 한가운데에 팔꿈치를 껴안고 서 있다.

나는 망설였다. 그녀가 무슨 말을 하고 싶어 하는지, 알 것 같기도 하고 모를 것 같기도 하다.

"사쿠라코 씨, 오늘 이치코 씨 방에 갔었나요?"

그렇게 물어보았다. 만일 그녀가 이치코 씨의 목숨을 노렸다면 조금은 움찔할 것이다.

"아니요. 저는 그 전에 찾아뵈었는데요."

사쿠라코는 이상하다는 표정을 짓더니 무언가를 탐색하는 듯한 눈빛을 보였다.

아무래도 긁어 부스럼을 만든 모양이다. 사쿠라코 범인설은 나의 오류인 듯하다.

"고모님에게 무슨 일이라도?"

그녀가 눈살을 살짝 찡그리며 물었다. 나는 고개를 젓는다.

"아닙니다. 조금 전에 다녀왔는데, 그 방에 흔치 않은 담배 냄새가 남아 있었어요. 그런 담배를 피우는 손님이 누굴까 싶어서."

사쿠라코는 생각에 골몰하는 표정을 지었다.

"그러고 보니, 아까 다도코로 씨가 걸어가는 것을 봤어요.

이치코 고모님 방에서 나오는 것 같던데요. 차 모임이 취소되었다고 들은 터라 좀 이상하다 싶었죠."

다도코로 사키. 그 이름은 다소 의외였다.

아까 로비에서 무언가를 보고는 불안해하던 그녀가 떠오른다.

"다도코로 씨가 담배를 피웁니까?"

사쿠라코는 기억을 더듬듯 잠시 머뭇거리더니 가볍게 고개를 끄덕였다.

"그녀의 방 테이블에 담배와 라이터가 놓여 있는 것을 본 적이 있어요. 하지만 누구와 함께 있을 때 피우지 않았을까요. 혼자 있을 때는 안 피우는 타입 같던데."

"담배 이름이 뭐였죠?"

"글쎄요, 거기까지는 기억나지 않아요. 하얀 갑이었다는 것밖에."

"흐음."

"아마치 교수님, 다마키 선생님의 아들이시죠?"

나는 움찔 놀라며, 그렇게 넌지시 묻는 그녀의 얼굴을 바라보았다.

그녀의 얼굴에 묘한 표정이 어려 있다. 공감, 또는 연민.

"그리고 당신은 전 회장의 손녀죠."

반사적으로 그렇게 대답하자 그녀는 당연하다는 듯 고개를 끄덕였다.

"아버님께 들으셨군요."

"들었다고 할까, 암시가 있었다고 할까. 물론 다른 사람에게 발설할 뜻은 없습니다. 사쿠라코 씨는 누구에게 그 말을?"

"미즈코 고모님요."

사쿠라코의 말투에 희미한 경멸이 배어 있다.

"호오, 언제요?"

"작년이었을 거예요. 그분, 입이 좀 가벼운 듯하더군요. 그 때문에 분란이나 일어나지 않으면 좋으련만."

그 말이 분란이 일어날 것이라는 예고로 들렸다.

"원망하고 있습니까?"

나도 모르게 그렇게 묻고 말았다.

그녀는 애매하게 미소지었다. 그 미소가 소름 끼치도록 요염했다.

"뭘요? 그리고 누구를 원망하나요?"

그녀가 천천히 되물었다.

나는 할 말을 잃는다.

"글쎄요, 뭐라고 말하기가."

"아마치 교수님은 어떠세요?"

사쿠라코가 노래하듯 묻는다.

"나요? 내가 왜?"

"교수님이야말로 원망할 이유가 있지 않나요?"

그 순간 그녀의 눈에 살기가 어린 듯한 느낌이 들었다.

교활한 야생 동물의 눈빛을 본 것처럼 등줄기가 서늘해진다. 그녀는 내 아버지와 니카코 씨의 관계를 알고 있는 듯하다. 그것도 미즈코 씨에게서 들었단 말인가. 그렇다면 미즈코 씨가 경솔했다. 세월이 서서히 비밀의 뚜껑을 헐겁게 만든 것일까.

"지금 이 세상에서 가장 로맨틱한 것이 뭐라고 생각하세요?"

사쿠라코가 걸음을 옮기면서 물었다.

"잘 모르겠군요."

나도 걸음을 떼면서 어깨를 으쓱한다.

"복수예요."

사쿠라코가 걸음을 딱 멈추고 대답했다.

"복수?"

"네. 시시껄렁한 앙갚음과 좀스런 심술은 난무하지만, 복수는 말 자체가 사어가 되고 말았죠. 하지만 제대로 된 복수는 하기도 힘들고, 아무것도 남지 않고, 그리고 지금 이 세상에서 가장 로맨틱한 거라고 생각해요, 전."

"흠, 일리 있게 들리는군요."

"그렇죠?"

사쿠라코가 희미한 미소를 띠고 돌아보았다.

"만약 제가 복수하는 일이 있다면, 교수님 몫까지 함께 하죠."

자신감에 찬 그녀의 웃는 얼굴이 두려웠다.

그러나 한편, 그 확고한 의지로 넘치는 아름다운 윤곽에 황홀감을 느끼기도 했다.

M은 거의 언제나 지체 없이 말을 꺼낸다. 두 사람이 마치 다른 곳에 있는 것처럼 대화가 두서없이 이어진다.

M: "노크했는데…… 안 들렸나?"

A: "물론 들렸죠. 들어오라고 했는데."

M: "아……, 목소리가 작았나 보군."

침묵. 그가 사진을 본다.

M: "이 사진은 뭐지?"

A: "보시는 대로예요…… 내 옛날 사진."

M: "그래. (사이) 언제 찍은 거지?"

A: "모르겠어요…… 지난해인가?"

M: "아. (사이) 누가 찍었는데?"

A: "몰라요…… 프랭크였나……."

M: "프랭크는 지난해에 여기 없었는데."

침묵.

A: "글쎄요, 여기서 찍은 게 아닌가 보죠…… 프레드릭스바드 일지도…… 아니면, 다른 사람이 찍었을지도."

침묵.

M: "그래…… 그런가 보군. (사이) 오후에는 뭘 하며 지냈지?"

A: "아무것도…… 책 읽었어요."

M: "당신을 찾아다녔어…… 정원에 있었나?"

A: "아니요, 휴게실에…… 영화실 옆에요."

M: "아, 거기…… 내가 거기도 가 봤는데." (침묵)

A: "내게 뭐 할 말이라도 있었나요?"

M: "아니. (사이. 다정하지만 조금 슬픈 듯이) 걱정거리가 있는 모양이로군."

A: "좀 피곤해서……."

그러더니 A는 다시 옆쪽 바닥을 내려다보기 시작한다. 아까 팔찌가 끊어졌을 때 진주가 굴러 떨어졌을지 모르는 부근이다. M이 그런 그녀를 바라본다.

M: "좀 쉬는 게 좋겠군. 우리가 이곳에 쉬러 왔다는 사실을 잊지 마. (사이) 뭘 잃어버렸나?"

A: "아니…… 혹시 진주가…… 조그만 팔찌가 끊어졌어요."

M: (서랍장 위에 있는 진주를 보며) 신경 쓸 거 없어…… 모조품인 거 알잖아."

A: "그래요……."

하지만 그녀는 고개를 숙이고 계속 찾는다. M이 문 쪽을 향한
다. 그러자 그녀가 얼굴을 든다.

A: "어디 가요?"

M: "사격실에 가 볼까 하고."

M은 문 옆에서 걸음을 멈춘다.

A: "이 시간에?"

M: "그래. 그게 뭐 이상한가? (사이) 앤더슨이 내일 도착할 거
야…… 정오에 그와 함께 식사할까 하는데…… 당신에게 다른
계획이 없다면……."

A: "없어요…… 물론…… 그런데 다른 계획이라니, 무슨?"

M: "그럼, 밤에."

M이 문을 열고 나가면서 이 장면이 끝난다.

모래 떨어지는 소리가 난다.

웃고 떠드는 왁자지껄한 소리. 접시와 잔이 부딪치는 소리.
식당 안에 울리는 갖가지 소리. 그 어느 한편에서 사락사락
흰 모래 떨어지는 소리가 난다.

음식은 맛있고, 한 테이블에 자리한 류스케와 미즈호, 사쿠
라코와 도키미쓰, 다도코로와 함께 나누는 대화도 즐겁다.
류스케는 내일 아침 이곳을 떠난다고 한다.

왜 이 사람들에게는 보이지 않는 것일까.

나는 이따금 훔쳐보듯 발치와 창가로 눈길을 돌린다.

테이블 다리 옆에 쌓이는 하얀 모래. 무릎에 놓인 냅킨 위에도 하얀 모래가 흩뿌려져 있다. 창틀 사이로도 모래가 흘러든다. 이 호텔은 모래에 묻혀 가고 있다.

사람들은 이렇게 맛있는 것을 먹으며 화기애애하게 담소하고 있지만, 세계는 모래에 묻혀 모래시계의 사구 아래로 가라앉고 있다. 그리하여 세계는 소리 없이 끝나 간다.

그렇게 끝나도 괜찮지 않을까.

아무런 고통도 없고, 재난도 없다. 술과 수프 속으로 생이 가라앉는 것을 보고만 있어도 된다면, 멋들어진 종말 아닌가.

하지만 늘 그렇듯, 나는 슬펐다. 마음 저 깊은 곳까지 절망에 차 있었다.

이런 존재로 태어났을 때부터 운명은 결정되어 있었다. 그러니 슬퍼해도 소용없는 일. 그렇게 속으로 뇌까려 보지만, 허무함만은 어쩔 도리가 없다.

테이블 건너에서 이쪽을 보고 있는 사쿠라코와 언뜻 눈이 마주쳤다.

그녀의 얼굴에, 미소를 머금은 것인지 눈물을 머금은 것인지 모를 표정이 순간적으로 어렸다가 이내 사라진다.

그 표정은, 마침내 드러날 진정한 공포의 전조였는지도 모르겠다.

여느 때와 다름없는 얼굴을 하고서, 그것은 은밀하게 시작되었다.

시작한 사람은 이치코 씨였다.

"자, 이제 따분한 산장 생활도 후반에 접어들었으니, 오늘은 비장의 이야기를 풀어놓아 볼까."

이치코 씨가 그렇게 말하며 두 동생을 돌아보았다. 두 사람이 바짝 긴장하는 것처럼 느껴진 것은 내가 그렇게 보아서였을까.

두 사람의 시선이 허공을 맴돌다 순간적으로 겹쳐지는 것을 본 손님들에게도 긴장감이 옮아간다. 시끌시끌하던 소리가 조금씩 잦아들고, 손님들의 시선이 자연스레 세 사람을 향한다.

"오늘은, 우리가 왜 이렇게 수다쟁이가 되었는지 그 이야기를 하기로 하죠."

이치코 씨는 좌중을 둘러보며 온화한 말투로 이야기를 시작했다.

두 자매는 이번에야말로 말똥말똥 자기 언니를 쳐다보았다.

나는 긴장했다.

설마.

설마, 그 얘기를 할 작정인가.

그때 종업원이 다가와 이치코 씨의 귀에 대고 뭐라고 속삭였다. 이치코 씨가 고개를 끄덕인다.

"그렇지, 내가 잊고 있었군. 오늘은 사실, 우리가 여러모로 신세를 진 분의 기일이에요. 그러니 여러분도 함께 그분을 위해 와인을 들어 주세요. 지금부터 차례로 와인을 따라 드릴 테니, 그 맛을 음미해 보세요."

종업원들이 세련된 움직임으로 와인을 따르기 시작한다. 세 자매의 잔에도 빨간 술이 담겼다.

시끌시끌한 말소리가 다시 살아났다. 와인의 라벨을 들여다보는 사람들의 수군거림이 들뜬 분위기를 자아낸다.

이치코 씨는 좌중의 소란이 일단락되기를 기다리는 듯했다.

우리가 앉은 테이블에도 차례가 돌아왔다. 하지만 나는 라벨이나 확인하고 있을 여유가 없었다.

설마, 정말?

우리 테이블의 다른 사람들도 긴장감을 감추지 못한다. 모두들 와인 잔을 든 채 세 자매 쪽을 응시하고 있다.

"자, 그럼 시작하지. 왜들 그래, 너희들도 잘 아는 얘기일 텐데? 할 수 없군, 나부터 시작해야지."

동생들의 얼굴이 점점 창백해진다.

하지만 이치코 씨의 표정은 조금도 변하지 않는다.

"여름 방학이었어요."

이치코 씨는 허공의 한 점을 노려보듯 하며 이야기를 시작했다.

마치 그 시선 끝에서 그녀에게 스포트라이트를 비추는 듯하다.

그녀는 반짝거리는 빛에 에워싸인 것처럼 보였다. 그녀가 입은 기모노의 무늬 때문인지도 모르겠다.

"덥고 눅눅한 여름이었죠. 깊은 산속으로 피서를 왔는데, 그곳 역시 사우나처럼 더웠어요. 우리는 정말 심심했죠. 아, 무슨 스릴 넘치는 일이라도 생기면 좋겠는데. 그런 생각을 했어요. 너희들도 그랬지? 산속 생활이 재미없고 따분하고 덥고 벌레에 물리기만 해서 빨리 돌아가고 싶다고 했잖아."

이치코 씨가 두 동생을 돌아본다.

동생들이 움찔하며 몸을 떨었다.

게임은 시작되었다. 이야기는 계속되어야만 한다. 그런데 동생들은 계속 이어 나가기를 노골적으로 주저했다. 이치코 씨가 눈짓으로 재촉하고 압박해도, 그녀들은 좀처럼 입을 열려고 하지 않았다.

이치코 씨가 흥, 하며 빈정거리는 미소를 띠었다.

그러더니 또다시 허공의 한 점을 응시하고는 스스로 이야기를 이었다.

"그때, 우리 셋이 아이디어 하나를 짜냈어요."

이치코 씨는 뭐가 그리 재미있는지 후후후, 하고 조그맣게
웃었다.

"담력 테스트였죠."

나는 그 순간 등골이 써늘해졌다. 정말로, 정말로 이치코
씨는 그 얘기를 할 작정이다. 진실은 허구 속에. 진실은 거짓
말 속에. 진실은 농담 속에. 지금 그녀는 진실을 허구 속에 담
아 이야기하려 하고 있다.

"산속이라 밤이 캄캄하기가 이루 말할 수 없었죠. 아이들이
어둠을 얼마나 무서워하는지는 여러분도 잘 아시겠죠. 당시
는 벽장이나 광, 창고가 있었던 시절이니까, 말을 안 들으면
벽장에 가둔다, 하면 무서워서 벌벌 떠는 아이들도 많았을
거예요. 하기야 아무것도 없는 산속에서 공포란 아주 훌륭한
오락이었죠. 그건 요즘 세상도 다르지 않은 것 같더군요. 공
포 영화가 그렇게 많이 제작되는 걸 보면."

이치코 씨가 한숨 돌리듯 와인 잔에 입을 대었다.

"우리는 흥분했어요. 그냥 담력 테스트는 재미없으니까 내
기를 하자, 캄캄한 곳에서 얼마나 오래 버틸 수 있는지 겨뤄
보자고 한 거예요."

"그 산속에 조그만 사당이 있었어요."

불쑥 미즈코 씨가 입을 열었다. 얼굴은 여전히 창백한데,
무언가에 홀린 듯 눈을 부릅뜨고 있다.

한가운데에 앉은 니카코 씨가 동요한 듯 동생을 봤다. 이치코 씨는 싱긋 웃으며 자애로운 눈길로 막냇동생을 쳐다보고 있다. 잘했어, 라고 칭찬하듯이.

미즈코 씨가 이야기를 계속한다.

"언제 만들어졌는지도 모를 만큼 오래된 사당이었어요. 조그만 늪을 따라 걸어가면 그 사당이 나온다는 걸 우리 모두 알고 있었죠. 그래서 거기에 가기로 했습니다. 한 명씩 시간 차를 두고 출발해 사당에 갔다가, 바로 앞에 스푼을 두고 오기로 한 거죠. 사당까지 틀림없이 갔다는 증거물로요."

"그리고,"

이치코 씨가 때맞춰 뒤를 이어받았다.

"제일 늦게 돌아온 아이가 이기는 것으로 했지요. 모두들 신나했어요."

"……그런데,"

어쩔 수 없다는 듯 니카코 씨도 합세했다.

세 자매 사이에 이제야 안심했다는 듯, 연대감 비슷한 묘한 기운이 감돌았다.

"정작 출발할 때가 되자 모두들 속으로 이거 큰일 났구나, 하고 생각했습니다. 밝은 낮에는 담력 테스트가 아주 매력적인 이벤트로 여겨졌지만, 날이 저물어 사방이 캄캄해지니까 그것이 얼마나 무모한 일인지 오금이 저릴 정도로 실감 났던 거죠. 하지만 아이들은 그런 말은 절대 하지 않죠, 겁쟁이가 되고 싶지 않으니까. 예정된 시간이 다가오자 점점 불안해서 견딜 수 없었어요. 난 생각했죠. 귀신이 있으면 어쩌지! 혹시 침대 밑이나 장롱 속에 있을까 봐 매일 밤 확인하고서야 잠 자리에 드는 그 귀신 말이에요. 그렇게 조그만 어둠 속에도 살고 있을지 모르는데, 이렇게 거대한 어둠 속에서 시커멓고 커다란 귀신이 덮치면 어떻게 하면 좋을까?"

니카코 씨의 말이 조금씩 빨라졌다. 동시에 듣는 이들의 불안감도 점차 빠르게 고조되었다.

그녀가 입술을 핥았다.

"나는 무기가 필요하다고 생각했어요. 호락호락 당하고만 있을 수는 없으니까, 뭐가 되었든 싸울 수 있는 무기가 필요하다고 말이죠. 그래서 몰래 부엌에 가서, 사당에 두고 올 스푼 외에 고기를 자를 때 쓰는 은색 나이프와 포크도 냅킨에 싸 가지고 나왔죠."

"그래요. 우리는 저마다 무기가 필요하다고 생각했어요. 그야 그럴 수밖에요. 어둠 속에서 귀신이 나올 게 분명하니까!"

미즈코 씨가 소리를 질렀다. 그 눈이 잠시 허공을 헤매다가 자기 눈앞에 놓여 있는 포크와 나이프에 멈췄다.

"그래서 모두들, 서로에게 아무 말 하지 않은 채, 몰래 나이프와 포크를 가져갔습니다. 모험을 떠날 때는 무기를 들고

가야죠. 그건 당연한 일이잖아요? 그 전날 우리는 함께 책 한 권을 읽었었죠. 바다를 표류하다가 무인도에 도착해, 섬에 있는 것들을 나름대로 이용하면서 보란 듯이 살아남은 소년들 얘기였어요. 그 소년들 얘기에서도 나이프는 가장 중요한 역할을 했거든요. 자신의 몸을 보호하고, 먹을 것을 조달하고, 도구를 만드는 중요한 것이었죠. 우리는 그 소년들을 염두에 두었어요. 그래서 모두가 하나같이 나이프와 포크를 가져갔던 거예요."

세 자매는 번갈아 와인을 마시면서 리드미컬하게 이야기를 끌어갔다.

관객들도 마치 연출이 완벽한 마임을 보는 것처럼 무대에 빨려 들어갔다.

"역시 어둠 속에는 귀신이 있었습니다."

이치코 씨가 장난스러운 목소리로 말했다.

"귀신이 있었습니다."

니카코 씨도 같은 말을 되풀이하며 고개를 끄덕인다.

"시커멓고 커다란 귀신. 우리 몸의 몇 배나 되는, 크고, 찐득찐득하고, 악취 나는 숨을 토하는, 말도 안 되게 무서운 귀신이었어요. 그림책에 나오는 귀신이 그나마 나을 정도였지요. 그림책 속 귀신은 적어도 그렇게 찐득거리고 냄새가 나지는 않잖아요."

미즈코 씨가 몇 번이나 고개를 끄덕거린다.

"우리는, 귀신과 싸웠습니다."

이치코 씨가 자랑스럽게 말했다.

"각자가 들고 온 무기로 싸웠어요."

"난 몇 번이나 귀신의 몸에 나이프를 꽂았어요. 하지만 물컹물컹한 게 그저 찔리기만 할 뿐 아무런 효과가 없는 것 같았죠. 포크로도 찔러 보았지만 전혀 소용이 없었어요. 하지만 어느 순간, 귀신이 움츠러드는 느낌이 들었어요. 그래서 그 틈을 놓치지 않고 물소리가 나는 쪽으로 정신없이 뛰었죠."

"그런데도 귀신은 쫓아왔지."

"커다란 몸을 잡초 위로 질질 끌면서 끝없이 쫓아왔어. 어서 빨리 사당에 가야 하는데!"

"사당에 도착하면 괜찮을 거야, 귀신은 그런 데를 싫어하니까."

"숨이 턱턱 막힐 정도로 뛰다 보니, 내 몸 여기저기에서 피가 흐르고 있었어. 귀신과 싸우다 다친 줄도 몰랐던 거지."

"피 냄새가 났어. 풀 냄새에 섞여서."

"귀신이 그 냄새를 따라오는 게 아닐까 싶어, 무서워서 죽고 싶은 심정이었지."

"어서 사당에 도착해야 하는데."

"늪의 물로 피를 씻어 내고 싶은데."

"있는 힘을 다해 뛰었습니다. 경사진 비탈을 굴러 내려가듯 정신없이."

"그리고 손전등 불빛 속에 사당이 보였을 때의 반가움이란 이루 말할 수 없었지!"

"그런데,"

"사당에 도착해 보니,"

"거기에는,"

목소리가 뒤죽박죽이 되어 어느 목소리가 누구의 것인지 알 수 없었다. 그만큼 그녀들의 목소리는 겹치고 또 겹쳐 특유의 리듬을 빚고 있었다.

갑자기 쨍그랑, 날카로운 소리가 울렸다.

그 순간 무대의 온도가 뚝 떨어졌다.

퍼뜩 잠에서 깨어난 기분이었다.

모두가 따귀라도 맞은 것처럼 몸을 움찔하더니, 소리가 난 쪽을 두리번두리번 찾았다.

그러나, 찾을 필요조차 없었다.

소리는 무대 위에서 난 것이었다.

미즈코 씨 앞 테이블이 빨갛게 물들어 있었다. 그녀의 와인 잔이 굴러 떨어지면서 와인이 쏟아진 것이다.

그리고 지금, 그녀의 입에서도 빨간 것이 흘러나오고 있다.

그것은 와인보다 한결 짙으며 생명의 색을 띤 빨강이었다.

그녀가 깜짝 놀란 듯 눈을 부릅떴다. 마치 이야기가 중단되어 화가 난 것처럼 보였다.

하지만 그녀는 두 번 다시 이야기를 잇지 못하고 그대로 천천히 테이블 위로 무너졌다. 와인이 중력을 따라 식탁보를 물들여 갔다.

모래 소리가 들린다.

정적에 잠긴 식당에서, 나 혼자 그 소리를 듣고 있었다.

이제 곧 떨어질 마지막 한 알갱이. 그러면 나는 책을 덮고 무릎에 쌓인 모래를 털어 내면서 일어날 것이다. 그리고 유유히 이곳을 떠나리라. 드디어 그날이, 지금 이곳에 찾아오려 하고 있다.

제 5 변주

사람들은 무엇으로 핏줄을 인식하는 것일까.

이름인가, 얼굴인가, 목소리인가, 몸짓인가.

집이나 사진, 서류일 수도 있다. 자신이 어딘가에 속하고, 누군가의 가족이라는 사실을 자각하는 것, 그것이야말로 자신이라는 인간을 알기 위한 첫걸음일 터.

나는 다른 아이들보다 나 자신을 객관적으로 보는 시기가 빨랐다고 생각한다.

아니, 기억에 남아 있는 나는 늘 밖에서 본 존재일 뿐이다. 그러니 주관이라는 것 자체가 애당초 없었던 것 같다.

예를 들면 내 안에 어떤 풍경이 있다. 동생과 둘이 동네 어귀에 있는 네거리에 망연히 서서, 멀리 도로 위를 달리는 트럭을 오래오래 바라보고 있는 나.

밤인데도 커튼을 닫지 않고, 숙제를 하는 틈틈이 검은 유리창에 비친 자신의 얼굴을 물끄러미 쳐다보는 나.

어떤 나든 대개는 말없이, 그저 멍하니 무언가를 보고 있다. 그 표정은 유독 싸늘하고, 애어른 같다.

내가 자란 곳의 눈 풍경은 지금도 마음 깊이, 강렬하게 새겨져 있다. 그 풍경 속의 나는 언제나 고치에 싸인 채다.

세계는 쓸쓸한 곳인 듯하다, 그것이 어린 시절 나의 예감이었다.

그 예감이 맞았는지는 아직도 모른다. 왜냐하면 쓸쓸하다는 감정을 나는 정확하게 이해하지 못하는 것 같으니까.

나는 처음부터 이 세계에 혼자였다. 그것만은 분명하다.

동생은 일단 내 세계에 속해 있었지만 내가 보기에 떨어져 나갈 수 없는 정도는 아니었고, 부모님도 좋은 사람이었지만 역시 같은 세계에 살고 있다는 느낌은 없었다.

그랬다. 나는 아주 어렸을 때부터 직감적으로 이 사람들과 우리 남매는 같은 핏줄이 아니라는 것을 알고 있었다.

왜인지는 모른다. 부모님은 더할 나위 없는 애정으로 우리를 교육했고, 인격적으로도 훌륭한 사람들이었다. 그런데도 나는 알았다. 이 사람들과 나는 서로 다른 세계에 속하는 존재라는 것을.

우리는 손이 가지 않는 아이들이었다. 꼼꼼하고, 차분하고, 착실한 아이들.

이 사람들을 실망시켜서는 안 된다, 그들의 애정에 보답해야 한다, 그런 의무감이 언제나 내 안에 도사리고 있었다.

살아남은 아이들.

아마치 교수의 그 말이 되살아난다.

사쿠라코 씨와 도키미쓰 씨는 '살아남은 아이들'이었군요.

그 말을 들었을 때, 오래도록 품고 있던 의문 하나가 풀린 기분이었다. 어린 시절에 느꼈던 의무감이 내게는 고통이었다는 것. 그 어느 곳보다 안전했을 집이, 사랑받았기에 더욱이 스트레스였다는 것. 그 시기를 견뎌 냈기에 현재의 자신이 있다는 것.

나는 요즘, 그토록 객관적으로 보며 살아왔음에도 나 자신을 제대로 이해하지 못하고 있다는 것을 절실히 느낀다. 도키미쓰, 류스케, 다쓰요시, 누구와 얘기하든, 그들은 내가 잘 모르는 여자를 나라고 얘기한다.

왜 그들은 이해하고 싶어 하는 것일까. 이해하면 어떻게 된다는 것일까.

이해해야만 좋아하게 되는 건 아니지만 말이야.

류스케가 했던 말이 떠오른다. 그와 그런 얘기를 하기는 처음이었다. 그럼 그만 아닌가. 이해하지 못해도 좋아할 수는 있다. 나는 류스케가 싫지 않다. 설사 이치코 고모의 음모였다 해도, 그 사람을 반려로 삼기를 잘했다고 생각한다.

류스케는 나를 알 수 없는 여자라고 했지만, 내 입장에서는 류스케가 더 알 수 없는 사람이다. 좋은 집안에서 곱게 자랐음에도 태연하게 도덕을 무시한다. 도키미쓰에 대한 자신의 집착에도 죄책감을 느끼지 않는 것 같다.

도키미쓰는 옛날부터 아름다운 아이였다. 그의 무구함을

사랑했던 나는 그것을 지키기 위해 애썼다. 때문에 깨끗함과 더러움을 동시에 감내하는 어른의 지혜를 그에게서 빼앗는 결과를 빚었는지도 모르겠다. 하지만 나는 후회하지 않는다. 류스케가 그에게 집착하는 것 역시 그의 그런 점에 매료되었기 때문이라고 생각한다. 내가 지키고 키운 동생은 내게 남편을 선물해 주었다. 그러니 내 노력은 잘못된 것이 아니다.

세 여자는 화려한 저녁 테이블에서 이야기를 이어 나가고 있다.

지겹지도 않은지, 그녀들은 오늘도 그 게임을 반복하고 있다.

얼마 전에 했던 괘종시계 속 아이 이야기도 끔찍했지만, 오늘 밤 이야기 역시 소름 끼친다.

부자들이란 참 이상한 짓을 하는 족속이다. 나 역시 그들의 가족이고 그 재력의 은혜를 받은 사람이지만, 그들의 기묘한 습관까지 따를 마음은 없다.

아들은 류스케를 쏙 빼닮아 내 것이라는 감각이 별로 없다. 그 아이는 태어날 때부터 남편에게, 바꿔 말하면 사와타리 집안에 속한 존재다. 그 아이가 어른이 되어 양육이 끝나면 나는 남편과 아이에게서 떠날 것이라는 막연한 예감이 있다.

나는 언젠가 또다시 혼자가 된다.

잿빛 고치에 싸여, 눈이 하염없이 내리는 풍경을 홀로 바라보는 날이 온다.

그녀들의 이야기를 들으면서 나는 혼자 하얀 눈을 바라보고 있다.

X: "다시 문이 닫히자, 당신은 당신들의 침실 사이에 있는 작은 거실에서 나는 소리에 귀를 기울였지. 하지만 아무 소리도 들리지 않았어요. 문이 열리고 닫히는 소리조차도. (짧은 침묵) 사격실에 가려면 호텔 뒷문과 연결된 테라스를 따라서 가는 것이 가장 편리했지. (짧은 침묵) 그런데 창문을 열지 않으면 그쪽은 보이지 않았어. 테라스가 벽 저 아래쪽에 있었기 때문이지. 당신은 자갈을 밟는 그의 발소리를 듣고 싶어 했어요. 하지만 이 높이에서는 유리창에 가로막혀 거의 불가능한 일이었어. 더욱이, 거기에는 자갈돌이 깔려 있지도 않을 거요."

(중략)

X: "반쯤 구부린 한쪽 팔은 머리카락을 향해 있었어요. 손을 축 늘어뜨리고 손바닥을 펼친 채…… 뺨 위에 올려놓은 다른 한 손은 집게손가락만 펼쳐진 채 입술에 닿아 있어 마치 소리치지 말라고 주의를 주는 듯한 모습이었고……"

(중략)

X: "그리고 지금 당신은 다시 이곳에 있어요…… 아니, 이건 옳은 결말이 아니지…… 나는 당신을 생기 넘치게 만들어야만 해…… (사이) 생기 넘치게…… 당신이 언제나 그래 왔던 것처럼,

매일 밤, 몇 주 동안이나, 아니 몇 달 동안이나 그래 왔던 것처럼……."

(중략)

X: "그래요…… 알아요…… 상관없어요…… 며칠이든……
(사이. 다소 피곤한 목소리로) 그런데 어째서 당신은 여전히 아무것도
기억해 내려 하지 않는 거지?"

나는 잔을 들어 살며시 입술에 댄다.

"산속에 조그만 사당이 있었어요."

그녀들의 이야기가 계속된다.

늘 그렇듯, 절묘한 앙상블. 사이좋은 세 자매의 그로테스크
한 하모니.

"언제 만들어졌는지도 모를 만큼 오래된 사당이었어요. 조
그만 늪을 따라 걸어가면 그 사당이 나온다는 걸 우리 모두
알고 있었죠. 비탈이 약간 있기는 하지만 땅이 평평하고, 숲
속 나뭇가지들을 더듬으며 가면 어두워도 안전할 테니까요.
그래서 거기에 가기로 했습니다. 한 명씩 시간차를 두고 출
발해 사당에 갔다가, 그 바로 앞에 스푼을 두고 오기로 한 거
죠. 사당까지 틀림없이 갔다는 증거물로요."

"그리고,"

"제일 늦게 돌아온 아이가 이기는 것으로 했지요. 모두들

신나하며 차례차례 출발했습니다."

이야기하는 세 여자의 목소리는 무척이나 닮아 있었다. 보통 때는 저마다 특징 있는 목소리인데, 이야기를 할 때만큼은 목소리가 비슷해진다.

"그런데,"

이치코 고모가 적절한 타이밍에 끼어들어 이야기에 흥을 돋운다.

오늘 밤 테마는 여느 때보다 한결 기묘하다.

이치코 고모가 자기네 세 자매의 게임이 시작된 계기를 설명하겠다고 말했을 때, 나머지 두 자매에게는 긴장감이 감돌았다. 전에는 이런 얘기를 한 적이 없다. 나 혼자만의 생각인지는 몰라도, 류스케의 친척들 사이에도 긴장감이 전염되는 듯했다. 정말 부자들이란 이상한 생물이다. 부자라는 자부심과, 힘이 있다는 자존심. 그것을 잃지는 않을까 하는 공포와, 누가 자신들의 발목을 잡는 것은 아닐까 하는 의심과 두려움. 그들은 언제나 자신들끼리 흔들린다. 좁디좁은 그들만의 세계에서 제멋대로 오락가락한다.

그건 그렇고, 오늘은 이야기 내용이 흥미롭다.

전날 한 아이들 얘기도 그랬지만, 세 자매의 이야기에는 반드시 잔인한 사실이 적잖이 포함되어 있다. 그렇다면 오늘도 참고가 될 만한 무엇이 내포되어 있지 않을까.

그녀들은 어렸을 적 이곳에서 담력 테스트를 했다고 한다. 무섭지 않은 척 오기를 부렸지만 사실은 아주 무서웠고, 그래서 몰래 무기를 가져갔다고 한다. 이야기는 쉴 없이 계속되었다.

"역시 어둠 속에는 귀신이 있었습니다."

"귀신이 있었습니다."

왠지 모르게 기뻐하는 듯한 목소리가 들린다.

"시커멓고 커다란 귀신. 우리 몸의 몇 배나 되는, 크고, 찐 득찐득하고, 악취 나는 숨을 토하는, 말도 안 되게 무서운 귀신이었어요.

"우리는, 귀신과 싸웠습니다."

"각자가 들고 온 무기로 싸웠어요."

이것은 무슨 얘기일까, 이 안에 있는 진실은?

셋이서 누군가를 죽였다는 사실을 은밀히 암시하는 것인가?

류스케는 애써 평정을 가장하지만, 실은 바짝 긴장하고 있었다. 미즈호는 불안을 감추지 못하고 있고, 아마치 교수조차 이상하다는 표정을 추스르지 못하고 있다.

아마치 교수에 대해서는 이치코 고모에게 들어서 전부터 알고 있었다. 세상을 등진 것처럼 보이지만, 아버지와 마찬가지로 무척 성실한 사람이라고 한다.

"그런데도 귀신은 쫓아왔지."

"커다란 몸을 잡초 위로 질질 끌면서 끝없이 쫓아왔어. 어서 빨리 사당에 가야 하는데!"

"숨이 턱턱 막힐 정도로 뛰다 보니, 내 몸 여기저기에서 피가 흐르고 있었어. 귀신과 싸우다 다친 줄도 몰랐던 거지."

혹시 다른 의미가 있는 것일까, 문득 그런 생각을 했다.

여자아이가 피 흘릴 일이라면 그것밖에 없다.

귀신이 무서운 게 아니다. 소녀들이 정말 살아남아야 하는 경우는 사춘기나 성인인 남자들의 손아귀에 걸려들었을 때다. 담력 테스트나 축제의 밤에 덫을 놓고 기다리는, 뇌와 하반신이 직결되어 있는 소년들. 모든 것을 유리한 쪽으로만 해석하고, 겉으로는 그럴싸해 보여도 정신적으로는 어린애에서 벗어나지 못한 그들. 그들은 욕망이 거부당하면 순식간에 그 에너지를 증오와 폭력으로 변환한다. 그 결과 소녀들은 '그 계집애가 꼬드겼다'라는 소문에 시달리거나, 숲 속에 싸늘한 몸을 뉘는 처지에 빠진다.

"어서 사당에 도착해야 하는데."

"늪의 물로 피를 씻어 내고 싶은데."

"있는 힘을 다해 뛰었습니다. 경사진 비탈을 굴러 내려가듯 정신없이."

"그리고 손전등 불빛 속에 사당이 보였을 때의 반가움이란 이루 말할 수 없었지!"

"그런데,"

"사당에 도착해 보니,"

"거기에는 귀신이 더 많이 있었어요."

"우리는 완전히 귀신들에 에워싸였죠. 장소가 장소인지라 사당 가까이는 접근하지 못하는 듯했지만, 조금 떨어진 곳에서 우리들을 지켜보고 있었어요. 게다가 틈만 생기면 우리들을 잡아 사당에서 끌고 나가려고 기회를 엿보고 있었어요."

지금 그녀들은 완전히 소녀의 목소리를 내고 있다.

과연 대단한 볼거리다. 어설픈 괴담보다 그녀들의 이야기 쪽이 한결 들을 만하다. 값을 치러서라도 이곳에 올 가치가 있을지도 모르겠다.

"자면 안 된다, 우리는 의견의 일치를 보았죠."

"날이 밝을 때까지 셋 다 깨어 있자, 잠들지 않게 교대로 얘기를 하자, 그렇게 결심한 겁니다."

"이야기가 끊겨서는 안 된다. 침묵은 패배다. 입을 다무는 순간 잠들어 버릴 테고, 잠이 들면 귀신들이 한꺼번에 덮칠 테니까."

"우리는 필사적으로 이야기를 계속했어요. 아주 어렸을 때의 추억, 학교 이야기, 책으로 읽은 이야기."

"잠은 쏟아지고, 몸은 피곤하고 지치고, 무서워서 미쳐 버릴 정도인데."

"하지만 바로 지척에 있는 귀신들이 우리 이야기가 언제 끊길지, 우리가 언제 잠들지 호시탐탐 노리는 기척이 느껴졌어요. 그들이 토해 내는 냄새 나는 숨과 눅눅한 시선은 한시도 사라지지 않았고요. 몸은 막대기처럼 뻣뻣하지, 억지로 깨어 있느라 머리는 지끈지끈 아프지, 정말 죽고 싶은 심정이었습니다."

"그래도 우리는 쉬지 않고 이야기를 이어 갔어요. 그러다 어느 순간 사방이 조금씩 밝아지기 시작했죠. 그리고 마침내 첫 빛이 비쳤습니다."

"아, 이제 살았다고 생각했습니다."

"그런데도 우리는 잠시 더 이야기를 계속했어요. 그런 옛날 이야기도 있잖아요. 도깨비를 피해 밤새 집 안에 숨어 있다가 새벽의 첫 빛을 보고서 이제 살았다고 뛰쳐나갔는데, 그 빛이 새벽빛이 아니라 도깨비불이어서 잡히고 말았다는 이야기. 그래서 확실히 아침이 될 때까지 우리는 이야기를 계속했어요."

"날이 완전히 밝은 후에야 우리는 이야기를 멈췄죠. 목이 쉬어 목소리도 나오지 않고, 몸은 젖은 걸레처럼 축 늘어졌어요. 모두들 눈도 볼도 움푹 꺼져 할머니처럼 보였죠. 우리는 입을 꾹 다문 채 비틀비틀 일어나 집으로 돌아가려 했어요. 그런데."

"사당을 둘러싸듯 둥그렇게, 검은 물이 고여 있었어요. 시커멓고 끈적끈적한 물이 둥그런 고리 모양으로 우리를 에워싸고 있었죠."

"조심조심 건너뛰려고 했더니."

"고인 물에서 검은 손이 튀어나와 발을 잡으려 했습니다. 미끈미끈한, 뼈와 가죽뿐인, 징그러운 손이 몇 개나."

"우리는 비명을 지르고 악을 쓰면서 뛰었어요. 뛰고 또 뛰었습니다. 집이 보일 때까지 비명을 질렀어요."

"간신히 집에 도착해 문간에 픽 쓰러진 후의 일은 거의 기억에 없어요."

"우리 모두 꼬박 하루를 잤다더군요."

드디어 이야기가 마지막 코너에 다다른 듯하다.

말하고 있는 세 자매 사이에서도, 듣는 이들의 테이블에서도 안도의 한숨 소리가 흘러나오고, 꿈지럭꿈지럭 몸을 움직이는 기척도 있었다.

"그때부터였어요."

이치코 고모가 망연히 중얼거렸다.

"셋이 모여 얼굴을 마주하면 그때 일이 되살아났죠. 머리카락을 흐트러뜨린 채 사당에 웅크려 두 눈을 부릅뜨고 피를 흘리면서 이야기를 계속했던 그때 일이."

그녀는 조용히 담배에 불을 붙였다.

"그 후로 우리가 이렇게 이야기를 하게 된 겁니다."

인기척 없는 긴 복도를 카메라가 꽤 빠른 속도로 앞으로 나아간다. 조명이 기이하다. 전체적으로는 빛이 약하지만 줄을 긋듯 부분 부분이 극도로 밝다.

미로를 더듬는 듯한 긴 이동. 반복되거나 적어도 반복되는 듯한 느낌을 준다. 비슷한 밝기, 비슷한 조명 효과. 아무도 보이지 않는다(아마도 이 영화 시작 부분의 긴 회랑 장면을 짧게 삽입해야 할 것 같다. 그러나 이번 장면에서는 마지막에 텅 빈 극장으로 간다. 무대도, 객석도 텅 빈.). 이 장면이 시작될 때부터 X의 목소리가 다시 화면 밖에서 들려온다.

X의 목소리: "아니야, 아니야, 아니야!(격하게)…… 거짓말이야!…… (마음을 가라앉히고) 억지로 그런 게 아니야…… 기억을 떠올려 봐요…… 수많은 낮과 밤을…… 모든 방이 다 비슷하게 생겼지…… 하지만 그 방만은, 내게는, 그 어떤 방과도 달랐어…… 문도 없고, 복도도, 호텔도, 정원도……그래, 정원조차 존재하지 않았어."

로비를 걸어가는데, 도서실에서 프랑스 말이 들려왔다.

누가 영화를 보고 있는 모양이다.

슬쩍 안을 들여다보니 류스케와 도키미쓰가 소파에 나란히 앉아 화면에 집중하고 있다. 또 저 영화로군. 도키미쓰는 이 곳에 오면 언제나 저 영화를 본다. 흑백 필름에 싸늘한 화면. 날조된 과거와 기억의 이야기.

두 사람이 저렇게 나란히 앉아 멍하니 있는 모습이 어째 분위기가 비슷하다. 두 사람 사이에서 끼어들 여지 없는 정신적 애정 같은 것이 느껴지는 까닭은 내가 류스케의 본심을 알고 있기 때문일까. 돌이켜 보면 나보다 도키미쓰 쪽이 류스케와 알고 지낸 시간이 길다.

"마실 거라도 가져다줄까?"

안으로 들어가 그렇게 물었다. 두 사람을 훼방 놓고 싶다, 사이에 파고들고 싶다, 그런 기분이 들었다.

나를 올려다보는 두 사람의 눈빛이 똑같다. 무의식적인 표정. 하던 일이 중단되었을 때 반사적으로 보이는 인간의 근원적인 표정. 류스케가 고개를 끄덕였다.

"좋지. 그럼 당신 것도."

"뭘로 할까?"

"그러지 말고 바에다 전화를 걸자고. 여기로 갖다 달라고 하면 되니까."

류스케가 단박에 유능한 남자로 돌아가 나와 도키미쓰에게 뭘 마실지 묻고는 내선 전화를 걸었다.

"또 이 영화야?"

나는 도키미쓰가 기대어 있는 등받이로 다가갔다.

"응."

"그렇게 몇 번씩 보면서도 지겹지 않나 보네."

"좋아하니까. 그냥 바라만 봐도 마음이 차분해져."

"미즈호 누나도 이 영화 좋아하더라고."

수화기를 내려놓은 류스케가 소파로 돌아오며 말했다.

"어머, 그래?"

나는 1인용 소파에 앉았다.

"응, 여기 어디에 원작이 있을 텐데."

류스케가 책장 앞에 서서 잠시 찾아보더니 "없네." 하며 포기하고는 도키미쓰 옆에 도로 앉는다.

"어쩌면 아마치 교수님이 읽고 있을지도 모르지."

"아니, 미즈호 누나가 갖고 있을 거야, 아마. 심심하면 그걸 낭독했으니까."

"원작이 소설은 아니죠. 작가가 영화를 보는 입장에서 묘사했다고 할까."

"응, 들은 적이 있어. 원작이 좀 색다르다더군."

미즈호가 이 영화의 원작을 낭독했다? 해마다 이 호텔에 오지만 그런 얘기는 처음 듣는다.

무언가가 얼핏 머리를 스친 듯한 느낌인데, 그게 무엇인지는 알 수 없었다.

종업원이 쟁반을 들고 도서실로 들어왔다.

각자 잔을 들어 부딪치는 흉내를 내고는 한 모금 마신다.

"오늘 밤 이야기의 교훈은 뭐였을까? 당신, 뭐 아는 거 없어?"

내가 류스케에게 물었다.

"글쎄."

그리고 류스케는 위스키에 떠 있는 얼음을 내려다보면서 고개를 끄덕인다.

"담력 테스트를 했다는 건 사실일 거야. 하지만 셋이 아니라 형제 모두가 한 거지. 게다가 할아버지가 상금을 걸었대. 제일 늦게 돌아온 아이에게 상금을 주겠다고. 할아버지다운 기획이지."

치사한 제안이다. 하지만 역시나 그 남자답다.

이치코 고모의 배후에 있는 남자. 내게 피를 물려준 그 남자.

"그래서?"

"다들 한밤중에 상처투성이가 되어서 돌아왔는데, 무슨 일이 있었는지는 말하지 않았다는군. 그 후로 세 자매가 이야기를 지어내게 되었대."

"흐음."

"무슨 일이 있었나 보군요."

도키미쓰가 무심히 중얼거렸다.

"글쎄, 나야 알고 싶지도 않지만."

"올해가 지난해와 다른 점이, 뭘까."

도키미쓰의 말투에 류스케의 눈빛이 흔들렸다. 그냥 흘려 들을 수 없는 울림이 있었던 것이다.

"다른 점?"

"네. 왠지 올해는 여느 해와 다른 점이 많은 것 같아서."

도키미쓰가 나를 보려다 그만두는 것을 느낄 수 있었다.

여느 해와 다른 해. 어쩌면 이곳에서 나와 지내는 마지막 해가 될지도 모른다고 말하고 싶은 것이리라.

"여러 가지로 많겠지. 우선은 당신이 왔다는 것. 그래, 당신 은 여기 몇 번 오지 않았으니까 잘 모르겠네."

나는 태연하게 끼어들었다.

도키미쓰가 화들짝 놀란 표정을 짓는다. 그는 내가 류스케 와 얘기를 나눴다는 사실을 아직 모른다.

사실 나는 안절부절못하는 동생의 표정을 좋아한다. 그의 무구함을 사랑하지만, 때로는 그 점을 놀려 주고 싶기도 하다.

"알겠어."

류스케가 두 손을 높이 들어 보인다.

"뭘 알겠다는 거야?"

"올해가 여느 해와 다른 점."

"당신이 온 거라니까."

"그게 아니야. 나는 알겠어."

"어머, 뭔데? 말해 봐."

내가 무릎 위에 턱을 괴자, 류스케는 차분한 미소를 머금었다.

"올해는 그간의 많은 것들을 끝내는 해야."

그의 말에 도키미쓰의 얼굴에서 핏기가 가셨다.

물론 류스케도 그렇다는 것을 감지하고 있다. 그는 도키미쓰가 그 말을, 나와 다쓰요시의 관계를 끝낸다는 의미로 받아들였다는 것도 알고 있었다. 하지만 그나 나나 도키미쓰의 바뀐 표정을 못 본 척했다. 우리는 도키미쓰의 표정의 변화를 은밀하게 즐겼고, 피차가 잔인한 환희에 젖어 있었다.

물론 류스케는 나와 다쓰요시의 관계와 함께, 그동안 묵인해 온 나와 도키미쓰와의 세월도 끝난다는 것을 의미했으리라.

"미즈호 누나도 이제 이곳에는 오지 않겠다고 했고 말이지. 손님도 많이 줄었잖아. 오래도록 해 온 일이지만, 고모님들이 건재할 때 끝내는 게 좋지."

도키미쓰가 희미한 안도의 빛을 보였다. 류스케가 나 들으라고 싫은 소리를 한 것이 아님을 알아챈 모양이다.

"미즈호 씨도?"

"음. 이곳 분위기를 더는 못 참겠다고 하더군. 전에도 그런 소리는 간혹 했지만, 분명하게 선언한 것은 이번이 처음이야."

일그러진 미즈호 씨의 얼굴이 떠오른다.

이치코 고모에게 온 중상의 편지. 어린애 장갑. 노골적인 악의.

"하지만 끝은 또 다른 시작이기도 하지."

류스케치고는 재치 있는 대사다.

그렇다. 모두가 무언가를 끝내고 싶어 한다. 끝 너머에 있는 무언가를 시작하고 싶은 것인지도 모르겠다. 나 역시 그렇다. 다만 내 경우, 무언가가 시작되든 말든 상관없다. 지금은 오직 복수에 종언을 고하고 싶을 뿐이니까.

긴 침묵 후, 화면 밖에서 목소리가 다시 시작된다. 그 목소리는 비교적 차분하고 서술적인 어조도 되찾았지만 이전보다 감회에 젖어 있다.

X의 목소리: "한밤중…… 호텔의 모든 것이 잠들었을 때…… 우리는 정원에서 만났지…… 우리가 늘 그랬던 것처럼. (사이) 나를 보자 당신은 걸음을 멈췄어…… 우리는 서로에게서 몇 미터 떨어진 채, 아무 말도 하지 않고 그저 그렇게 서 있었지…… 당신은 더 다가오지도 뒤돌아서지도 못한 채 내 앞에 서서 기다리고 있었어. (사이) 당신은 거기 똑바로 서서, 움직이지 않고, 양팔을 몸에 꼭 붙인 채, 길고 어두운 망토 같은 것을 입고서…… 아마도 검은색이었지."

서서히 장면 전환. 그동안 두 인물이 자갈길을 걷는 특유의 소리가 들린다. 그리고 좀 전과 같은 정원의 다른 쪽에서 서로 좀 더 가까이 서 있는 X와 A가 보인다. 그들은 저 아래쪽으로 정원의 바닥이 내려다보이는 돌난간에 기대어 있다. (이 돌난간이 군데군데 망가져 있고 근처의 조각상도 파손되어 있는 것은 어떨지?)

두 사람은 낮지만 또렷한 목소리로 얘기를 나누고 있다. A는 여전히 검은색 긴 망토를 입고 있는데, 앞섶이 벌어져 흰 나이트가운이 보인다. X는 전보다 냉정하여 거의 상대를 경멸하는 것처럼 보일 정도다. A는 어쩔 줄 몰라 하며 발작적으로 두 손을 비빈다.

A: "오, 내 말 좀 들어 봐요……제발 부탁이에요."

X: "이제는 다시 돌아갈 수 없소."

A: "아니, 아니요. 조금만 더 기다려 달라는 것뿐이에요. 내년에, 이곳에서, 같은 날, 같은 시각에…… 그럼 당신과 같이 가겠어요, 당신이 원하는 곳 어디라도."

X: "왜 기다려야 한다는 거지?"

A: "제발요. 그래야만 해요. 1년은 긴 시간이 아니에요……."

X: (부드러운 목소리로) "그래……내게, 그건 아무것도 아니지."

밤, 내 방 벨이 울려 도키미쓰인 줄 알았다.

하지만 방 안으로 들어선 사람은 뜻밖의 방문객이었다.

다도코로 사키. 미즈호의 매니저.

"미안해요, 이런 시간에."

그녀는 정말 미안하다는 듯이 핏기 없는 얼굴을 숙였다.

"아니에요, 아직 잠자리에 든 것도 아니고. 그런데 웬일이에요, 혹시 미즈호 씨에게 무슨?"

찾아온 이유가 궁금했지만, 나는 다감하게 행동하면서 그녀에게 소파를 권했다.

유능한 여자라고 생각했는데, 그런 그녀가 어딘가 모르게 동요하는 기색이다. 무슨 일이 있는 것일까. 있다 해도, 왜 굳이 나를 찾아왔을까.

그러고 보니 아마치 교수는 오늘 내게 이치코 고모의 방에 갔었느냐고 물었다. 아니라고 대답하자 그는 당황한 표정을 보였다.

흔하지 않은 담배 냄새가 나기에 누구와 함께 있었는지 궁금했다면서.

이치코 고모 방 근처를 빠른 걸음으로 걸어가던 사키 씨의 모습이 떠오른다.

오늘 나는 우연히 그녀의 모습을 복도에서 보았다. 그녀가 이치코 고모를 찾아갔던 것일까.

사키 씨는 거북한 표정으로 소파에 앉았다.

나는 아무것도 묻지 않고, 녹차 티백을 잔에 넣고 뜨거운 물을 부었다. 그녀가 얘기할 마음을 굳힐 때까지 기다리는 것이 좋으리라.

"사키 씨, 혹시 오늘 이치코 고모님 방에 갔었나요?"

좀처럼 얘기를 꺼내려 하지 않기에 내가 먼저 질문을 던져보았다.

사키 씨는 어리둥절한 기색이다.

"네? 아니, 안 갔는데요."

여전히 핏기 없는 얼굴을 좌우로 젓는다. 그 표정으로 거짓말인지 아닌지를 알 수는 없다.

"그래요, 오늘 고모님 방 근처 복도에서 사키 씨를 봐서요."

"네?"

사키 씨가 목이 멘 듯한 소리를 내더니 곧 "아." 하면서 고개를 끄덕인다.

"실은 가려고 했어요. 그런데 그 괘종시계 소동이 생기는 바람에, 잠시나마 조용히 계시는 편이 낫겠다 싶어 그냥 제 방으로 돌아왔어요."

"차 모임에 초대받은 거였나요?"

"아니에요. 좀, 여쭙고 싶은 게 있어서."

어물거리는 말투로 보아 그 내용은 묻지 않았으면 하는 듯했다.

"그랬군요."

더는 추궁하지 않고 차를 권했다.

그리고 나도 맞은편에 앉아 말없이 차를 마신다.

화사하지는 않지만 생김은 반듯한 여자다. 나와 나이도 비슷하지 않을까.

"저, 이런 말씀 드리면 불쾌하시겠지만,"

사키는 결심한 듯 고개를 들고 내 얼굴을 보았다.

"괜찮아요. 얘기해 봐요."

나는 그녀가 어떤 얘기를 꺼낼지 흥미로웠다.

"다쓰요시 씨와 헤어져 주세요. 부탁입니다."

사키 씨는 그렇게 말하고는 고개를 숙였다.

나는 불쾌하기보다 어이가 없었다. 은밀한 연애란 의외로 쉬 들통 나는가 보다. 동시에 그녀가 그렇게 전하라는 미즈호 씨의 언질을 받고 왔으리라는 생각이 들었다.

"미즈호 씨가 그렇게 전하라고 하던가요?"

사키 씨의 표정이 딱딱하게 굳는다. 솔직하게 그렇다고 말하기는 어려우리라.

"아니, 아니에요."

하지만 그녀는 딱 잘라 부정했다. 그 반응에 또 한 번 놀랐다.

"그럼 왜?"

나는 냉정하게 물었다.

"그렇게 하는 편이 사쿠라코 씨에게도 좋기 때문이에요."

"어째서죠?"

그녀는 잠시 주저하더니, 역시 단호하게 말했다.

"다쓰요시 씨는 미즈호 씨와도 사귀고 있어요."

"네?"

솔직히, 놀랐다. 그 남자에게 그런 주변머리가 있었다는 것에.

미즈호는 독신이다. 줄곧 배우로 무대에 섰고, 결혼한 적도 없다고 들었다. 매력적인 여자인 데다 다쓰요시는 연상을 좋아하니까, 그가 미즈호와 사귄다는 것 자체는 놀랍지 않다.

"언제부터?"

나는 호기심을 느꼈다. 사키 씨는 내 목소리에 분노와 불쾌함이 없어 안도한 듯하다. 동시에 흥미진진하게 물어 당황한 것처럼 보이기도 한다.

"벌써부터 간간이 만나기는 한 것 같아요. 그런데 요즘 들어 부쩍."

"흐음."

"아무리 생각해 봐도 사쿠라코 씨가 잃는 게 더 많아요. 그러니까, 이제 그만두는 게 좋겠어요."

"사키 씨 자신의 충고란 말이죠?"

"네. 전, 사쿠라코 씨의 팬이니까."

사키 씨는 그렇게 말하고는 갑자기 부끄러운 표정을 보였다.

언젠가 이런 표정을 본 기억이 있다. 고등학교와 대학 후배 중에 이런 표정을 지으며 내 주위를 맴도는 여자들이 있었다. 그 또래 여자들에게는 연상의 아이돌이 필요한 것이다. 하지만 다부지고 늘 이성적인 다도코로 사키까지 그런 부류의 여자였다니.

뜻밖이기도 하고, 이해할 만도 했다.

"고맙네요. 그러죠. 어차피 끝날 것 같으니까."

"정말인가요?"

"그럼요. 앞으로 그를 만나는 일은 없을 거예요. 미즈호 씨가 상대라는 걸 알았으니 더욱이. 사람을 공유하는 취미는 없거든요."

나는 단호하게 고개를 끄덕였다. 무엇보다도, 이렇게 구경꾼이 있어서야 은밀한 연애가 성립될 수 없다. 은밀한 연애는 어디까지나 은밀해야 즐거운 것이다. 비밀을 아는 사람이 많으면 조금도 설레지 않는다. 나는 본의 아니게 모두에게 멋들어진 가십거리를 제공한 셈이다. 그다지 반가운 일은 아니다.

"내가 이런 말을 했다는 건……."

사키 씨가 말꼬리를 흐렸다.

"네. 아무에게도 말 안 해요. 약속할게요."

"고맙습니다."

"나야말로, 가르쳐 줘서 고마워요. 미즈호 씨라는 거."

"아니에요. 괜한 참견을 해서 미안해요. 불안해서 그만."

"그랬겠죠. 큰일 날 뻔했네요. 사키 씨도 내게 충고했다는 건 비밀로 해 줘요."

"물론이에요. 그럼 이만."

"잘 자요."

"안녕히 주무세요."

그녀는 이제 안심이라는 듯 조용히 돌아갔다.

혼자 남은 나는 미지근해진 차를 마신다.

미즈호와 다쓰요시. 새삼스레 두 사람의 관계를 생각해 본다. 질투나 분노는 없었다. 만약 정말 다쓰요시가 나와 미즈호에게 같은 시기에 양다리를 걸친 것이라면 오히려 그 수고를 칭찬해 주고 싶을 정도다. 착각은 자유라지만, 그가 내게 푹 빠져 있다고 여겼다.

사실 지금까지 그런 직감은 늘 정확했다. 그래서 사키 씨의 충고도 말 그대로 순순히 받아들이기는 어렵다. 그녀가 내게 호감을 품고 있다는 것은 눈치 채고 있었다. 하지만 그녀가 유능한 매니저라면, 미즈호에게 무슨 말을 듣고 일부러 찾아온 것이라면……. 미즈호, 그녀는 류스케와 친한 사이다. 그 예민한 성격으로 봐서 제 입으로 직접 말하는 일은 있을 수 없다. 그녀가 나와 다쓰요시 사이를 갈라놓으려 한다면, 역시 신뢰할 수 있는 매니저를 활용할 것이다.

과연 어느 쪽인가. 사키 씨의 호의인가, 미즈호의 책략인가.

어느 쪽이든 다쓰요시와의 관계는 이미 끝났지만, 그녀들의 의지가 어느 쪽인지는 내게 다소 문제가 된다.

도키미쓰가 찾아왔을 때도 나는 여전히 찻잔을 감싸 쥔 채 생각에 골몰하고 있었다.

"어째 무서운 얼굴이군."

도키미쓰는 조심조심 내 옆에 앉았다.

"그래?"

"아까는 깜짝 놀랐어. 순간적으로, 매형이 우리 관계를 눈치 챘나 싶어서."

그래. 그는 너를 사랑하고 있어. 마음속으로 그렇게 대답한다. 그는 비난 섞인 눈초리로 나를 보았다.

"내년부터는 고스케 데리고 올 거야?"

"아니."

도키미쓰는 주저 없이 대답하는 내 얼굴을 깜짝 놀란 듯이 바라본다.

"넌 어떻게 할 건데?"

내가 똑바로 얼굴을 쳐다보자 도키미쓰는 슬며시 눈을 내리깐다.

"글쎄. 하지만 이치코 씨가 그렇게까지 말했는데 혼자 오는 건 거역의 의지를 나타내는 셈이잖아."

우물우물 입속으로 중얼거리는 도키미쓰를 빤히 쳐다본다.

이 아이는 조금도 변하지 않았다. 부정적인 말은 입에 담기 싫은 것이다. 그럴 때는 늘 내가 그 말을 대신해야 한다.

"나, 이제 여기 안 올 것 같아."

도키미쓰가 불안한 표정으로 나를 본다.

"걱정 마. 다른 곳에 가면 되잖아."

그의 머리를 쓰다듬으며 그가 안심할 말을 뱉는다.

하지만 나는 내 말이 거짓이라는 사실을 알고 있다. 나는 이 아이와 아무 데도 가지 않는다. 왜냐하면, 나 자신이 이미 어딘가에 가 있는 것 같으니까.

나 혼자서.

먼 곳에서 회색 고치에 싸여 눈을 보고 있는 내 모습을 떠올리려 한다.

그런데 어렸을 때부터 몇 번이나 성공한 것을 오늘은 성공하지 못한다.

도키미쓰의 눈에서 불안한 기색이 가시지 않는다.

"정말, 정말이야?"

불안에 떠는 그의 목소리가 긴 밤 오래도록 메아리쳤다.

X의 목소리: "그리고 난 또다시 걷고 있었어. 이 회랑을 따라, 며칠이고, 몇 날이고, 몇 달이고, 당신을 만나기 위해…… 이 벽들 사이에는 멈춰 설 곳도, 쉴 만한 곳도 없었지…… (사이) 난 오

늘 밤 떠날 거요…… 당신을 데리고……."

장면이 전환되어 카메라가 고정된 상태로 거실을 비춘다. M이 실내의 어딘가에 시선을 고정한 채 생각에 잠겨 홀로 서 있다.

X의 목소리: "이 이야기가 시작된 지도 벌써 1년이 되어 가는 군…… 내가 당신을 기다리기 시작한 지…… 당신이 나를 기다리기 시작한 지……." (사이)

A가 자신의 침실에서 머리를 빗고 있는 장면으로 넘어간다. 그녀는 홀로 화장대 앞에 앉아 있는데, 이전 장면에서 M이 들어와 두 사람이 긴 대화를 나누었을 때와 똑같은 자세, 똑같은 차림새다. 침실 풍경 역시 그때와 완전히 똑같다.

X의 목소리: "1년 동안…… 당신은 도저히 생활을 계속할 수 없었을 거요. 이 눈속임으로 가득한 건물에서, 이 거울과 기둥들 사이에서, 언제나 열려 있는 문들, 길고 긴 계단, 항상 개방되어 있는 침실에서……."

밤. A는 상당히 침착해져 있다. 다소 황망한 표정. 천천히 공들여 머리를 빗고 있다. 그러다 갑자기 거울을 향해 돌아서서는 몸을 구부려 자신의 얼굴을 들여다본다.

다음 날 아침, 눈이 그치고 하늘이 맑게 개었다.
며칠 만의 좋은 날씨다.
사방이 너무 고요해서 지금까지 눈보라가 휘몰아쳤다는 것이 거짓말 같다.

무언가에 어울리는 아침이었다. 그것이 무엇인지는 아직 말할 수 없지만.

손님이 서서히 줄어들고 있다. 사와타리 집안에서 초대한 손님들이 하나 둘 돌아간다.

다쓰요시도 아침을 먹은 후에 돌아갔다. 차를 좀 얻어 타고 가려고 했는데 거절하더군, 이라며 류스케가 웃기에 나도 웃었다.

류스케는 호텔 버스를 타고 돌아갔다.

도키미쓰와 둘이 그를 배웅했다.

느긋하게 지내다 와, 고모에게는 나중에 내가 말할 테니까.

버스에 오르기 직전, 류스케는 그렇게 말했다. 나는 어이가 없었다.

당신 대체 무슨 말로 고모님을 설득할 건데, 하고 묻자 그는 히죽 웃었다.

도키미쓰는 우리 두 사람의 애인이라고 할 거야.

정말 이상한 사람이다. 돈 많은 사람들의 생각을 잘 모르겠다.

그는 눈을 찡긋 감아 보이고, 도키미쓰에게도 웃음을 건네고는 버스에 올랐다. 도키미쓰의 표정이 복잡했다. 나나 류스케나, 류스케가 우리 관계를 알고 있다는 말을 도키미쓰에게는 하지 않겠지, 하고 생각했다.

"고모에게 다 같이 마시라고 좋은 와인 하나 드렸어."

류스케가 그렇게 소리를 지르며 고개를 끄덕인다. 버스 문이 닫혔다.

버스는 이제 완전히 겨울이 된 거대하고 혹독한 풍경 속으로 사라져 갔다.

도키미쓰는 사라지는 버스를 잠시 바라보다가 하얀 숨을 내쉬며 내 어깨를 껴안고 걸음을 옮겼다.

"해마다 이곳에 오면, 인생이 얼마 안 남았다는 걸 실감해."

"노인네 같은 소리는."

나는 웃었지만, 동생은 심각했다.

"여기 올 때만 그래. 생일이나 세밑이나 설날에는 그런 느낌이 들지 않는데. 이곳에만 오면 내 인생이 줄어드는 소리가 들리는 것 같아."

인생이 줄어든다, 그가 느끼는 감정이 무엇인지 나는 이해하지 못한다.

"나도 내년부터는, 안 올지도 모르지."

그 목소리에서 싸늘한 울림을 감지한다.

우리 관계의 종언. 류스케가 비로소 인정하고 권해 준 지금에 와서.

하지만 그런 것인지도 모른다. 은밀한 관계는 은밀하기에 즐거운 것이다. 비밀을 공유하는 사람이 늘어나면 그것은 이미 비밀이라 할 수 없다.

도키미쓰가 내 곁을 떠나간다. 어렸을 때부터 언제나 함께였던 동생이. 내가 먼저 손을 놓았는데, 그래도 역시 조금은 허전했다.

외톨이의 세계. 소리 없이 눈에 묻혀 가는 나.

방에 돌아와 보니 초대장이 기다리고 있었다.

오후 1시부터 친척끼리 조촐하게 파티를 한다는 내용이었다.

나와 도키미쓰는 무표정하게 서로를 마주 보았다.

끝이 시작되고 있는 것이다.

X의 목소리: "우리는 밤에 떠나기로 했지. 그런데 당신은 여전히 당신을 만류하는 그 남자에게 다시 한 번 기회를 주고 싶어 하는 것 같더군, 잘은 모르겠지만. ……나는 승낙했지. 그가 올지도 모르는데…… 그가 와서 당신을 데리고 갈지도 모르는데……."

(중략)

X의 목소리: "……호텔은 마치 버려진 듯이 텅 비어 있었어. 모두들 오래전부터 예고되었던 연극을 보러 갔거든. 당신은 몸이 좋지 않아서 가지 않았지만. ……제목이 뭐였더라…… 기억이 나지 않는군…… 아마 밤늦도록 끝나지 않았을 거야…… (사이) 침대에 누워 있는 당신을 두고 나간 후……."

(중략)

X의 목소리: "······그는 소극장으로 가서 지인들 사이에 자리를 잡았지. 만일 그가 정말 당신을 붙들고 싶었다면 연극이 끝나기 전에 돌아왔어야 해······."

이치코 고모의 방은 깔끔하게 정리되어 있었다. 테이블에 깔린 흰 테이블보가 눈부셨다. 유리병에는 하늘하늘한 꽃이 꽂혀 있고, 작은 접시에는 종류별로 음식이 조금씩 담겨 있다.

불빛에 반사되어 반짝반짝 빛나는, 티 한 점 없는 유리와 식기 세트.

테이블 저쪽에는 세 자매와 아마치 교수, 이쪽에는 나, 도키미쓰, 미즈호, 그리고 사키 씨.

고모들은 다소 흥분한 듯 보였다. 왠지 들썩거리고 설레어 한다고 할까. 그와 대조적으로 테이블 이쪽 사람들은 침울하고 창백했다. 아마치 교수만 여전히 무슨 장식물처럼 침착했다.

자리에 앉으며 나는, 고모들과 이렇게 가까이에서 얘기를 나누는 게 이치코 고모의 차 모임 후로 처음이라는 것을 깨닫는다. 그녀들은 언제나 무대 위에서 웃지 못할 촌극을 하는 사람들이라는 인상이 있기 때문이다.

종업원이 나타나 차례차례로 화이트 와인을 따른다.

"고마워. 이제 우리가 알아서 할 테니까 가도 좋아요."

이치코 고모가 유유히 그렇게 말하자 종업원은 꾸벅 인사를 하고 나갔다.

고모가 모두의 얼굴을 둘러본다.

"올해도 이렇게 먼 곳까지 와 주어서 고마워요. 조촐한 자리지만 즐겁게 보내요."

저마다 인사를 나누고 잔을 들면서 파티는 시작되었다.

하지만 분위기는 영 어색했다.

이럴 때 미더운 것은 역시 아마치 교수의 정직한 교양이다.

그는 태생이 정직한 사람이다. 하지만 때로는 정교하게 계산된 것이라고 느껴지기도 한다. 부자가 이대에 걸쳐 사와타리 집안사에 관련되었으니 녹록지 않은 삶이었으리라. 그와 그의 아버지였기에 가능하지 않았을까.

세 자매를 다루는 솜씨 또한 능숙해서 때로는 자신을 낮추고, 때로는 불평을 하고, 때로는 농담까지 섞어도 전혀 위태로워 보이지 않는다. 미즈호와 사키 씨가 감사하는 눈빛으로 그를 본다는 것을 잘 알고 있다.

저 대단한 세 자매도 낮에는 촌극이 내키지 않는 모양이다. 구경꾼이 이 정도밖에 없어 효율이 떨어져서일까. 쉽게 말해 아까운 것이겠지. 어디까지나 그것은 디너쇼를 위한 공연이라는 것인가.

하기야 우리에게는 그쪽이 더 고맙다. 그 그로테스크한 이야기를 들을 때의 긴장감이란. 친척이어서 더욱이 신경이 쓰인다.

　해도 그만 안 해도 그만인, 그러나 왠지 살얼음을 밟는 듯한 대화가 계속되었다.

　"너희들은 정말 많이 닮았구나. 세월이 흘러도 젊고 아름다운 선남선녀야."

　미즈코 고모의 말에 나와 도키미쓰는 애매한 웃음으로 답했다.

　무표정을 가장하고 있던 이치코 고모가 순간적으로 나를 힐끔 본다.

　아주 잠깐이었지만 꿰뚫는 듯한 시선에 나도 기회를 놓칠세라 방긋 웃어 보였다.

　이치코 고모는 화들짝 놀라며, 이상한 것이라도 보듯 나를 다시 보고는 이내 무표정하게 시선을 돌렸다.

　나는 위악적인 이 순간이 유쾌했다. 류스케가 고모에게 "도키미쓰는 우리 둘의 애인입니다."라고 말하는 장면을 상상했던 것이다.

　류스케는 고모가 자신을 순종적인 조카로 여긴다는 사실을 알고 있다. 그리고 말은 안 하지만 그 점에 불만을 품고 있다. 그러니 깜짝 놀라는 고모의 얼굴을 보는 것은 그에게도 신나는 일이리라. 그렇게 되면 그녀는 어떤 패를 들고 나올까. 그런 생각을 하자 그날이 기다려지기까지 했다.

"도키미쓰 씨는 딸이 올해 몇 살이 되었더라? 둘이었지, 아이가?"

이치코 고모가 낮고 끈끈한 목소리로 미즈코 고모의 말을 얼른 받았다.

"올해 초등학교에 들어갔습니다. 여자아이라 그런지 말도 빠르고 꽤 성숙해요. 그런데 밑의 남자 동생은 아직 어리바리합니다."

도키미쓰는 실수는 하지 않았지만 어딘가 모르게 겁먹은 목소리로 대답했다.

"그래요, 다음에는 꼭 데리고 와요."

그런 날은 오지 않는다, 나는 확신했다.

절대 그런 날은 오지 않는다. 내년에는 나도 도키미쓰도 이곳에 오지 않는다.

"날이 맑아 다행이네. 날씨가 나빠서 여러분이 무사히 돌아갈 수 있을까 걱정했는데."

니카코 고모가 창밖으로 눈길을 돌리며 말한다. 지난 며칠 동안 늘 밤 같은 날씨였기 때문에 밖이 환한 것을 보니 왠지 놀랍다.

"날씨가 참 아름답군요."

아마치 교수가 유유자적하게 맞장구를 쳤다.

"이렇게 날이 아름다우니 더욱이 괴로운 얘기를 해야겠지요."

날씨 운운에 무심히 동조하고 있던 여자들의 얼굴이 "뭐라
고?"라는 의문형으로 바뀌면서 아마치 교수에게 시선이 집
중되었다.

사람들은 잠잠해졌는데 아마치 교수는 표정 하나 바꾸지
않은 채 여전히 창밖을 바라보고 있다.

"아마치 교수님, 지금 뭐라고 하셨어요?"

미즈코 고모가 대놓고 수상쩍다는 말투로 물었다.

아마치 교수는 무시하는 건가 싶을 정도로 반응이 없다가
마침내 무표정하게 테이블 위로 시선을 돌렸다. 부자연스러
운 침묵.

그는 몹시 안타깝다는 듯이 두 손을 든다.

"정말 아름다운 날이잖습니까. 그래서 더욱이 하고 싶지 않
은 말을 하기에 어울린다는 뜻입니다."

"그게 무슨 말씀이죠?"

니카코 고모가 정색하고 물었다.

아마치 교수는 여전히 매끈한 인형 같은 얼굴로 앉아 있다.

왠지 그의 이마를 톡톡 두드려 보고 싶어진다. 계란처럼 퍽
깨지는 것은 아닐까. 그리고 그 안에 쭈글쭈글한 그의 아버
지가 들어 있는 것은 아닐까. 그런 기괴한 공상이 떠올랐다.

"올해로 끝내야 합니다."

아마치 교수가 불쑥 말했다.

모두가 숨을 삼키는 희미한 소리가 느껴진다.

"끝내다니, 뭘?"

싸늘한 목소리로 이치코 고모가 중얼거렸다.

"이 모임 말입니다. 천공의 누각에서 해마다 열리는 이 의식 말입니다."

아마치 교수는 당연하다는 듯 고개를 까딱 숙였다. 이치코 고모의 싸늘한 목소리에 이렇듯 태연하게 대답할 수 있는 사람은 그 외에는 없으리라.

"왜죠?"

"이유는 아실 텐데요."

아마치 교수는 딱 잘라 대답했다.

공기가 점차 얼어붙는다.

한 자리 건너에서 어쩔 줄 모르고 조마조마해하는 미즈호의 기척이 전해진다.

"듣고 싶군요. 이 자리에 있는 사람들 모두 친척이니까 꺼리실 필요 없습니다."

이치코 고모가 손으로 더듬더듬 담배를 찾았다.

"그럼 기꺼이."

아마치 교수는 테이블에 두 팔꿈치를 올려놓고 손깍지를 끼었다. 무언가를 설명할 때의 그의 버릇인 듯하다.

"가장 큰 이유는 재정난입니다. 저는 그쪽이 전문이니 그 얘기부터 하지요. 해마다 며칠 동안 이 호텔을 통째로 빌려서 그 많은 손님을 초대하자면 돈이 엄청나게 듭니다. 사와타리 그룹이 아직은 여력이 있지만, 조만간 쳐내야 할 분야도 꽤 됩니다. 그나마 여력이 있는 동안 개혁을 꾀하지 못하는 기업에는 장래가 없어요. 이 호텔은 인기도 있고, 또 아직은 가을 행락철이니까 일반 손님들에게 개방하는 쪽이 경제적으로 훨씬 효율적이죠."

"그 정도는 나도 알아요. 세상에는 그런 상황에서도 계속하는 편이 좋은 일도 있는 법이죠."

이치코 고모가 담배에 불을 붙였다.

순간적으로, 고뇌에 찬 얼굴이 담뱃불에 드러난 듯한 기분이 들었다.

아마치 교수의 목소리가 더 단호해졌다.

"내 역할이 무엇인지는 이치코 씨도 잘 아실 겁니다. 내가 해마다 이곳에 오는 까닭은 이 모임을 마무리하기 위해서였습니다. 이 모임이 유야무야되어 비용 대비 효과를 따졌을 때 효율성이 없다고 판단되면 그때는 끝내도록 하라는 것이 아버지의 유언 중 하나였죠."

"유야무야, 라."

이치코 고모가 피식 웃으며 연기를 후, 내뿜었다.

"그래서, 지금이 그렇게 판단되는 때라는 건가요?"

"네, 유감스럽게도."

아마치 교수는 냉담하게 고개를 끄덕였다.

두 고모는 돌부처라도 된 것처럼 앉아 있다. 그 표정은 나 따위는 도저히 읽어 낼 수 없을 정도로 복잡했다. 반가운 건지, 아쉬워하는 건지, 굴욕으로 느끼는지, 안도하는지.

"게다가 내가 보기에 이 모임은 정신적으로도 상당히 위기에 처해 있지 않나 싶습니다."

"정신적으로? 위기?"

이치코 고모는 딴 데를 쳐다보고 담배를 피우며 말했다.

"그렇습니다."

교수가 또 고개를 까딱 숙인다.

"매년 이곳에 오는 손님들이 기꺼이 초대에 응하고 있다고는 할 수 없지요. 실제로 세 분도 협박에 가까운 편지를 받았고 위험한 사건도 있었습니다. 그런데 제가 보기에는 세 분이 오히려 표적이 되기 위해 일부러 이 모임을 이어 가고 있는 것처럼 보입니다. 아닌가요?"

"표적이라니?"

이치코 고모가 또 피식 웃는다.

"왜 우리가 그런 짓을 해야 하는데요?"

미즈코 고모가 그렇게 오기를 부려 보지만, 목소리는 불안에 차 있다.

"글쎄요. 저야 그 이유를 모르죠. 뒤가 켕기는 무슨 일이라도 있는지, 그걸 아는 사람은 세 분뿐입니다. 거짓말을 한 아이는 마음 한구석으로 그것이 탄로 나기를 바라는 법이죠. 따끔하게 벌을 받든지, 울며 엎드려 용서를 구하고 싶어 합니다. 제게는 세 분 역시 벌을 받고 싶어 하는 것처럼 보이는군요."

"정신 분석도 하시나 봐요."

미즈코 고모가 떨리는 웃음소리를 흘렸다.

"원하신다면야."

아마치 교수는 미소조차 머금지 않는다.

이 사람은 순박한 것이 아니다. 오히려 엄격하고 철저한 도덕주의자다.

나는 새삼스럽게 이 계란 같은 얼굴의 남자를 바라보았다.

문득, 이 사람에게 남편과 도키미쓰의 관계를 알려 주면 어떤 반응을 보일까, 하는 순수한 호기심을 느꼈다. 놀랄까, 아니면 경멸할까.

그때 갑자기 탕, 하는 소리가 났다.

테이블이 흔들려 모두들 움찔한다.

식탁보 위에서 뼈가 불거진 주먹이 떨고 있었다.

"……비난하고 있는 거죠?"

주먹을 푸르르 떨며 낮게 중얼거린 사람은 니카코 고모였다.

"에?"

모두가 놀랐다. 그만큼 그녀의 목소리는 낮고 괴이했다.

"지금 나를 비난하고 있는 거죠? 아버지를 궁지에 몰아넣었다고. 그렇죠?"

니카코 고모가 얼굴을 들고 소름 끼치는 눈으로 아마치 교수를 노려보았다.

늘 침착한 교수도 당황하며 몸을 뒤로 뺐다.

"그럴 생각은……."

"아니요, 맞아요. 지금 와서 갑자기 그렇게 말하는 걸 보면 나를 비난하고 있는 거예요."

대체 무슨 얘기를 하는 것인지 알 도리가 없었다. 도키미쓰가 슬그머니 나를 본다.

이치코 고모가 날카로운 시선으로 니카코 고모를 제지했다.

"그만 해라, 니카코."

"아니야. 난, 난, 아니라고. 여기서 유산한 사람은 내가 아니라고."

니카코 고모의 목소리가 높아졌다.

모두들 움찔 놀라며 니카코 고모를 본다.

"언니라고들 했었어, 처음에는. 그런데 언제부턴가, 사실은 나였다고, 상황이 그렇게 돌아갔어."

벌겋게 핏발 선 눈이 번들번들 빛났다. 불끈 쥔 주먹은 하얗고 핏줄이 돋아 있다.

"결국, 내가 유산한 것이 되어 버렸어. 귀한 손님을 스캔들로부터 지키기 위해서 말이야. 흥, 뭐가 마음에 들어서 이 호텔을 지었다는 거야. 누가 이 산을 좋아했다는 거야. 그저 인적 드문 산속이면 어디든 상관없었다고. 아버지는 산속에 호텔을 지어서 손님들이 밀회에 사용할 수 있도록 의도한 거야. 밀회만이 아니지, 갖가지 밀담과 거래, 절대 세상에 알려져서는 안 되는 일을 할 수 있는 장소를 만든 거라고. 그리고 높으신 양반들에게 편의를 봐달라고 사정해서 대기업을 일군 거라고. 우리는 알리바이를 조작하는 데 이용되곤 했어. 믿을 수 있겠어? 아버지가 친딸을, 손님의 애인이 유산하는 데 가리개로 사용했다는 걸? 최대한 아는 사람이 적은 게 좋다면서 내게 그 일을 거들게까지 했다고. 쌍둥이였어. 남자애와 여자애. 핏덩이였어, 아직 숨 쉬는."

미즈호가 부들부들 떨고 있다.

괜찮을까. 그녀가 기절하는 게 아닐까 불안해진다.

"하지만,"

그때 미즈코 고모의 목소리가 끼어들었다.

"어쩔 수 없었잖아. 그 무렵에 니키는 질펀하게 놀았잖아. 그 역할을 할 수 있는 사람은 니키밖에 없었는데 어떻게 해."

나는 소름이 끼쳤다.

그 철없는 말투가 너무도 잔혹했기 때문이다.

니카코 고모는 도무지 믿을 수 없다는 표정으로 입을 쩍 벌린 채 미즈코 고모의 얼굴을 멀뚱멀뚱 보았다. 미즈코 고모는 마치 중학교에 다니는 소녀처럼 입을 비죽 내밀고 말했다.

"왜 그런 얼굴로 보는 거야?"

니카코 고모의 눈에서 분노에 찬 눈물이 흘렀다.

"너, 너도 마찬가지야. 아버지가 그러라고 하니까, 손님과 한통속이 되어서."

"아니야. 그건 단순히 사교였다고, 사교."

"그만 해. 봐줄 수가 없구나."

이치코 고모가 격한 목소리로 두 동생의 대화를 끊었다.

실내가 조용해진다.

이치코 고모는 천천히 담배를 빨아들였다.

"담력 테스트를 한 그 밤에도,"

그리고 연기를 내뿜는다.

"이런 식이었지."

그 순간 무언가가 느슨해졌다.

두 동생이 거북한 표정을 짓는다.

이치코 고모는 담담하게 말을 이었다.

"우리, 밤이 새도록 서로에게 욕설을 퍼부었지. 아버지를 거역할 수 없다, 우리는 평생 아버지의 지배하에 있을 것이다. 그날 밤 우리는 그걸 깨달았어. 그 분노가 도저히 아버지를 거역할 수 없는 비참한 서로를 향했지. 그 울분을 서로에게 터뜨리다 못해 급기야 각자가 들고 온 포크로 서로를 찔렀어. 기분이 최악이었지. 자신이 쓰레기통이 된 듯한 기분으로 돌아왔어."

모두들 아무런 말이 없었다.

"그 후에도 계속 그랬지, 우리. 아버지를 원망하면서도 누구 하나 반기를 들지 못했어. 거기에서 벗어나지 못하는 자신들을 저주하면서도 한편으로는 그런 자신을 지키는 방법을 익혔어. 말도 안 되는 이야기, 그로테스크한 이야기를 하다 보면, 다들 거짓말이라고 생각하면, 진실을 살짝 섞어도 알아채지 못하잖아. 서로를 매도하는 대신 농담이나 주고받으면 스트레스 해소는 된다, 그렇게 생각했는지도 모르지. 지금 와서는 뭐가 진짜 이유였는지도 모르겠지만."

고모가 뿜어내는 담배 연기만 느릿느릿 방 안을 떠다녔다.

조그만 한숨.

"그래, 온갖 일을 해 왔지. 아버지의 바람에 부응하기 위해서. 그리고 그 덕에 우리의 생활은 점점 향상되어 갔고 말이야. 충분한 보상을 얻었어. 그건 사실이지."

이치코 고모가 재떨이에 톡톡 재를 떤다.

"이 호텔에서 파티를 여는 것 역시 여러분이 잊지 않도록 하기 위해서예요. 옛날에 이곳에서 사람들이 뭘 했는지 떠올리게 하기 위해서, 그리고 그 편의를 제공한 사람들이 바로 우리라는 것을 기억하게 하기 위해서 일부러 이런 곳에 모이도록 한 겁니다."

공손한 말투가 오히려 섬뜩했다.

"그런데, 옛날 일을 알고 있는 사람들이 점차 줄어들고 있어요. 죽기도 하고, 요직에서 물러나기도 하고. 그래서 목적을 달성하지 못하게 된 것은 사실입니다. 우리가 매일 저녁 식사 자리에서 이야기를 풀어놓을 때, 간간이, 미묘하게 섞은 옛날 기억들이 그들을 조마조마하게 하는 데 큰 도움이 되었는데 말이죠. 하지만 그 중요한 이야기들을 아는 사람이 없다면야 효과도 크지 않죠. 교수님이 옳게 본 거예요. 과연 대단합니다."

이치코 고모는 여유롭게 웃으면서 아마치 교수를 향해 가볍게 고개를 숙였다.

교수도 유유하게 고개를 숙여 답한다.

고모가 푸훗, 웃었다.

"솔직히, 이 나이가 되니 힘겹더군요. 옛날에 저질렀던 일, 조작했던 일, 이리저리 뛰어다녔던 일을 생각하면 말이죠. 세월이 흐르니 죄책감이란 게 정신을 갉아먹어요. 그걸 절감

했습니다. 이쪽이 우위라고는 해도 우리는 일종의 놀림감이었던 셈이죠. 사람들에게 끊임없이 놀림을 당한다는 것은 피곤한 일입니다. 그래서 동생들에게도 빈틈이 생겼어요. 몹쓸 짓을 했지요."

"잇짱."

"언니."

두 동생이 동시에 언니를 불렀다.

이치코 고모는 아무 대꾸도 하지 않은 채 전화로 종업원을 불렀다.

"다 같이 마시라며 류스케가 좋은 와인을 두고 갔습니다. 이런 일에는 정말 눈치가 빠른 아이예요. 작별을 기념하며 한잔 하죠."

종업원이 들어와 레드 와인을 따서는 이치코 고모의 잔에 따르며 맛보라고 했다. 고모가 천천히 잔에 입술을 댄다.

"잠깐."

아마치 교수가 갑자기 이치코 고모를 제지했다.

이치코 고모가 의아하다는 듯이 교수를 본다.

"자네는 이제 물러가도 좋아."

아마치 교수가 일어나 종업원에게 고개를 끄덕여 보이자 종업원은 이치코 고모와 교수를 번갈아 보더니 주춤거리며 물러났다.

교수가 이치코 고모 옆으로 다가가 와인 잔을 달라고 해서
는 코를 갖다 댄다.

모두가 그를 주시했다.

"이물질이 섞여 있을 가능성이 있습니다."

"넷?"

"설마……"

저마다 외마디 소리를 지른다.

"매형이?"

도키미쓰가 하얗게 질린 얼굴로 나를 본다. 나는 과연 어떤
표정일까.

"그대로, 병도. 침착하세요."

아마치 교수는 여전히 무표정한 얼굴이다.

"어떤 의미에서 전 회장님은, 인간을 정말 신만큼이나 사
랑했는지도 모르겠습니다."

교수는 선 채로 뒷짐을 지고 이야기를 시작했다.

"그러니까, 인간을 자신의 애완동물로밖에 여기지 않았다
는 거군요."

니카코 고모가 자조하듯 중얼거렸다.

"그렇게 말할 수도 있겠지요."

교수는 태연하게 고개를 끄덕였다.

"그 사랑은 자신의 영향력을 검증하거나, 자신의 피를 이은

자식들의 향후를 지켜보는, 그런 방향으로도 발휘되었죠."

나는 교수를 힐끔 보았다. 교수도 이쪽을 본다.

그는 내게로 화살을 돌릴 작정이다.

"하지만, 복수는 안 됩니다."

교수가 내 쪽을 보며 분명하게 말했다. 도키미쓰가 이상하다는 듯이 나를 본다.

나도 교수를 빤히 쳐다보았다.

"복수라니, 무슨 얘기죠?"

미즈호 씨가 가칠한 목소리로 물었다.

복수. 이 세상에서 가장 로맨틱한 것.

나는 지금도 그렇게 믿고 있다.

교수는 이쪽을 똑바로 쳐다보며 말했다.

"사쿠라코 씨, 당신 부모의 죽음은 단순한 사고였습니다. 거기에는 다른 무엇도 존재하지 않아요. 적어도, 어떤 내막이 있다는 증거가 전혀 없습니다."

"사쿠라코."

도키미쓰의 안색이 변하는 것을 느낄 수 있었다. 하지만 나는 그의 얼굴을 돌아보지 않는다.

"무슨 소리야, 우리 부모의 사고라니?"

동생이 내 어깨를 잡고 흔든다. 하지만 나는 대답하지 않는다. 그가 알아야 할 일이 아니기 때문이다.

나는 눈앞에 있는 세 자매의 얼굴을 넌지시 흘겨보았다. 당황하는 표정들이다. 역시 예의 사건을 알고 있는 사람은 이치코 고모뿐인 듯하다.

교수는 슬금슬금 테이블 옆 좁은 공간으로 걸어 나갔다.

"사쿠라코 씨, 오늘 아침에 류스케 씨의 방에 갔었죠? 내가 봤어요. 류스케 씨의 방에서 뭔가를 들고 나오더군요. 바로 이 와인 병과 아주 흡사했습니다. 류스케 씨가 집에서 가져온 와인을 이치코 씨에게 건넸다면 그 맛을 처음 볼 사람은 이치코 씨겠지요."

이 남자는 역시 명탐정인 것일까.

소설에 등장하는 괴팍스러운 명탐정.

"사쿠라코, 설명해 봐. 대체 어떻게 된 일이야, 우리 부모의 사고라니, 대체 무슨 말이냐고?"

도키미쓰가 내 어깨를 잡고 마구 흔들었다. 그런데도 나는 교수에게서 눈을 떼지 않은 채 동생을 외면한다.

교수도 내게서 눈길을 돌리지 않고 말했다.

"사쿠라코 씨. 당신, 와인을 바꿔 놓았죠?"

A 혼자 어두컴컴한 홀 또는 복도(아무도 지나는 이 없는)에서 기다리고 있다. A의 차림새는 이 영화에서 그동안 그녀가 입었던 어느 옷과도 상당히 다르다. 우아하지만 다소 소박한 일종의 여행

용 정장으로, 아마도 상당히 어두운 색. A는 의자 끝에 걸터앉아 있다. 그녀의 모습은 마치 치과에서 차례를 기다리거나 역에서 갈아탈 기차를 기다리고 있는 것처럼 보인다. 그녀는 이따금 장식품으로 놓인(아마도 벽난로 장식품일) 바로크풍 시계를 쳐다본다. 이 시계는 전형적인 19세기풍으로, 거대한 사이즈에 청동 조각상으로 장식되어 있다. 전체적인 배경이 매우 화려해야 하고, 이 호텔의 특징과 마찬가지로 구조가 복잡하고 미로 같아야 한다(거울, 기둥, 기타 등등). A는 핸드백 안을 뒤적거려 편지 한 통을 찾아내어서는 읽기 시작한다(아마도 그녀 자신이 쓴 편지). 그리고 나서 그 편지를 열여섯 조각으로 찢어서는(네 번 찢는다) 종잇조각을 테이블(그녀가 앉은 의자 앞에 놓인 길고 낮은) 위에 기계적으로 뿌린다. 그리고 역시 기계적으로 이 종잇조각들을 M이 좋아하는 게임에서처럼 7개, 5개……의 순으로 늘어놓다가 다 늘어놓기 전에 발작적으로 모든 조각을 뒤섞어 버린다. 그녀는 종잇조각들을 긁어모아 다시 잘게 찢어서는 버릴 곳을 찾다가 마침내 재떨이에 버리고 만다.

X의 목소리: "……당신은 떠나기 위해 옷을 차려입고, 혼자서 그를 기다리기 시작했지. 홀 또는 거실 같은 곳에서. 당신들의 방으로 가기 위해서는 반드시 그곳을 가로질러야만 했어. ……이해할 수 없는 이유를 대며 당신은 자정까지 자신을 그곳에 홀로 내버려 두라고 말했지. ……당신이 그가 오기를 바라는지 그렇지 않은지는 알 수 없었어. 그래서 심지어 난 이렇게도 생각해 봤

지. 당신이 모든 걸 그에게 털어놓고 만날 시간까지 약속해 두었다고. 하지만 당신은 그저 이렇게 생각했을 수도 있어, 어쩌면 그가 나타나지 않을지도 모른다고."

그리고 특별히 강조된 침묵이 흐른 후, X의 목소리가 화면 밖에서 이어진다.

X의 목소리: "나는 약속된 시간에 그곳에 갔어."

이때 X가 화면에 나타난다. A는 여전히 공허한 표정으로 그를 본다. M이 오기를 바랐던 것일까? X는 입구에서 걸음을 멈추고 서 있다(그의 머리 위에 M을 많이 닮은 남자의 전신 초상화가 걸려 있다?). X 자신도 지쳐 보이고, 다소 불길한 표정을 짓고 있다. A가 시계의 글자판을 바라본다. 아직 2, 3분 정도 여유가 있다. A는 그대로 앉아서, 텅 빈 듯하면서도 다소 긴장된 표정으로 테이블을 내려다본다. X가 그녀 쪽으로 몇 걸음 다가간다. 그들은 서로 아무 말도 나누지 않고, 심지어 눈길조차 마주치지 않는다. 그녀는 여전히 앉은 채이고, 그는 근처에 서 있다. 그들에게 주저하는 기색은 없다. 인내심의 한계에 다다른 표정이긴 하지만, 오히려 마음을 정한 듯하다. X는 품위 있는, 그러나 의례적이지는 않은 차림이다(여행용 복장).

A가 물끄러미 시계를 바라보고 있을 때 자정을 알리는 종소리가 울리기 시작한다. 그것은 이 영화의 시작 부분에서 연극이 끝날 때 들렸던 것과 똑같은 소리다. 가만히 앉아 있던 A는 잠시 후

두 번째 종소리가 울리자 자동인형처럼 벌떡 일어선다. 그녀는 핸드백을 집어 들고, 뻣뻣하고 감정 없는 걸음걸이로 걷기 시작한다. X 역시 긴장된 걸음걸이로 조금 떨어져 그녀의 뒤를 따른다. 그 광경은 마치 유명한 죄수인 그녀를 그가 호송하고 있는 것처럼 보인다.

두 사람이 밖으로 나가기 전, 종소리가 계속 울리는 가운데 장면이 끝난다.

"우리 부모님이 타고 있던 차는 사와타리 건설의 차 때문에 사고가 났어요."

내가 그렇게 말하자 도키미쓰가 움직임을 멈췄다.

그리고 마주 앉아 있는 세 여자를 흘깃흘깃 차례로 본다.

세 여자는 그림 속의 인물처럼 굳어 꼼짝도 하지 않는다.

"설마……, 설마 어떻게 그런 일이."

동생의 떨리는 목소리를 들으며 나는 뒤틀린 기쁨을 느꼈다.

그렇다. 그의 환희도, 불안도, 놀라움도, 모두 내 것. 그것을 즐길 수 있는 사람은 나뿐이다.

"지금까지 한 얘기 못 들었니? 우리 할아버지에게는 피붙이의 향방을 즐기는 게 최고의 도락이었어."

"우리 할아버지라고?"

그의 옆 자리에 앉아 이쪽을 보는 미즈호의 시선이 느껴졌다.

나는 그녀에게 고개를 끄덕였다.

"우리 부모는 우리를 키워 준 그 두 사람뿐이지. 낳아 준 부모는 본 적도, 만난 적도 없어. 하지만 날 낳아 준 엄마는 할아버지의 딸이었어. 그러니까 미즈호와 우리는 사촌인 셈이지. 할아버지와 이모는 우리를 데려오고 싶었나 봐."

"사촌, 그럼 매형과도?"

"그래."

"사쿠라코, 언제부터 그걸?"

도키미쓰의 목소리와 미즈호의 목소리, 놀란 사키 씨의 표정이 뒤죽박죽 내 안으로 날아든다.

그런데도 나는 외톨이. 회색 세계에서 나 혼자.

"그럼 사쿠라코 씨는 부모님의 복수를 하기 위해서, 아니 부모님의 원수라고 생각하고 이치코 씨를."

사키 씨의 목소리가 비명처럼 들렸다.

"증거는 없습니다."

아마치 교수가 자리로 돌아와 그녀의 목소리를 가로막듯 단언하자 그녀는 입을 다물었다.

앞으로도 계속 내 팬으로 남아 줄까.

그녀가 내 방을 찾아와 수줍게 말하던 표정이 눈앞에서 맴돈다. 사키 씨가 또다시 입을 열어 확인하듯 말했다.

"사쿠라코 씨, 그렇게 생각한 거 맞죠? 이치코 씨가……."

"잠깐."

나는 유능한 매니저의 말을 막았다. 역시 그녀는 허투루 볼 수 없다. 재능 있는 여배우와 함께 이인삼각으로 지내 온 세월 값을 한다.

나는 사키 씨를 보면서 이렇게 말했다.

"뭔가 오해를 하고 있네. 난, 이치코 고모님을 죽이려고 한 적이 없어."

장면 전환. 같은 방, 같은 각도의 앵글(카메라가 앞에서 X가 들어왔던 문 쪽을 향해 있다). 문이 열려 있어 회랑이 내다보인다. 방은 텅 비어 있다.

잠시 후, M이 화면 안쪽에서 나타나 문을 향해 걷다가 잠깐 멈춰 선다. 매우 지치고 공허한 표정. 마치 유령처럼 보인다. 그러나 그보다는 불안감이 더 도드라져 보인다. 똑바로 앞을 향해 걷던 그는 종잇조각이 담긴 재떨이를 발견하고는 물끄러미 바라본다. 그리고 다시 천천히 걸음을 옮기기 시작한다. 시계가 자정을 알리는 종을 울리기 시작하자 그는 뒤돌아서서 숫자판을 멍하니 바라본다. 시각은 12시 5분(이 시계는 매 정시와 그 5분 후, 이렇게 두 번 종을 울린다). 그는 자기 방 쪽으로 걸어간다(이 방에 서로 다른 출구가 세 군데 있으면 좋겠다. M과 A의 방으로 통하는 문과, 그 반대쪽에 X와 M이 들어오는 문, 그리고 호텔을 떠나는 X와 A가 향했던 문).

"뭐라고?"

소리를 지른 사람은 아마치 교수였다.

다른 사람들도 모두 놀랐지만, 가장 놀란 사람은 아마치 교수와 이치코 고모인 듯하다. 그 경악이 공교롭게도 이치코 고모의 죄책감과 진실을 동시에 말해 주었다.

"그래요, 난 오늘 아침에 그이의 가방 속에 있는 술병을 바꿨어요."

나는 그때의 정경을 떠올렸다. 짐을 싸며 떠날 준비를 하는 류스케의 방에 들어가 가방에 들어 있는 와인 병을 본 순간을.

"하지만 그건, 나보다 먼저 그 방에 들어가 나보다 먼저 병을 바꿔 놓은 사람이 있다는 걸 알았기 때문이었어요."

"사쿠라코 씨보다 먼저?"

아마치 교수가 눈을 한층 동그랗게 뜨면서 머리를 앞으로 내밀었다.

나는 고개를 끄덕였다. 말은 하고 있는데, 내 목소리 같지가 않다.

"네. 그 사람은 이 모임이 계속되는 걸 몹시 싫어했습니다. 이 모임이 계속되면 좋지 않은 일이 벌어질 거라고 믿고 있었어요. 이제는 이곳에 오기 싫다고, 정신적으로도 더는 견딜 수 없다고 했죠."

"그렇다면, 혹시……."

아마치 교수가 그렇게 중얼거리더니 시선을 휙 돌렸다.

건너편에 앉은 네 사람, 그리고 도키미쓰와 사키 씨의 시선이 그녀에게 집중된다.

사와타리 미즈호.

그녀가 하얗게 질린 채 고개를 마구 저었다.

"아니야. 난 아니야. 사쿠라코가 잘못 알고 있는 거야."

그녀는 겁에 질린 얼굴로 외치며 나를 보았다.

"사쿠라코는 다쓰요시 씨 일로 나를 질투하고 있는 거야."

그 한마디에 역시 사키 씨와 그녀가 한통속이라는 것을 알았다. 사키 씨가 일부러 내 방까지 찾아온 것은 그 때문이었다. 다쓰요시와의 관계를 걸고 넘어져, 내게 질투심을 유발하고, 내가 그녀에게 죄를 덮어씌우려 한다는 인상을 주기 위해서였던 것이다.

"당신은 이곳에 오기 싫어했어. 사와타리 집안의, 죄의식으로 가득한 이 모임을 싫어했다고. 더는 오고 싶지 않았지. 그래서 편지를 보내고, 어린애 장갑과 줄넘기를 갖다 놓고, 담배를 바꿔치기하면서 경고했던 거야. 당신은 이 이상은 견딜수 없는 한계에 와 있었어. 그래서 마침내는 이 모임을 끝내게 할 마지막 방법을 쓰기로 한 거였어."

나는 거의 무의식적으로 그녀 쪽으로 몸을 들이밀고 있었다.

"아니야, 난 아니라고, 내가 아니야!"

미즈호가 필사적으로 고개를 저었다.

"내 탓이 아니란 말이야."

"이곳에 가득한 죄의식이 고모님들만의 것은 아니겠지."

나는 멈출 수 없었다.

말이 연이어 흘러나온다.

이제는 도키미쓰도 겁먹은 얼굴로 나를 보고 있다.

"당신도 마찬가지 아니야? 나와 도키미쓰의 얼굴을 똑바로 볼 수 있냐고."

머리는 흥분으로 뜨거워지고, 온몸에서 잔혹한 무엇이 불끈불끈 고동친다. 하지만 입술에서 터져 나오는 말은 한없이 차갑고 고요했다.

"아니야. 내 탓이 아니야!"

내 안에서 잔인한 기쁨이 넘쳐흐른다.

"난 당신의 무대를 본 적이 없어. 아쉽게도 연극에는 취미가 없거든. 그래서 지금까지 볼 기회가 없었지. 만약 봤다면, 얘기는 달라졌을 거야."

"내 탓이 아니라고."

미즈호는 귀를 막았다. 그리고 온몸을 비틀며 비명을 질러댔다.

"류스케 그이 말이, 당신은 심심하면 낭독을 한다고 하더군. 이곳에서 들은 적도 있다고 말이야. 도키미쓰가 이곳에 오면 도서실에서 늘 보는 영화의 원작. 하지만 난 한 번도 들은 적이 없었어. 왜 그럴까, 왜 나는 들은 적이 없을까?"

"그만, 그만 해!"

그만둘 수 없다.

"당신이 우리가 듣는 걸 원치 않아서가 아니었을까? 아니, 더 정확하게 말하면, 내가 말이야."

미즈호가 찢어지는 비명을 질렀다.

사키 씨가 있는 힘을 다해 껴안고 진정시키려 한다.

"난 기억하고 있어. 기억하고 있다고. 그 사고가 났을 때 근처를 지나가던 여자애가 있었지. 그녀는 자신이 목격한 사건 현장을 증언했어. 우리 부모의 차가 비틀거리며 트레일러로 다가가 사고나 난 것 같다고. 인적 드문 국도 변에 때맞춰 자전거를 타고 지나가던 여자애가. 그 아이, 경찰서에 연락해 전화번호까지 물어서 내게 전화해 주었어. 마지막 본 사람은 자기라고 하면서. 현장을 목격했는데, 우리 부모의 졸음운전 때문인 것 같다고. 그 아이는 그렇게 말했어. 하지만 어떻게 된 일인지, 그 아이를 두 번 다시 찾을 수 없었지. 다들 지나가다 우연히 봐서 그런가 보다고 생각했어."

"사쿠라코."

어지간히 끔찍한 얼굴을 하고 있었으리라. 도키미쓰가 내 어깨를 잡고 등을 쓰다듬었다.

"사쿠라코."

하지만 도저히 멈출 수 없었다.

"그런데 사실은 달랐던 거 아닐까? 우연히 그곳을 지나갔던 게 아니라, 멀리서 일부러 왔기 때문에 찾을 수 없었던 게 아닐까? 거짓 증언을 하기 위해 왔고, 그래서 본명을 말할 수 없으니까 두 번 다시 나타나지 않은 거 아니냐고!"

이렇게 격앙된 내 목소리는 나 자신도 처음 듣는다. 나는 정말 격앙되어 있는 것일까.

마치 연기를 하고 있는 느낌이다. 무대에 오른 여배우처럼.

"난, 그 목소리를 알고 있어."

나는 외쳤다.

"그때 우리 집에 전화를 건 사람은 미즈호, 당신이었어. 그리고 경찰에 거짓 증언을 한 것도."

미즈호는 사키 씨를 밀쳐내고 잔에 무언가를 집어넣더니 와인을 입속에 들어부었다.

"미즈호!"

니카코 고모가 비명을 지른다.

"미즈호 씨!"

사키 씨가 허둥지둥 말리려 했지만, 미즈호는 부들부들 떨면서 몸을 뒤로 휙 젖혔다.

"미즈호!"

뒤섞이는 비명.

나를 껴안는 도키미쓰.

의자가 쓰러지는 소리.

멀리서 누군가가 복도를 뛰어온다. 여러 개의 발소리가 비명을 듣고서 몰려오고 있다.

하지만, 고요했다.

내 안의 세계는 고요했다.

하염없이 내리는 눈.

그리고 그때 처음, 미즈호의 목소리가 들렸다.

지금까지 들은 적 없고, 앞으로도 두 번 다시 들을 일이 없는, 그녀가 그 책을 낭독하는 나지막하고 아름다운 목소리가.

느린 장면 전환 후 카메라가 천천히 뒤로 물러난다. 정원, 밤. 길고 곧게 뻗은 보도. 그 끝 먼 곳에 달빛에 싸인 호텔의 정면이 보인다. 이것은 우리가 이미 보았던 배경으로, 그때는 낮이었고 A가 그 길을 따라 이쪽으로 다가오고 있었다. 지금은 화면 전체에 아무도 보이지 않고, 카메라가 뒤로 물러남에 따라 호텔은 차츰 멀어지지만 그럼에도 점점 크게 보인다.

시계가 두 번째로 울리는 동시에(아까나 지금이나 12번 전부 울릴 필요는 없다) 그 연속적인 선율의 음악이 다시 시작된다. 이 음악은 화면 밖에서 들리는 X의 목소리에 섞여 이 장면 끝까지 이어진다.

X의 목소리: "그 호텔의 정원은 나무도 꽃도 없는, 식물이라고는 찾아볼 수 없는 일종의 프랑스식 정원이었지. 자갈과 돌, 대리석, 곧게 뻗은 선들만이 이 삭막한 공간, 신비로운 것 하나 없는 표면을 메우고 있었소. 처음에는 여기서 길을 잃는다는 것이 불가능해 보였어요…… 처음에는…… 그 자리에 얼어붙은 듯한 조각상들과 화강암 판석들 사이로 난 길을 따라 똑바로 걸으면서. 그런데 당신은 이미 그곳에서 영원히 길을 잃었소. 적막한 밤, 나와 단둘이서."

그리고 음악이 커지면서 모든 소리를 덮어 버린다.

제 6 변주

커브 길을 돌아 숲 속을 빠져나가자 그 웅대한 풍경이 시야 한가득 펼쳐졌다.

올 가을도 어언 막바지에 이르렀다.

예전에도 그랬던 것처럼, 산꼭대기 부근은 불온한 구름에 덮여 있다.

겨울은 저곳에서 찾아온다.

오늘 밤, 눈이 내릴까.

도로는 스쳐 지나가는 차조차 거의 없을 정도로 한산하다. 이른 저녁만이 내 뒤를 쫓고 있다.

나는 또 그 호텔을 향해 가고 있다.

호사스러운 우리. 바닥에서 무언가가 꿈틀거리는 상자. 눈에 보이지 않는 짐승을 키우고 있는 우리.

하지만 올해는 여느 해와 다르다. 올해부터는 우리가 텅 비어 있다.

세 자매가 주최하는 파티는 지난해로 끝이 났다.

늘 과도한 의무감과 다소의 긴장감을 느끼면서 파티에 참가했지만, 올해는 마음이 편하다. 그런 한편, 이 상황이 조금은 미진하게 느껴져서 스스로도 놀라고 있다.

오늘은 부담 없는 모임이 될 것인가, 아니면.

거대한 산자락을 메운 수림 어귀에 있는 그 공원은 해질녘이 가까워서인지 인적이 없었다.

하지만 내 눈은 거기에 서 있는 한 여자를 알아본다.

가슴 한구석이 욱신거린다.

그녀가, 거기에, 혼자 서 있다.

나도 모르게 속도를 줄이고 갓길에 차를 세웠다.

차 소리를 들었는지, 그녀가 돌아본다.

그리고 차 안에 있는 사람이 나라는 것을 알고는 살짝 놀란 표정을 짓는다.

나는 초조하게 창문을 내리고 그녀에게 말을 건넸다.

"그런 데 서서 뭐하는 겁니까?"

"산을 보고 있었어. 마지막 단풍을."

코트 주머니에 손을 찔러 넣은 그녀가 어깨를 약간 움츠린다.

"여기까지는 어떻게?"

"차 가지고 왔어."

그녀는 휑한 주차장에 서 있는 빨간 국산 차를 눈으로 가리켰다.

"류스케 씨는 같이 오지 않았나요?"

"그이는 출발하기 바로 전까지 일이 있어서 내가 먼저 왔어. 아마 곧 올 거야."

그녀는 담담하게 대답했다.

열린 창문으로 불어드는 바람이 싸늘하다.

나는 푸르르 몸을 떨고는 차를 주차장에 세우고 밖으로 나와 윗도리를 걸쳤다.

그녀는 아직도 멍하니 산을 바라보며 서 있다.

거대한 풍경 속에서 그녀가 한없이 초라해 보였다. 그럼에도 그녀가 지닌 강인함은 조금도 누그러들지 않은 채 그 모습을 수림과 대치시키고 있다.

그 강함이, 과거에 느꼈던 동경과 욕망이 내 안에서 살뜰하게 되살아났다.

"언제부터 그렇게 서 있었어요?"

나는 그렇게 물으며 그녀 옆에 섰다.

"30분쯤 됐나."

감정 없는 대답. 나는 피식 웃었다.

"추운데 감기 걸리겠어요. 날도 저물었고. 호텔로 가죠."

"조금만 더. 먼저 가도 괜찮아."

"심술궂은 말투는 여전하군. 조금도 안 변했어, 당신은."

내가 투덜거리자 그녀가 이쪽으로 고개를 약간 돌렸지만 나를 보려 하지는 않았다. 웃음을 머금은 옆얼굴만 보인다.

"오랜만이네, 아키라 씨."

"그간 소식이 뜸했죠, 사쿠라코 씨."

깊은 감회와 함께 그 이름을 입에 담고서 나도 그녀가 보고 있는 풍경으로 시선을 주었다.

겨울이 내려오는 게 눈에 보일 듯 하늘빛이 차갑다.

우리는 아마도 같은 풍경을, 같은 눈빛으로 보고 있으리라.

산속에 서 있는 요새 같은 호텔은 기억 속의 호텔과 조금도 다르지 않았다.

다른 것이 있다면 예년 같으면 없었을, 단체 손님이 타고 온 관광버스가 주차장에 서 있는 정도랄까.

사쿠라코를 뒤따라 현관에 들어서자 로비의 소파에 앉아 있던 손님들이 일어섰다.

"사쿠라코 씨, 다쓰요시 씨."

"어머, 아마치 교수님."

사쿠라코가 웃는 얼굴로 재킷 차림의 남자에게 다가갔다.

"이렇게 다시 뵙게 될 줄은 몰랐어요."

얼굴이 계란처럼 매끈한 학자가 두 팔을 좍 벌리고 정중하게 인사한다.

참 알 수 없는 남자다. 모든 것을 꿰뚫고 있는 것처럼 보이기도 하고, 아무것도 모르는 것처럼 보이기도 한다. 그리고 대체 나이는 몇이나 되었을까, 이 남자.

"다른 분들도 다 오셨나요? 도키미쓰는?"

사쿠라코가 주위를 둘러본다.

"네. 도키미쓰 씨와 다도코로 씨, 미즈호 씨는 벌써 도착했습니다. 먼저 온천에 다녀오겠다더군요."

아마치가 공손히 대답했다.

"그래요? 그럼 우리 그이가 마지막이네. 곧 올 거예요."

사쿠라코가 여유롭게 고개를 끄덕였다.

"저녁은 몇 시로 하셨나요?"

"6시 반에, 일곱 명으로 예약했습니다."

"6시 반이면 그이도 와 있을 거예요. 고맙습니다."

"아닙니다."

"교수님, 바쁜데 오신 거 아닌가요?"

"아니에요. 불러 줘서 고마웠습니다."

"그렇다면 다행이네요."

"놀라기는 했지만요."

"저도 그래요."

등 뒤에서 이어지는 두 사람의 대화를 들으면서 나는 체크인을 마치고 방 안내를 부탁했다.

방에 들어서자 나도 모르게 한숨이 흘러나와 기지개를 켰다.

처자식과 헤어진 후로 상당한 시간이 흘렀다. 이제는 혼자 생활하는 게 오히려 편하다고 느낀다.

식사 전에 목욕이나 할까.

오랜만에 장시간 운전했더니 온몸이 뻐근하다. 이곳의 온천물은 꽤 괜찮다.

시간이 어중간해서인지 대욕탕에는 사람이 거의 없었다.

느긋하게 몸을 씻으며 근육을 풀고 나서 욕조에 들어가려다 먼저 들어가 있는 손님이 있다는 것을 알았다. 그는 창가쪽 욕조에 몸을 담그고 멍하니 있었다.

"……도키미쓰, 씨?"

주춤주춤 말을 건네자, 사쿠라코를 많이 닮은 얼굴이 휙 돌아본다.

"아, 다쓰요시 씨. 오랜만입니다."

도키미쓰가 살짝 고개를 숙였다. 욕조 가운데로 다가가 나도 고개를 숙인다.

"오랜만이군요. 사쿠라코 씨도 도착했습니다."

"같이 오셨습니까?"

얼핏 험악한 표정이 그의 얼굴에 어린다.

나는 천천히 고개를 저었다.

"아닙니다. 따로 왔어요. 오는 길에 공원에 있는 걸 보기는 했지만요."

"아, 그래요."

도키미쓰의 표정이 누그러졌다. 아직도 나와 그녀의 관계가 계속되고 있는 건 아닌지 의심했던 것이리라.

"날씨가 또 나빠질 것 같군요. 이곳에 올 때는 늘 이 모양입니다."

내가 창밖의 나무들로 시선을 옮기자 그는 어렴풋이 고개를 끄덕였다.

"그렇군요. 이곳은 언제나 폭풍의 산장인가 봅니다."

"폭풍의 산장?"

"네. 추리 소설에서, 인적 드문 곳의 별장 같은 데서 살인 사건이 벌어지는 상황을 그렇게 부르곤 하죠."

살인 사건, 이란 단어에 나는 움찔한다.

"추리 소설을 좋아합니까?"

"네. 누나도 좋아하죠. 한때는 둘이서 곧잘 읽었습니다."

"아, 그렇군요."

뽀얀 김 너머로 두서없는 대화를 계속한다.

"저 먼저 나가겠습니다."

"그러세요."

"나중에 또."

도키미쓰는 그렇게 말하며 일어나 나갔다.

하얗고 매끄러운 피부가 사쿠라코와 비슷하다. 그만 그의 등을 눈으로 더듬는다.

그 뒷모습을 보면서 문득 생각한다. 그러잖아도 호리호리한 남자였는데, 왠지 몸집이 가늘어진 듯하다. 병이라도 앓은 것일까. 아니면 무슨 스트레스라도 있는 것일까.

고개를 돌려 창밖을 본다.

해가 기울어, 나뭇잎을 떨군 나무들이 어둠에 잠겨 가고 있었다.

유리창에는 하얗게 김이 서려 있다. 안과 밖의 기온 차가 크기 때문이겠지.

어째서 여섯 명일까.

나는 초대장을 받았을 때의 거부감을 새삼 곱씹는다.

이제 파티는 열리지 않는다고 들었는데.

봉투를 보는 순간 데자뷰를 보는 듯한 기분이 들었다. 보낸 사람의 이름을 보고는 무슨 일일까 싶었다.

초대한 사람은 사와타리 미즈호. 게다가 초대받은 사람은 여섯 명뿐이라고 한다.

초대장의 내용을 보고 나서도 여전히 떨떠름했다. 그 파티는 이제 끝났다면서 왜 굳이 이곳에서 여섯 명이 모여야 하는지.

그리고 분명하게 쓰여 있지는 않았지만, 당신은 반드시 와야 한다는 압박감이 문장 곳곳에서 느껴졌다. 비밀이 폭로되는 걸 원치 않는다면 두말 말고 오라는, 협박에 가까운 느낌.

왜 내가?

지난해 있었던 일이 오래전 일처럼 생각된다.

그 사건이 생겼을 때 나는 이미 이곳에 없었다. 당시의 일을 잘 모르는 나를 이곳에 부른 것은 내가 그 일과 관련이 있다는 뜻인가. 류스케도 사건 당시에는 이미 돌아가고 없었을 텐데, 그도 온다고 한다. 미즈호는 대체 무슨 꿍꿍이일까.

생각에 잠겨 오래도록 욕조에 몸을 담그고 있다 보니, 김이 아니라 땀이 얼굴을 적시고 있었다.

기운이 빠지기 전에 나가야겠다.

나는 천천히 일어섰다.

기운이 안 빠지더라도, 이곳에는 점차 온몸으로 파고드는 독이 있다.

식사 시간까지는 약간 시간이 있었다.

로비에 가니, 여유로운 표정으로 얘기하고 있는 류스케와 사쿠라코가 보였다.

왠지 말을 걸기가 어색해 나는 도서실로 들어갔다.

다도코로 사키와 도키미쓰가 소파에 앉아 흑백 영화를 보고 있다.

몇 번이나 본 적 있는 영화. 인물이 정원에서 움직임을 멈추고 있는 상징적인 장면이 기억난다. 프랑스의 실험적인 영화다.

"전에도 이 영화 보지 않았습니까?"

도키미쓰에게 슬며시 말을 걸자 그는 애매모호한 미소를
머금었다.

"네, 이곳에 오면 거의 습관적으로 봅니다. 여기 있을 때는
이 영화를 안 보면 왠지 불안해서요."

"정말 좋아하나 보네요."

사키가 미소를 지으며 말한다. 도키미쓰가 머리를 긁적거
렸다.

"좋아하는지 어쩐지는 나도 잘 모르겠어요."

"그래도, 보고 있으면 기분이 좋아지는 영화잖아요. 바라
보고 있는 느낌이랄까."

사키가 몸을 비켜 내가 앉을 자리를 마련해 주었다.

고맙다는 뜻으로 고개를 살짝 숙이고 그 자리에 앉는다.

"지금 막 데자뷰를 느꼈어요. 지난해에도 도키미쓰 씨와
이런 얘기를 한 것 같은."

"이 영화 자체가 데자뷰를 다룬 것이니까요."

나는 두 팔을 벌려 보인다.

"어머나, 그래요."

사키가 내 얼굴을 본다. 나는 과장스럽게 고개를 끄덕였다.

"그렇죠. 기억을 날조하는 얘기라고 할 수도 있으니까."

그러면서 나는 화면 속의 여자를 가리켰다.

"저 여주인공은 자신에게 일어나지 않았던 일을 낯선 남자

가 자꾸 일어났던 일이라고 말하니까 그런가 보다고 믿게 되죠. 올해 처음 만나는 남자인데도, 지난해에는 밀회를 즐겼고, 앞으로도 함께 살아갈 남자라고 믿게 돼요. 존재하지 않는 기억을 존재하는 기억으로 착각한 것이죠. 데자뷰란 것도 뇌가 기억을 끄집어낼 때 실수로 처음 있는 일을 과거에 경험했던 기억으로 착각하는 현상이니까요."

"지난해에 있었던 일."

사키가 무심히 중얼거렸다.

"왜 미즈호 씨가 우리를 부른 겁니까?"

나는 솔직하게 물어보기로 했다.

애써 태연한 척하며.

"초대장을 받고서 생각해 봤는데, 도무지 이유를 모르겠더군요. 지난해에 여기서 죽은 여자와 무슨 관계가 있는 겁니까? 그녀의 신원이 밝혀졌나요? 혹시 사고 아니었습니까?"

"저도 궁금하군요."

도키미쓰가 합세했다.

사키는 당황한 표정으로 나와 도키미쓰의 얼굴을 번갈아 보았다.

"저도 잘 몰라요."

사키는 눈을 치켜뜨며 주저하듯 입을 열었다.

"미즈호 씨는 이곳에 오는 것을 애당초 싫어했으니까요. 그런데 갑자기 초대장을 보내고 예약까지 해 놓았다고 해서 저도 깜짝 놀랐어요."

도키미쓰가 고개를 끄덕였다.

"그랬죠. 미즈호 씨는 이모님들이 주최하는 파티를 싫어했어요. 저도 놀랐습니다. 혹시 그분들이 일선에서 물러나는 대신 미즈호 씨의 이름을 내세워 파티를 열려고 하는 건 아닐까, 그렇게 의심했을 정도입니다. 지난여름에는 이치코 씨도 돌아가신 데다, 또 여섯 명만 초대했다고 하니까."

"이치코 씨를 추모하려는 뜻인지도 모르죠."

사키는 그렇게 대답했지만, 그녀 스스로도 그 대답을 믿지 않는 듯 보였다.

도키미쓰가 몸을 앞으로 내밀었다.

"그렇다면 우리 여섯 명만 초대한 이유가 더욱 애매해지죠. 이치코 씨와 가깝게 지내고 친분이 두터웠던 사람은 얼마든지 있잖습니까."

도키미쓰 역시 이 초대를 의아하게 여기고 있었던 것이다.

사쿠라코는 어떻게 받아들였을까.

혼자 공원에 서서 먼 산을 바라보고 있던 사쿠라코의 모습이 떠오른다. 이 초대를 미심쩍어하는 기색은 딱히 보이지 않았는데, 속으로는 역시 의심을 품었을까.

"나도 똑같은 질문을 했는데 가르쳐 주지 않았어요. 아무튼 초대하라고만 하더군요."

"미즈호 씨는 지금 어디 있습니까?"

"목욕하고 있을 거예요. 식사 전에는 여러분과 얼굴을 마주하고 싶지 않은 것 같았어요."

"식사 전이라……, 그럼 식사 때 모든 것을 밝히겠다는 뜻인가요."

도키미쓰가 몸을 좀 더 앞으로 내밀며 말했다.

사키는 눈을 내려뜨고 자신 없이 말한다.

"저도 그러기를 바라고 있어요."

두 사람을 남겨 놓고 나는 어슬렁어슬렁 로비로 나갔다.

사쿠라코와 류스케는 벌써 식당으로 갔는지 없고, 대신 아마치 교수가 책을 읽고 있었다. 언제나 책을 읽는 남자로군, 하고 생각한다.

그냥 지나치려 했는데 아마치 교수가 고개를 들고 나를 불러 세웠다.

"그 두 사람은 또 그 영화를 봅니까?"

"네."

도키미쓰가 이곳에 오면 늘 같은 영화를 본다는 것을 아마치 교수도 알고 있는 모양이다.

"흥미롭군요."

그가 책을 탁 덮으며 말했다.

"어쩌면 미즈호 씨도 그 영화의 주인공들처럼 하려는 건지 모르겠군요."

"주인공들처럼요?"

"지난해에 있었던 일과 지난해에 없었던 일을 확인하고 싶은 거겠지요."

그 말이 의미심장하게 들렸다.

나는 조심스럽게 물었다.

"교수님은 그녀가 왜 우리를 초대했는지, 이유를 아십니까?"

"모릅니다. 들은 것도 없고요."

아마치 교수는 이내 고개를 저었다.

"그럼 이상하다는 생각은 안 하셨습니까?"

"했다고도 할 수 있고, 안 했다고도 할 수 있죠."

"선문답 같군요."

"식사 때는 설명해 주겠지요."

아마치 교수는 두 팔을 벌리며 말했다.

나는 잠시 주저하다가, 오래도록 마음에 걸렸던 것을 그에게 물어보기로 했다.

"작년에 여기서 무슨 사건이 있었는지 가르쳐 주십시오, 제가 이곳을 떠난 후에."

나는 아마치 교수 옆에 앉았다.

"그 사건이 이 초대와 관련이 있다는 건가요?"

아마치 교수가 나를 힐끔 보았다. 나는 고개를 갸우뚱하며
대답했다.

"글쎄요, 모르겠어요. 하지만 궁금했습니다. 여자의 변사체
가 발견되었다면서요?"

"네. 송전선을 점검하던 전기 공사 직원이 발견했죠. 산에
서 약간 내려간 계곡의 산책로에서. 류스케의 아버님이 부상
당한 바로 그 언저리였어요, 공교롭게도."

"중년 여성이라던데."

"네. 하지만 안면 손상이 심해서 신원은 알 수 없었죠. 아무
래도 추락사인 듯했어요. 시간도 많이 지났고."

"그럼 사고로 죽은 거 아닙니까."

"그런데 말이죠, 왜 그런 곳에서 죽었는지가 의문입니다.
하이킹을 하던 중이라고 보기에는 옷차림이 워낙 평상복 같
아서 말이죠. 신원을 파악할 만한 물건도 전혀 지니고 있지
않았어요. 그런 차림으로 올 만한 장소도 아닌 데다, 그런 사
람을 찾는 실종 신고도 없었다는군요. 그래서 경찰에서도 살
인 사건의 가능성을 의심하고 있는 모양입니다."

"흠, 그럴 만하군요. 결국 신원은?"

"밝혀지지 않은 듯합니다. 사고인지, 자살인지, 무슨 문제

가 있어 죽은 것인지 아직 몰라요."

"흐음, 그런 사건이었군요. 물론 사와타리 집안과는 관련
이 없겠지요."

"관련성을 입증하는 것은 전혀 발견되지 않았습니다."

"묘한 사건이로군요."

"그렇습니다."

막연한 불안이 온몸을 에워싼다. 미즈호의 진의를 알 수 없
다는 것이 나를 답답하게 한다.

지난해에 있었던 일, 지난해에 없었던 일.

나는 아까 아마치 교수가 한 말을 무심히 떠올리고 있었다.

지난해에 있었던 일, 지난해에 없었던 일.

뇌리에서 무언가가 꿈틀거린다.

우리 안에서 기다리고 있는 거짓말쟁이 여자들. 자신들의
생활과 인생을 거짓말로 엮어 온 여자들. 그리고 정말 죄 많
은 사람은.

대체 누구일까.

식당에 들어서는 순간, 시간이 과거로 되돌아간 것처럼 묘
한 감각에 휩싸였다.

데자뷰가 아니다. 말 그대로 과거의 기억이 되살아났다.

이렇게 식당에 들어서면 세 자매의 테이블이 한가운데에

있고, 배우가 무대에 서듯 이치코를 위시한 세 자매가 들어온다. 모두의 기대와 불안에 찬 시선을 한 몸에 받으면서 그녀들은 테이블에 앉는다.

이번에도 세 자매가 미소를 머금고 들어오는 것은 아닐까.

심장 박동이 빨라지는 것을 느끼면서 나는 재빨리 식당 안을 돌아보았다.

물론 세 자매는 없다. 그 가운데 한 사람은 지난여름에 갑자기 죽어, 영원히 이 호텔에 나타날 수 없게 되었다. 나머지 두 사람도 집안의 정신적 지주인 언니가 죽는 바람에 기력이 몰라보게 쇠했다고 들었다.

이제 이 우리는 텅 비었다.

우리가 활짝 열리고 말았다.

그런데 이번에는 미즈호가 새 우리를 만들려 하는 것인가.

모두 안쪽 테이블에 모여 앉아 있었다. 미즈호만 아직 오지 않았다.

인사를 나누며 자리에 앉는다.

비어 있는 미즈호의 자리가 으스스하게 존재감을 주장하고 있는 듯 느껴졌다.

모두들 적당히 대화를 이어 가고 있지만, 사실은 그 자리를 의식하고 있다.

그때 그녀가 나타났다.

여배우 못지않게(아니, 그녀는 무대에 서는 진짜 여배우지만), 그녀의 등장에 맞춰 스포트라이트가 환하게 켜진 것처럼 화사하다.

모두가 넋이라도 잃은 듯 바라본다.

그야말로 세 자매의 뒤를 그녀 혼자 이었다 할 만한 관록이 엿보였다.

지난해에 그리도 예민하게 보였던 표정은 지금 완전히 사라지고 없다. 어머니와 이모들이라는 무거운 돌이 없어졌기 때문일까 싶을 정도로 표정이 밝았다.

"이렇게 먼 곳까지 와 주셔서 뭐라 말할 수 없이 고마워요."

미즈호는 방긋 웃으며 여섯 사람의 얼굴을 둘러보고는 자리에 앉았다.

손님들은 저마다 "무슨 말씀을요." "아닙니다." "저야말로 초대해 주셔서."라는 판에 박은 듯한 대답을 한다.

그러나 그들의 눈에는 의문의 빛이 역력하다.

"많이 궁금해하셨죠, 이번 일?"

미즈호가 침착한 표정으로 중얼거렸다.

손님들 사이에 서로의 눈치를 살피는 기색이 오갔다. 과연 누가 먼저 말을 꺼낼지, 짧은 순간의 거래가 있었다.

"응, 깜짝 놀랐어. 작년에, 이제 그만 오고 싶다고 했던 사람은 미즈호 누나였으니까."

그렇게 말문을 연 것은 류스케였다. 모두가 안도한 표정을 보였다. 미즈호와 사이가 좋은 그가 먼저 말문을 열어 주어 천만다행이었다.

"그래, 맞는 말이야. 나 자신도 좀 뜻밖이었어."

미즈호가 순순히 인정했다. 그러고는 이내 표정을 다잡는다.

"하지만 참 이상하지, 큰이모님이 돌아가시고 나니까 오히려 꼭 와야 될 것 같은 기분이 들더라고. 거의 강박 관념처럼 말이야. 우리 엄마나 작은이모나 이제 너무 연로해서, 지금은 그 옛날의 화려함이 오히려 그리울 정도야. 이기적인 감정이라고는 생각하지만, 솔직히 그런 나의 감상을 여러분과 함께 나누고 싶었어. 그래서 이렇게 자리를 마련한 거야."

모두의 얼굴에 어정쩡한 표정이 어린다.

"그런데 왜 이 여섯 명이죠?"

도키미쓰가 더는 못 기다리겠다는 듯이 물었다.

그의 질문에 동의하듯 나도 고개를 끄덕였다.

미즈호는 잠시 침묵하더니 마침내 과감하게 입을 열었다.

"우리가 서로의 알리바이를 확인할 수 있는 관계에 있기 때문이야."

"알리바이?"

류스케가 물었다.

"알리바이라니, 대체 무슨 소리야?"

"작년에 여기서 있었던 일."

의아하다는 표정의 류스케를 향해 미즈호가 타이르듯 대답한다.

"여기서 있었던 일? 작년에?"

류스케는 여전히 무슨 소리인지 모르겠다는 표정이다.

미즈호가 똑바로 류스케를 쳐다본다.

"내 기분 탓이라고 해도 괜찮아. 노파심이라고 해도 상관없고. 하지만 생각하면 생각할수록 마음에 걸려서 그냥 지나칠 수 없다는 생각에 내내 시달렸어. 이러느니 차라리 모두모아 놓고 다시 한 번 물어보자 싶어서 이렇게 초대한 거야. 그런 의미에서도 이건 나의 감상이지. 그래도, 도저히 묻지 않을 수 없어서."

미즈호의 말이 빨라지며 눈이 번들거렸다.

그녀는 무슨 말을 하려는 것일까?

류스케와 내 얼굴에 그려진 '?' 모양을 알아차린 것이리라. 미즈호가 화들짝 놀란 듯이 자세를 고쳐 앉았다.

그리고 모두의 얼굴을 돌아보면서 다시 입을 열었다.

"그 여자 일이야."

목소리가 간신히 알아들을 정도로 낮았다.

"그 가엾은 여자. 계곡에서 발견된, 신원 미상의 변사체."

역시 그 사건에 관계된 일인가, 나는 생각했다. 하지만 뭐가 어떻게 연관된 것인지 알 수 없다.

기묘한 사건. 내가 떠난 후에 발생한 사건.

대체 그녀는 무슨 말을 하고 싶은 것인가?

"전기 공사 직원 말이, 그 여자를 발견하기 사흘 전에도 같은 장소를 지났대. 그런데 그때는 아무것도 보지 못했다는 거야."

미즈호는 그렇게 말하더니 무슨 뜻이라도 있는 것처럼 내 얼굴을 보았다.

"그런데?"

류스케가 다음 말을 재촉한다.

"내 생각에 그 여자는 다리 위에서 버려진 것 같아. 죽은 지 며칠이나 되었다고 하니까, 어디 먼 곳에서 차로 옮긴 후에 몰래 계곡에 버린 거야."

"차로 옮겼다?"

아마치 교수가 같은 말을 되풀이한다.

"네. 우리 호텔에 묵는 손님이 아니면 그런 장소를 어떻게 알겠어요. 근처에 온천 여관은 있지만, 이런 계절에 그런 곳에서 하이킹을 하는 손님은 없어요. 그렇게 으슥한 장소를 알 수 있는 사람은 파티에 참가한, 그리고 그런 곳이 있다는 것을 들어서 아는 사람뿐이에요."

"그럼 우리 손님 중에 여자를 죽인 범인이 있다는 얘기야?"

류스케가 당황한 목소리로 물었다.

"그래. 게다가 우리와 서로 잘 알고, 이 주변 지리에 밝은 사람이."

류스케와는 반대로 미즈호의 목소리는 차분하다.

나는 또 막연한 불안이 가슴속에서 부푸는 것을 느꼈다.

서로가 잘 알고, 이 주변 지리에 밝은 사람.

"설마, 누나."

같은 불안을 느꼈는지, 류스케의 언성이 높아졌다.

"지금, 우리 중에 범인이 있다는 소리는 아니겠지?"

미즈호는 무거운 침묵으로 답을 대신했다.

그리고 침착한 눈길로 그녀가 류스케의 물음에 긍정하고 있다는 것을 모두에게 전했다.

모두의 표정이 바뀐 것처럼 생각되었다.

아니, 그저 모두가 등을 확 펴고 고쳐 앉은 탓인지도 모른다.

미즈호도 자세를 바로 했다.

"그 여자를 버릴 만한 사람은 한정되어 있어. 버스를 타고 돌아간 사람은 제외해야 하고, 전기 공사 직원이 사흘 전에도 같은 곳을 지났다고 하니까 그 전에 돌아간 사람도 제외해야 돼. 그럼 그 기간에 자기 차를 타고 돌아간 사람은 몇 명 안 남아. 게다가 그중 몇 대는 여럿이 같이 타고 갔어. 그렇게 다 제외하고 나면 남는 차는 딱 한 대밖에 없어."

미즈호가 낮은 목소리로 말했다.

"그 한 대가?"

류스케가 긴장한 목소리로 물었다. 침착하려 애쓰지만 흐트러지고 쉰 목소리였다.

미즈호의 시선이 천천히 가리킨 것은 나였다.

등줄기를 타고 싸늘한 것이 기어 올라온다.

"다쓰요시 씨의 차야."

"서, 설마 제정신으로 그런 소리를 하는 건 아니겠죠."

나는 당황했다.

농담처럼 말하려 했는데, 내 목소리도 류스케 못지않게 흐트러지고 가칠했다.

하지만 미즈호는 냉담한 시선으로 나를 노려볼 뿐이었다.

나는 모두의 얼굴을 둘러본다.

얼굴은 화끈거렸지만, 등은 여전히 써늘하다.

모두 무표정한 얼굴로 나를 보고 있었다. 놀란 것인지, 의심하고 있는 것인지, 비난하고 있는 것인지. 그 눈초리가 뭘 의미하는지 읽히지 않는다.

나는 온몸에서 핏기가 가시는 것을 느꼈다.

"무슨 근거로 그러는 겁니까. 이 주변 지리에 밝다고 해서? 나 혼자 차를 타고 갔다고 해서? 겨우 그 정도 이유로 나를 범인 취급하는 겁니까?"

자신의 목소리에 분노가 배어 있어 마음이 든든했다.

"······나랑 같이 차 타고 호텔로 오는 길에,"

다른 목소리가 끼어들었다.

퍼뜩 고개를 들어 보니 사쿠라코가 담담하게 얘기하고 있었다.

"당신, 수시로 뒤를 돌아봤어. 도중에 쉴 때도 몇 번이나 트렁크를 보러 나갔고. 평소보다 핸들이 무겁다는 소리도 했지."

나는 흠칫 놀랐다.

설마 그녀가 그런 말을 할 줄은 생각지도 못했던 것이다.

"그건, 단지 차 상태가 안 좋았기 때문이야. 그때도 그렇게 말했잖아."

"트렁크에 무거운 걸 싣고 있었는지도 모르지."

나의 필사적인 변명을 무시하듯 류스케가 입을 열었다.

"그러고 보니,"

류스케가 나를 힐끔 본다.

"자네 그날 아침, 내가 좀 태워 달라고 하는데도 완강하게 거절했지. 그래서 난 버스를 타고 돌아갔어."

류스케의 눈이 점차 공포의 빛을 띠고 크게 벌어진다.

나의 공포도 증폭되어, 소리라도 꽥 지르고 싶어진다.

아니다.

그때는, 나 혼자이고 싶었을 뿐이다.

독신 생활에 익숙해진 탓에, 며칠 동안 여러 손님과 지내다 보니 숨이 막힐 것 같았다. 그래서 내 차에 혼자 있고 싶었을 뿐이다. 먼 길을 류스케와 함께 가자니 견디기 어려울 것 같았다.

일에 대한 부담과 성가신 대화로부터 벗어나 아무튼 조금이라도 빨리 혼자이고 싶었을 뿐이다.

그렇게 설명하고 싶은데, 나는 고작 입을 뻐끔거릴 뿐이다.

미즈호의 표정이 서서히 굳어 갔다.

"당신, 버릴 장소를 물색하고 있었던 거 아니야? 그런데 날씨가 계속 나빠서 차를 몰고 나갈 상황이 아니었지. 그래서 그대로 세워 둘 수밖에 없었어. 밤에는 기온이 영하로 떨어져 추웠으니까 아무도 눈치 챌 수 없었지. 언제 사귀던 여자였어?"

그 말투에, 나는 경악했다.

"내가 사귀던 사람을 죽였다는 건가?"

"가벼운 차림이었어. 차에 태워 옮겼다고 생각하는 게 자연스럽지. 차에 태워 데리고 나왔다가, 어디선가 죽이고는 그대로 트렁크에 실었던 거겠지."

"무슨 증거라도 있어?"

"그 증거를 찾자는 거야. 당신 차를 뒤지면 틀림없이 뭐가 나올 테니까."

동요하지 않으려 애쓰는데도 온몸이 경직되었다.

아무 근거 없는 억측이라는 것을 알고 있는데도 마음은 초조하고 공황 상태에 빠져들고 만다.

말도 안 돼. 왜 느닷없이 이런 소리를 들어야 하는 거야.

이런 산중까지 불려 와, 이렇게 부조리한 소리를 들어야 하다니.

여자들이 나를 보고 있다.

무표정한 사쿠라코, 무표정한 사키, 무표정한 미즈호. 모두가 똑같은 눈초리로.

그런데 그 순간, 무언가가 번뜩 뇌리를 스쳤다.

정말 죄 많은 사람은……

"그래서, 다쓰요시 씨의 차를 뒤져 보면 그 여자의 머리카락이나 찢어진 옷자락이 나올 것이라는 얘기로군요."

누군가가 뭐라고 말하고 있었다.

나는 멍하니 목소리가 나는 쪽으로 눈길을 옮겼다. 미즈호와 여자들이 놀란 듯 목소리의 주인을 보고 있었다.

계란 같은 얼굴의 남자. 늘 정중한 말투의 그 남자.

모두가 그 남자를 주시했다.

"무슨 뜻이죠, 교수님?"

미즈호가 매서운 말투로 따졌다.

아마치 교수는 동요하는 기색 없이 어깨를 움츠렸다.

"말 그대로입니다. 보나마나 다쓰요시 씨의 차에서 피해자를 옮겼다는 증거가 될 만한 것이 나오겠죠. 그리고 그것을 누군가가 경찰에 신고하면 다쓰요시 씨는 조사를 받을 테고요. 그런 계획 아닙니까?"

담담한 아마치 교수의 목소리에 미즈호가 격앙했다.

"뭐라고요? 마치 우리가 다쓰요시 씨에게 죄를 덮어씌우려 한다는 것처럼 말씀하시는군요."

"하아, 그런 얘깁니다."

아마치 교수는 주저 없이 대답했다.

미즈호가 어이없어한다.

"이제야 알겠어요. 서로의 알리바이를 확인할 수 있는 관계. 요는 우리를 증인으로 다쓰요시 씨를 신고하려는 속셈이군요. 지난해에 있었던 일. 지난해에 없었던 일. 당신들은 지난해에 없었던 일을 있었던 일로 하려는 거예요, 그 영화처럼."

흑백의 영화.

정원에 서 있는 남자와 여자.

아까 도서실에서 본 장면이 선명하게 떠오른다.

"무슨 말씀입니까, 교수님?"

류스케가 혼란스러운 표정으로 물었다.

아마치 교수는 고개를 위아래로 가볍게 몇 번이나 흔든다.

"그러니까, 나도 생각해 봤어요. 작년에 발생한 사건에 대해서. 얼굴이 짓이겨져 있던 그 불쌍한 여자에 대해서 말이죠."

"그 사건이 우리와 무슨 관계라도 있다는 말씀입니까?"

"글쎄요. 조금 전까지는 전혀 몰랐습니다. 그런데 지금 미즈호 씨가 다쓰요시 씨에게 죄를 덮어씌우려 하는 것을 보고서야 비로소 그 사건이 우리와 관계있다는 것을 알았습니다."

"좀 더 알기 쉽게 얘기해 주시죠."

도키미쓰가 답답해 미치겠다는 듯이 끼어들었다.

나 역시 같은 기분이었다.

"음, 순서대로 얘기할 수밖에 없겠는데……."

아마치 교수가 턱을 만지작거렸다.

"그 사건이 우리와 관련이 있다고 하면 왜 얼굴이 그렇게 손상되었는지 알 것 같아요. 대체 피해자의 얼굴을 알아볼 수 없을 정도로 손상시키는 것은 어떤 경우겠습니까?"

거꾸로 질문을 당하자 도키미쓰는 잠시 당황한 기색을 보이더니 이내 마음을 가다듬고 대답했다.

"피해자의 신원을 알 수 없게 하기 위해서겠죠. 신원을 알 수 없으면 관계자도 찾아낼 수 없죠. 동기를 알 수 없으면 범인 역시 찾을 수 없는 거 아닙니까."

"그렇죠. 맞는 말입니다. 얼굴을 알아볼 수 없어 신원도 알 수 없다. 그것은 바꿔 말하면, 얼굴을 알면 신원도 알 수 있다는 얘기죠."

무슨 당연한 소리를 하느냐는 듯한 표정으로 도키미쓰가 아마치 교수를 보았다. 듣고 있던 다른 사람들 역시 그와 똑같은 표정을 지었으리라.

"저, 좀 더 구체적으로."

답답하다는 표정으로 류스케가 다그쳤다.

아마치 교수는 생각에 생각을 거듭하며 말을 골랐다.

"음, 예를 들어서 말이죠, 류스케 씨가 길거리에서 누군가의 시신을 봤다고 칩시다. 당신은 시신의 얼굴을 보고서, 아는 사람이다, 또는 모르는 사람이다, 하고 판단하겠지요. 그런데, 전혀 모르는 사람인데도 얼굴을 보면 단번에 신원을 알게 되는 경우가 있습니다. 그게 어떤 경우라고 생각합니까?"

도키미쓰가 생각에 잠겼다.

"모르는 사람인데, 얼굴을 보면 신원을 알 수 있다? 그런 일이 있을 수 있나요?"

"있습니다."

아마치 교수가 단언했다.

"으음, 모르겠습니다. 가르쳐 주시죠."

도키미쓰가 포기를 선언하자 아마치 교수가 천천히 입을 열었다.

"시신의 얼굴이 당신과 똑같을 경우입니다."

"넷?"

"이름도 모르고 처음 보는 사람인데 당신과 쌍둥이처럼 닮았을 경우. 그럴 때 당신은 어떻게 판단하겠습니까? 나와 쌍둥이다, 존재하는 줄 몰랐지만 나와 형제다, 그렇게 판단하지 않을까요?"

도키미쓰가 으음, 하고 신음 같은 소리를 흘렸다. 좌중에서도 짓눌린 듯한 묘한 소리가 흘러나왔다.

류스케가 고개를 들었다.

"서, 설마, 그렇다면 그 시신이……."

"나의 억측입니다만,"

아마치 교수는 주위의 동요 따위는 아랑곳하지 않고 말했다.

"그 시체는 아마도 미즈호 씨와 얼굴이 똑같지 않았을까 싶습니다."

묵직한 쐐기라도 박은 것처럼, 무언가가 모두에게 충격을 주었다. 테이블 주위가 무거운 침묵으로 적막해졌다.

미즈호는 꼼짝도 하지 않은 채 입을 꾹 다물고 테이블 위의 한 점을 쳐다보고 있었다.

"어차피 나의 가설도 억측에 지나지 않는 것이지만, 다쓰요시 씨에게 죄를 덮어씌우려는 그대들의 방식도 상당히 억지스러웠으니 이 정도는 용서해 주시지요."

아마치 교수는 와인 한 모금으로 입을 축인 후, 깍지 낀 손을 테이블 위에 올려놓고 다시 이야기를 시작했다.

"니카코 씨가 언젠가 만찬 모임에서 쌍둥이 얘기를 꺼내 놓고서 패닉에 빠진 것은 역시 나름의 이유가 있었다고 생각합니다. 그녀는 쌍둥이를 낳았어요. 미즈호 씨는 쌍둥이였던 것이죠. 그런데 언니인지 동생인지는 모르겠지만, 한쪽이 아마도 지적으로 상당한 장애가 있었을 겁니다. 그래서 미즈호 씨와 함께 키우지 못하고 이곳에 개인적으로 시설을 만들어 키우지 않았나 짐작됩니다. 그녀 역시 사와타리 집안을 위해 여러 가지로 이용되었겠죠. 해마다 이곳에서 파티가 열린 것도 그녀가 이곳에 살기 때문이었을 겁니다. 그리고 그 때문에 니카코 씨는 죄책감이 컸을 거예요. 그 죄책감이 그런 형태로 나타났던 거겠지요. 미즈호 씨의 쌍둥이 자매는 상태가 해마다 악화되어, 근년에 들어서는 배회하는 증상도 보이지 않았을까 생각합니다. 줄넘기나 장갑 따위를 두고 다닌 것도 그녀의 지능이 어린애 정도밖에 안 되기 때문 아닐까요. 소리가 나는 커다란 괘종시계도 어쩌면 재미난 친구로 여겼을지 모르겠군요. 껴안기도 하고, 같이 놀려고 하기도 하고. 그러다가 어디로 데려가려고 낑낑거리며 잡아당겼는지도 모르죠. 미즈호 씨도 체구가 큰 편이니 그녀도 힘은 세지 않았을까 싶어요."

커다란 괘종시계.

시시때때로 요란스럽게 울리며 시각을 알리는, 존재감 있는 시계.

"미즈호 씨가 이곳에만 오면 유독 예민해지는 것도 그 탓이 아니었을까요. 쌍둥이의 존재에 대해 알고 있었는지는 모르겠으나, 쌍둥이끼리는 정신적으로 교류하는 부분이 많다고 들었습니다. 그러잖아도 미즈호 씨는 예리한 편이니까 그녀의 존재를 느끼고 있었다고 해도 놀랄 일은 아니죠. 어머니인 니카코 씨는 물론이고 이모들도 미즈호 씨가 그녀와 맞닥뜨리지 않게 조심했겠지만, 그 은밀한 기척을 민감하게 감지했을 수 있어요."

누구도 그의 말에 대꾸하지 않았다. 아마치 교수는 담담하게 이야기를 계속한다.

"아마 그녀는 사고로 죽었을 겁니다. 한밤중에 멋대로 집을 빠져나갔다가 어디선가 떨어졌겠지요. 그녀는 이 주변 지리에 밝을 테니까 어쩌면 그곳이 마음에 드는 장소였는지도 모르겠습니다. 이치코 씨를 비롯한 세 자매가 그녀가 없어졌다는 것을 알았을 때는 이미 늦었죠. 그녀를 찾아내기는 했지만, 그런 장소에서 여자 몸으로 시신을 옮기는 것은 무리였을 겁니다. 하지만 누가 얼굴이라도 보게 되면, 미즈호 씨와 똑같으니 형제라는 게 금방 드러나겠지요. 그래서 할 수 없이, 아마도 이치코 씨가, 그녀의 얼굴을 훼손해서 신원을 감춘 것이 아닐까 합니다."

그 광경이 눈앞에 떠올라 나는 소름이 쫙 끼쳤다.

강가에서 돌멩이를 쳐드는 이치코 씨의 모습이 생생하게 보이는 듯했다.

"그런데, 아직 이해할 수 없는 게 있어요."

아마치 교수가 얼굴을 찡그리며 말했다.

"그냥 내버려 두면 신원 미상으로 사건이 종결될 텐데, 왜 지금 와서 다쓰요시 씨에게 죄를 덮어씌우려 했는지, 난 그걸 모르겠어요. 아무리 불행한 사건이나 문제도 어떻게든 유용하게 써먹는 사와타리 집안의 피가 미즈호 씨에게도 역시 흐르고 있는 것일까요."

아마치 교수는 빈정거림을 담은 표정으로 미즈호와 사쿠라코를 보았다.

"당신들이 다쓰요시 씨를 필요 이상 여복이 많은 남자로 보이게 하려 애쓴다는 것은 알고 있었습니다. 류스케 씨와 도키미쓰 씨에게 난봉꾼이라는 인상을 주어 당신들의 증언에 유리하게 작용하도록 하려는 것이겠죠."

미즈호가 나를 힐끔 보았다. 그 눈에는 그때 보았던 경멸에 가까운 증오가 어려 있었다.

우리 안에서 기다리는 여자들.

나는 이 호텔에 올 때면 거짓말쟁이 세 여자를 떠올리곤 했다.

화려하고 이야기를 좋아하는 이치코, 니카코, 미즈코, 세 자매를.

하지만 지금에야 나는 깨달았다.

정말 거짓말쟁이 세 여자는 그 세 자매가 아니라 따로 있었던 것이다.

총명하고 양식 있는 세 여자, 미즈호와 사키, 사쿠라코.

세 여자는 내게 복수하려 했다. 그녀들은 나를 사랑하는 척하면서 갖고 놀고 증오하고 경멸했다.

나는 과거에 미즈호와 사귀었다.

아니, 미즈호가 나를 일방적으로 사랑했다고 하는 것이 옳다. 그녀는 아주 매력적이고 멋진 사람이었다.

하지만 나는 끝내, 더는 견딜 수 없어졌다.

나를 처자식과의 별거로 몰아간 어떤 사실이 미즈호와의

교제에도 영향을 미치기 시작한 것이다. 나는 처음에는 그 사실을 부정했다. 아이까지 낳았는데 그럴 리 없다고 믿고 있었다. 미즈호와 사귄 것도 처자식과 헤어진 후의 외로움 때문임을 깨달았을 때, 그녀는 이미 나와의 정사에 푹 빠져 있었다.

결국 참을 수 없어진 나는 그 사실을 미즈호에게 털어놓고 말았다.

내가 동성애자라는 것. 이제 여자와는 사귈 수 없다는 것.

처음에 그녀는 헤어지기 위한 구실이라 여기는 듯했다. 그런 허술한 거짓말로 헤어지려 하다니 믿을 수 없다고까지 했다. 당신에게는 아이까지 있잖아.

하지만 내가 진심이고 진실을 말하고 있다는 것을 알았을 때의 그녀 얼굴을 잊을 수 없다.

그녀를 안는 것이 정말 고통이라는 것을 간파했을 때의 그녀의 표정을.

나는 여자의 얼굴에서 그만한 증오를 본 적이 없다. 그녀에게는 그것이 자신이라는 존재 자체를 송두리째 부정당한 것이나 다름없었던 것이다.

그 증오가 이번 일로 이어졌다는 것 정도는 충분히 상상할 수 있다. 그녀는 나를 눈곱만큼도 용서하지 않았던 것이다.

사쿠라코 역시, 먼저 다가온 것은 그녀 쪽이었다.

물론 내가 그녀에게 동경심을 품고 있다는 것을 알고서 그랬을 것이다.

그녀와는 온천에 가든 어디를 가든, 아무것도 하지 않았다. 그저 둘이 멍하게 있었을 뿐이다. 그러는 게 좋다고 했다. 나는 그녀의 강함과 냉정함을 존경하고 있었고, 그녀에게 위안이 된다면 그렇게라도 도움을 주고 싶었다.

그녀의 내면에는 누구도 메울 수 없는 고독과 누구도 들어설 수 없는 세계가 있었다.

사랑하는 동생도, 남편도 그녀를 이해하지 못했다. 그녀 자신은 알지 못했지만, 그녀는 그 때문에 몹시 초조해했다. 그리고 사실은 내가 그 고독을 보듬어 주기를, 자신의 세계를 이해해 주기를 바랐다.

하지만 나는 어차피 한때의 위안에 불과했고, 아니 위안은커녕 오히려 그녀의 고독을 부각시킬 뿐이었다.

그녀는 그 때문에 나를 원망했다.

본인은 자각하지 못해도, 나를 미워하고 있었다.

그리고 사키는.

그녀는 미즈호에게 의존하고 있다. 그녀는 '미즈호를 뒷받침하는 것은 자신'이라는 존재 의의에 의존하고 있기 때문에, 그 대상인 미즈호에게 싫든 좋든 의존하지 않을 수 없었다. 그래서 미즈호가 푹 빠져 있는 내게도 의존의 연장선상에서 애정을 쏟았다.

그런데 한편 그녀는 미즈호에게 의존하는 자신을 혐오하기 때문에, 미즈호와는 대조적인 사쿠라코에게도 집착한다. 때문에 두 사람이 원하는 일에는 있는 힘을 다해 부응하려고 한다. 그것이 제아무리 이기적인 일이라도 두 사람의 바람을 이루어 주려 노력한다.

그녀 자신의 존재를 지키기 위해.

"아무 일도 없었습니다. 지난해 이곳에서 사건 따위는 전혀 일어나지 않았어요. 있는 것은 지난해를 사건화하려는 당신들의 의지뿐이죠. 없었던 밀회를 있었던 것으로 하고 낯선 남자와 여행길에 오르려는 주인공이 있어요. 하나, 그런 여행이 성공할 리 없죠. 맛있는 음식을 먹고 느긋하게 쉰 후에는 자신이 아는 세계로 돌아와야 할 겁니다."

아마치 교수는 그렇게 말하고 와인을 마셨다.

전에는 전혀 마시지 않더니 오늘은 자청해서 마시고 있다.

왠지 그 광경이 불가사의하게 느껴졌다.

"아무 일도 없었을, 까요?"

불쑥 도키미쓰가 입을 열었다.

모두가 느릿느릿 얼굴을 움직여 도키미쓰를 본다.

"작년에, 이곳에서, 정말 아무 일도 없었던 걸까요."

도키미쓰는 꿈을 꾸듯 몽롱한 눈빛으로 중얼거렸다.

그 눈동자에는 거역할 수 없는 묘한 진지함이 있었다.

"나는 작년에도, 올해도, 그 영화를 봤습니다. 아까 다쓰요시 씨가, 기억을 날조한 데자뷰를 다룬 이야기라고 말한 그 영화를."

모두가 빨려 들어갈 듯 그의 입술을 응시하고 있다.

단정하고 아름다운 입술. 나 역시 그 입술에 황홀해하고 있다.

"하지만, 오히려 그것이 현실 아닐까요."

이제야 이성이 돌아온 도키미쓰의 눈이 질문을 던지듯 모두를 돌아본다.

"우리 모두가 기억을 날조하고, 자신에게 생겼던 일, 과거에 있었을 일을 날마다 자기 안에서 만들어 나가고 있어요. 있었을지도 모르는 밀회, 만났을지도 모르는 연인을 찾고 있습니다. 나는 지난해 이곳에 와서 많은 생각을 했어요. 앞으로 일어날 일, 혹은 나 자신이 저지를 뻔한 일을. 어쩌면 그 일들은 현실에서 이미 일어났는지도 모르죠. 1년이 지난 지금, 우리 모두가 그걸 회상하고 있는 게 아닐까, 그렇게 믿게 될 것만 같아요. 여러분은 현실을, 기억을, 그런 식으로 느껴본 적 없나요?"

있지, 있고말고, 있어 있어. 당연한 거 아냐.

모두가 눈동자로 그렇게 대답하고 있다.

사키가, 류스케가, 아마치가, 사쿠라코가 눈동자로 끄덕이고 있다는 것을 알 수 있다. 물론 나 역시.

도키미쓰의 목소리가 이어진다.

"난, 지금 이곳에 있어요. 작년에도 이곳에 왔었죠. 난 이곳에서의 며칠을 위해 나머지 날들을 살았습니다. 그녀와의 밀회를 위해. 내가 이 세상에서 가장 사랑하는, 아름다운 내 누이와의 밀회 말입니다. 그런데 이치코 씨는 우리의 밀회를 경멸하고 금지했어요. 그래서 난 이치코 씨를 증오했습니다. 나는 상상 속에서 몇 번이나, 몇 번이나 그녀를 죽였어요. 나는 갑자기 나타난 류스케 씨도 증오했습니다. 나와 그녀의 밀회를 방해하는 모든 것을 증오했습니다. 모두 사쿠라코란 존재가 있기에 생긴 일이죠. 그녀가 나를 사랑하기 때문에 증오도 의미가 있었던 겁니다."

"그런데 난, 인정사정없는 배신을 알게 되었습니다. 이치코 씨가 견제한 사람은 사쿠라코라는 것을 알게 된 것이죠. 사쿠라코는 다쓰요시 씨와도 관계를 갖고 있었습니다. 게다가 그 관계는 주위 사람들 사이에 소문까지 나 있었고요. 나로서는 도저히 견딜 수 없는 일이었습니다. 말 그대로, 심장이

찢겨나가고 몸이 토막 나는 고통을 느꼈습니다."

"그래서 난 사쿠라코를 죽였어요.

그녀와 잠자리를 같이한 후 아침에 일어나, 옷을 갈아입은 그녀에게 몇 번이나 유리 재떨이를 휘둘렀습니다.

그녀는, 한순간에 갑자기 죽기를 원했어요. 그러니 그렇게 단숨에 죽이는 것은 그녀의 소원을 이루어 주는 일이기도 했죠. 나는 깊은 안도감을 느꼈습니다. 죽은 그녀에 대한 애정과 만족감이 나를 가득 채웠습니다. 그런 충족감은 태어나서 지금까지 경험해 본 적이 없었어요."

"네. 나는 지난해, 이곳에서 사쿠라코를 죽였습니다. 나는 그녀를 죽이고 말았어요. 그때의 일은 분명하게, 슬로 모션이라도 보는 것처럼 선명하게 기억할 수 있습니다."

도키미쓰의 목소리는 부드럽고 만족감에 차 있었다. 듣다 보면 황홀해질 만큼 관능적인 울림마저 품고 있었다.

그 울림에 답하듯, 류스케가 아스레한 눈빛으로 고개를 끄덕였다.

"그래, 그런 일이 있었을지도 모르지."

그가 다시 한 번 고개를 끄덕인다.

"그래요. 지난해에는 많은 일이 있었지요."

그렇게 끼어든 것은 다도코로 사키였다.

언제 봐도 유능하고 자신을 잘 통제하는 매니저의 얼굴은 온데간데없고, 눈이 소녀처럼 반짝반짝 빛났다.

"미즈호 씨는 내가 없으면 안 돼요. 전 매니저가 지독한 여자여서 그녀는 상처를 많이 입었어요. 턱이 아팠던 것도 정신적인 요인이 컸다더군요. 미즈호 씨, 한때는 입을 열지 못할 정도로 몹시 아파했어요. 다 그 여자 때문이었죠. 정말 지독했어요. 하지만 지금은 내가 있기 때문에 괜찮아요. 난 타인이 필요로 하는 여자예요. 소탈하지만 일은 빈틈없이 처리하고, 타인의 정신적인 버팀목이 되기도 해요. 옛날에 어떤 남자와 야간열차를 탄 적이 있어요. 그는 예민하고 곤경에 처해 있었지만, 그래도 멋진 사람이었어요. 그 역시 내가 자신의 마지막을 옆에서 지켜 주기를 바랐어요. 그처럼 미즈호 씨에게도 내가 필요해요."

"지난해 미즈호 씨는 정신적으로 많이 힘들어했어요. 큰이모에게는 이상한 편지가 왔고, 협박에 가까운 사건도 있었고요. 그래서 무척 날카로웠죠."

"사쿠라코 씨와 다쓰요시 씨의 관계를 알고 있었던 미즈호 씨는 그것 때문에도 신경이 예민해져 있었어요. 사쿠라코 씨는 아름다워요. 미즈호 씨는 그녀에게 압박감을 느꼈지만, 매력적인 사람이란 것은 사실이죠."

"니카코 씨의 차 모임에 초대받았어요. 알고 있었어요, 나와 미즈호 씨 사이를 염려하고 있다는 거. 전 매니저가 정말 한심한 여자였으니까요. 내가 그렇지 않다는 걸 알게 된 니카코 씨는 안심한 듯했어요. 당연하죠. 나만큼 미즈호 씨를 잘 아는 사람은 없으니까요."

"하지만, 나는 눈치 채고 있었어요."

"니카코 씨는 미즈호 씨를 사랑하지만 한편으로 억압하고 있다는 것을요. 미즈호 씨 역시 어머니인 니카코 씨를 존경하는 한편 두려워하고 있었어요. 니카코 씨에게는 무언가, 미즈호 씨를 지배하고 강압하는 부자연스러운 부분이 있었죠. 애정을 빌미로 미즈호 씨를 자기 뜻대로 움직이려 했어요. 그 때문에 미즈호 씨는 괴로워했죠. 그리고 어머니로부터 도망치고 싶어 했어요. 어머니의 속박으로부터 벗어나고 싶어 했어요."

"그래서 이곳에 오는 것을 꺼렸던 거예요. 이모들이 아니에요. 그녀가 두려워한 사람은 자신의 어머니였어요."

"그런데 니카코 씨가 만찬 자리에서 이성을 잃고 말았죠. 어머니가 자신이 보는 앞에서 그렇게 처신했으니, 그러잖아도 예민한 미즈호 씨가 어떤 영향을 받았을지 알 만하잖아요. 아니나 다를까, 미즈호 씨는 비명을 질렀어요, 가엾게도! 어머니가 어떻게 그럴 수 있는지 저는 믿을 수가 없어요. 딸을 지배하기 위해서는 무슨 짓이든 하더군요. 딸이 자기를 떠나려 한다는 것을 알고 그런 거예요. 그래서 그렇게 그로 테스크한 연극을. 용서할 수 없었어요. 용서 못해요."

"그래서 죽였어요. 니카코 씨를. 천벌을 받은 거죠. 괘종시계 소리를 들을 때마다 화가 치밀었어요. 그런데 마침내 시곗바늘까지 멈춰서 얼마나 기쁘던지. 시계가 쉬 움직이지 않아서 밧줄로 묶어 당겼어요. 그 여자가 개구리처럼 짓뭉개지며 비명을 지를 때는 너무 우스워서 나도 모르게 웃음을 터뜨리고 말았죠. 아, 후련하다!"

"그래요, 작년에 나는 날이 채 밝지 않은 추운 아침에 그 여자를 죽였어요. 후회는 전혀 없어요. 보세요, 미즈호 씨를 보라고요. 오늘은 그녀가 주역이에요. 당당하고, 여느 때보다 몇 배는 아름답잖아요. 이게 다 작년에 내가 그녀를 억압하고 있던 그 여자를 처분한 덕택이죠."

"그렇군. 그런 일이 있었을지도 모르지."

류스케가 사키의 얼굴을 보며 몇 번이나 만족스럽게 고개를 끄덕인다.

"작년에는 내게도 이런 일이 있었지."

류스케가 장난꾸러기처럼 눈동자를 빙그르르 돌렸다.

"작년에 실은 여기 올 예정이 없었어. 솔직히, 오고 싶지 않았지. 고모들이 도락을 위해 하는 일이니까 전적으로 그분들에게 맡길 생각이었고, 나는 일 때문에 바쁘기도 했고. 그런데 사쿠라코와 다쓰요시의 소문을 듣고는. 알고 있었나? 나, 흥신소에 당신들 뒷조사를 의뢰했어. 철저하게 조사해 주더군. 물론 대가를 크게 치렀지. 하지만 그건 나의 명예 때문이지 질투심 때문은 아니었어. 그 점은 오해 없기를."

류스케가 나를 향해 손가락을 흔들어 보인다.

나는 씁쓸히 웃었다. 흥신소라니, 전혀 몰랐다.

"난 고모들의 과거에는 조금도 관심이 없었어. 섣불리 말려들기라도 하면 큰일이라고 생각했고, 개인적인 스캔들에는 흥미가 없었지."

"그런데 나와 사쿠라코가 사촌간이라는 소리를 들었을 때는 얼마나 놀랐던지. 할아버지에게 악취미가 있었다는 건 알고 있었지만, 이치코 고모의 주도면밀한 계획 때문에 사쿠라코와 내가 결혼하게 되었다는 걸 알았을 때는 소름이 다 끼치더군. 난 사쿠라코와 도키미쓰를 둘 다 무척 좋아해. 사쿠라코와 결혼할 때는 두 사람과 한꺼번에 가족이 된 기분에 정말 만족스러웠어."

"그런데 그게 다 타인이 의도한 바라면, 얘기는 달라지지. 어른이 되었는데도 언제나 나를 어린애 취급하면서 좀처럼 인정해 주지 않는 이치코 고모가 실은 몹시 불쾌했어. 물론

이치코 고모는 훌륭한 사람이지. 경영자로서 걸출하다는 점에도 의심의 여지가 없어. 하지만 나도 그런대로 사업을 잘 이끌어 가고 있고, 앞으로 더 잘할 자신도 있어. 속도와 기지는 이치코 고모에게 뒤지지 않는다고 자부하고 있다고. 이제 그만 인정해 줘도 좋을 시기가 아닌가 말이야."

"친구 중에 의사가 있으면 여러모로 쓸모가 있지. 나 정도 위치에 있는 사람은 융통성 있는 의사 친구가 하나 둘은 있어야 해."

"약이란 거, 정말 까딱 잘못하면 독약이 될 수도 있는 모양이더군. 효과가 있는 약 대부분이 실은 위험한 극약일 수도 있다는 거지. 분량이 중요해. 여러 가지 방법으로 분량을 조절한 약을 담배에 슬쩍 투입하는 거, 그리 어려운 일이 아니었어."

"이치코 고모도 그때 안절부절못하고 있었으니, 조카가 준 색다른 담배가 눈앞에 있는데 피우고 싶다 한들 이상할 게 없지."

"약이 참 잘 들더군. 다만 담배 냄새가 의외로 강렬한 것만은 계산 밖이었어. 아마치 교수가 그걸 알아차리고 창문을 열라고 소리치지 않았더라면 좀 더 늦게 발견되었겠지. 그래 봐야 누가 준 담배인지 알 도리가 없으니까 상관없는 일이었지만."

"그래, 시간차 공격이었어. 가능성의 살인. 운 좋게 방까지 밀실 상태였고, 내가 의심받을 일은 없었어. 난 잘 처리했어. 큰고모도 별다른 고통은 없었을 거야."

"그게 작년 일이야. 눈 깜짝할 사이에 1년이 지나갔군. 지금도 또렷하게 기억나, 그 담배 냄새. 열쇠를 가지러 뛰어갈 때는 가슴이 다 두근거리더군: 문을 여는 순간의 긴장감과 흥분감이라니. 나는 작년에 이치코 고모를 죽였어."

"여러분, 기대가 크시겠습니다."

아마치 교수가 목을 움츠렸다.

"교수님은 기억나는 거 없나요? 작년에 여기서, 무슨 특별한 일 없었나요?"

이번에는 미즈호가 빈정거리는 투로 물었다.

"글쎄요, 없지는 않았죠. 여러분이 원한다면, 나 역시 1년 전 일을 떠올리는 게 어렵지는 않습니다."

"듣고 싶네요."

사쿠라코가 엷은 미소를 띠고 말했다.

"이거 참, 작년에 있었던 일이라."

아마치 교수는 와인을 한 모금 마시고 나서 입을 열었다.

"그래요, 작년에 얼토당토않은 일이 있었지요. 모임을 해체하는 것이 나의 임무이기는 했지만, 그런 식으로 해체하는 건 절대 사양하겠습니다. 하기야 그럴 기회도 이제 없겠지만요."

"난 말이죠, 솔직히, 사쿠라코 씨가 무슨 짓을 저지르지 않을까 의심했어요. 그녀는 무척 총명한 데다, 하겠다고 마음 먹은 일은 반드시 해내는 사람이니까요. 복수는 로망이라는 위험한 말도 했고 말이죠. 그녀가 이치코 씨나 사와타리 집 안에 원한을 품고 있는 것은 아닐까 싶어 조마조마했습니다."

"그런데 말이죠, 예상치 못한 일이 벌어졌어요."

"그 세 자매는 어렸을 때부터 뒤틀린 구석이 있었고, 그 점을 피차가 은폐하다 보니 결국 건전한 관계를 구축하지 못했죠. 그런데 그걸 더욱 조장한 사람이 전 회장님이었습니다. 우리 부자는 간섭할 수 없었어요. 이제 와서 이런 말을 해 봐야 변명거리도 못 되지만."

"서로를 증오했는지, 애증의 반작용이었는지는 나도 잘 모릅니다. 아마 본인들도 모르지 않았을까 싶군요."

"누가 독을 넣었는지는 모르겠지만, 나는 아마도 세 자매가 서로의 잔에 독을 넣으려고 했을 거라고 생각합니다. 잔이 어떤 식으로 오갈지는 알 수 없지요. 그런데 결과적으로 독이 든 잔을 마신 사람은 미즈코 씨였습니다. 미즈코 씨는 단숨에 술을 마시고 순식간에 정신을 잃었습니다. 그리고 두 번 다시 눈을 뜨지 못했죠."

"정말 안타깝습니다. 그런 식으로 파티가 끝을 고하게 되다니, 예상치 못한 일이었어요. 언니들이 넣은 독을 마시고 죽다니 말이죠. 내가 죽기 전에 그 모임을 해체하게 되어 한시름 놓기는 했지만 말입니다."

아마치 교수는 천천히 고개를 저었다.

몹시 안타깝다는 투다.

"그 자매는 셋이 한 몸이었습니다. 하나를 잃는다는 것은 셋의 균형이 무너진다는 것을 뜻하죠. 미즈코 씨를 잃고서야 그렇다는 것을 알았으니, 때가 너무 늦었어요. 어떻게든 저지했어야 했다는 생각이 듭니다. 내가 안이했어요. 내 아버지였다면 어떻게든 손을 쓰지 않았을까, 하고 생각하면 지금도 후회가 막심합니다."

사쿠라코가 나를 보고 있다.

무색투명하고 무표정한데, 강렬하게 무언가를 호소하는 저 눈.

그 누구도 필요로 하시 않고 모든 것이 완결되어 있는 그녀만의 세계에서, 사쿠라코가 나를 보고 있다.

"당신도 뭐가 떠오르나?"

나는 반사적으로 물었다.

그녀의 그 눈동자를 보고도 입을 꾹 다물고 있기는 어렵다. 끝내 참지 못하고 무례한 질문이나 어린애 같은 말을 하고는 나중에 가서 후회하며 얼굴을 붉히곤 한다.

"아니. 난 옛날 같은 거 떠올리지 않아. 과거 따위는 내게 필요하지 않으니까."

"그럴까. 당신 자신은 그렇게 생각하는지 모르겠지만, 사실은 그 누구보다 과거에 얽매여 있는 것 아닐까. 과거에 얽매여 있지 않다면 복수라는 개념도 생각할 수 없잖아."

"듣고 보니 그렇기도 하네. 나는 늘 그래. 누가 말해 주지 않으면 아무것도 몰라. 다른 사람 얘기를 듣다 보면, 나 자신에 대해 너무도 모르고 있어서 어이가 없더라."

"그 점이 매력인지도 모르지."

"다른 사람들도 비슷한 소리를 하던데."

"당신 남편도?"

"음."

"나를 미워하고 있나, 당신에게 안식을 주지 못했다고?"

"아니."

"하지만 아까는 나를 궁지에 몰아넣으려고 했잖아."

"아, 그랬지. 미안해. 단지 분위기를 따랐을 뿐이야."

"누명을 씌워 놓고 분위기를 탓하면, 아무리 당신이라도 못 참아."

"그렇겠지. 하지만 그때는 그래 주기를 바라는 것 같아서."

"당신은 누구 죽인 사람 없어? 작년에 여기서 있었던 일 기억해?"

"글쎄. 어떤 격한 감정이 나를 휘저었던 건 기억해. 정말 강렬한 분노를 느꼈지. 자신을 억제할 수 없었던 건 그때가 거의 처음이야."

"복수, 말인가?"

"그게 복수였는지 어떤지는 잘 모르겠어. 다만 미즈호 씨가 자신이 한 일, 자신의 진실과 직면하도록 해 주었을 뿐이야."

"진실과 직면한 미즈호 씨는 어떻게 되었는데?"

"약을 먹었지. 사실은 자기 어머니와 이모들에게 먹이려고 했던 약을 결국은 스스로 먹었어."

"자살한 거로군."

"음, 스스로 죽었어. 난 그 사실에 만족감마저 느꼈어. 생각해 보면 끔찍한 일이지만, 그때는 그걸 당연하다고 여겼지."

"그녀가 당신 부모의 죽음에 관련되었나?"

"그래. 자기가 직접 행동한 것은 아니지만, 어떤 의미로든 가담했다는 것은 확실하지."

"그랬군. 그게 작년에 일어난 일이란 말이지."

"그래. 참 빠르네, 세월. 벌써 1년이 지났어. 이제는 생각도 나지 않아."

"그래, 1년 정도야 금방이지."

"내 기억은 묻지 않아?"

미즈호가 뾰로통한 말투로 끼어들었다.

"어머나, 미즈호 언니에게도 작년 기억이?"

사쿠라코가 조롱하듯 묻는다.

"기억 정도야 나도 있지. 떠올리기도 괴로운 기억이. 나, 내 언니랑 함께 지낸 적이 몇 번 있었어."

"아니, 그렇습니까?"

나도 모르게 되물었다.

미즈호가 고개를 까딱 숙인다.

"아까 생각났어. 사쿠라코 씨 집에 전화를 건 사람은 내 쌍둥이 언니였어. 그녀는 사고 능력은 없었지만 성대모사 하나는 정말 잘했지. 새 소리나 라디오에서 흘러나오는 아나운서 목소리, 길거리에서 들려오는 선전 문구 같은 걸 그대로 흉내 내곤 했어."

"오호."

"기억났어. 어렸을 때, 나와 목소리가 흡사한 언니가 어떤 집에 전화를 거는 장면. 누군가가 언니의 귀에 속삭였지. 언니는 그 말을 수화기에 대고 그대로 흉내 냈어."

"그랬군."

사쿠라코가 냉담하게 중얼거렸다. 미즈호가 단호하게 고개를 끄덕인다.

"그래. 그러니까 내 잘못이 아니야. 내가 한 게 아니라고. 내 기억은 확실해."

"작년 일인걸, 뭐."

"응. 언니에게는 낮과 밤이 없었어. 잠도 별로 자지 않았지. 하루에 3시간 정도밖에 자지 않았던 것 같아. 그녀를 돌보는 사람은 아마 굉장히 힘들었을 거야. 언니는 놀고 싶으면 한밤중이든 이른 아침이든 흥분한 상태에서 지칠 때까지 놀았어. 그러다 괘종시계에도 쾅 부딪쳤을 거야. 많이 아팠겠지."

"그 괘종시계 말이군.『도구라 마구라』가 생각나네."

"영화로 만들어졌지."

"분위기는 참 잘 표현되었더군. 괘종시계 소리도."

"그래, 재미있었지."

"당신은 어때, 아키라 씨?"

사쿠라코의 눈이 나를 보고 있다.

나는 화들짝 놀란다.

"뭐 기억하는 거 있어? 작년에 일어난 일, 이곳에서 있었던 일."

무색투명한 눈동자.

"아니. 아무 일도 없었어. 아무 일도 일어나지 않았어. 내 기억은 그뿐이야."

나는 그렇게 서두를 꺼냈다.

"지난해, 나는 당신과 이곳에 왔지. 오는 길에 웅대한 풍경이 보이는 넓은 공원에 차를 세우고 당신과 얘기를 나눴어. 당신, 여전히 아름답더군. 당신은 내게 뭔가를 원했지만 나는 그게 뭔지 몰랐고, 그래서 답답했어. 당신은 나와의 관계를 끝내려고 했지. 나는 아쉬웠지만, 내게 선택권이 없다는 것을 잘 알았기 때문에 싫다고도 할 수 없었어."

"난 당신의 사소한 몸짓을 기억해. 턱을 약간 들고 나를 볼 때의 경멸에 찬 눈길. 눈을 치뜨고서 무언가를 열심히 생각하는 모습. 혼자 멍하니 서 있을 때면 약간 휘던 등의 선. 그런 모습이 지금도 툭하면 눈앞에 떠올라."

"작년에, 우리는 이곳에 왔어. 하지만 아무 일도 없었어. 파티를 주최하는 세 자매는 변함없이 묘한 이야기를 늘어놓았고, 손님들은 차와 와인과 브랜디를 마시면서 따분한 얘기를 나누었지."

"몇 가지 이상한 사건이 있기는 했어. 새벽에 괘종시계가 쓰러져 부서지고, 이치코 씨가 담배를 피우다가 정신을 잃고, 괴담을 듣던 손님이 분위기가 고조되는 바람에 쓰러지기도 하고. 하지만 대수로운 일은 아니었어. 무슨 일이 있었다고 할 정도는 아니었지."

"난, 여러 가지 걱정거리가 있었어. 류스케 씨는 우리가 몰래 만나고 있다는 것을 아는 눈치였어. 도키미쓰 씨도 나와 당신 관계를 의심하고 있는 데다가 주위 사람들까지 하나 둘 알기 시작했고. 하지만 당신이 나를 필요로 하는 이상 당신을 떠날 수 없었지. 나는 의심받을 만한 짓은 조금도 하지 않았어. 고객의 아내를 잠자리로 끌어들인 것은 아니니까. 정신적인 연대만 원한다는 것을 알고 있었어. 하지만 나는 끝내 당신에게 정신적인 안식을 주지 못했지."

"작년에도 이곳에 왔었어. 류스케 씨, 도키미쓰 씨와 아침 식사 테이블에 앉아, 당신 모습에 겁을 먹고 또 그 모습을 그리면서 어린애처럼 몸을 떨었지. 마지막에는 당신 보기가 겁나서 류스케 씨의 부탁을 거절하고 도망치듯 돌아갔어. 혼자이고 싶었어. 혼자가 되어, 당신 생각만 하고 싶었지. 당신은 이제 만나지 않겠다고 했지만, 나는 당신을 생각하고 싶었어."

"나를, 정말?"
사쿠라코의 눈이 나를 본다.

"정말."

나는 고개를 끄덕인다. 기억이 조금씩 되살아난다. 작년에 이곳에서 있었던 일. 아무 일도 없었지만, 그녀와는 어떤 약속을 했다.

"그래, 우리는 약속했어. 기억해?"

"약속, 무슨 약속을 했을까?"

"내년에 이곳에서 다시 만나면, 이번에야말로 함께 먼 곳으로 떠나자고."

"내년……, 그럼 올해를 말하는 거네."

"그렇지. 파티가 끝나고 당신은 내게 작별을 고했어. 하지만 이런 말도 했지. 만약, 만약 내년에 이곳에서 다시 만난다면, 모든 것을 내던지고 먼 곳으로 떠나자고 했어."

사쿠라코가 눈살을 찌푸린다.

"만약 이곳에서 다시 만나면, 이라고? 내가 그런 말을 했을 리 없어. 당신과는 이제 만나지 않겠다고, 이것으로 끝이라고 마음먹었으니까."

"그래, 당신의 결심은 단호했어. 당신이 그렇게 말했으니 이제 만날 기회는 없겠다며 나는 몹시 낙담했지. 그런데 그렇게 낙담한 나를 보고 당신이 연민을 느꼈는지, 잠시 후에 내 얼굴을 보면서 말했어. 턱을 약간 들고서, 경멸할 때 보이는 표정으로, 만약, 이라고."

사쿠라코가 힘 있게 고개를 젓는다.

"절대 그럴 리 없어. 내가 누구 듣기 좋으라고 그런 말을 하겠어. 난 누구를 안심시키기 위한 말을 지금까지 한 번도 한 적이 없어. 그건 앞으로도 마찬가지야."

"응, 당신이 그런 사람이란 건 알아. 하지만 그때 당신은 그렇게 말했어. 내가 너무 비참해 보여서 연민의 정을 느꼈던 거겠지. 이 불쌍한 바보, 당신은 그렇게 말하고 관자놀이에 키스해 주었어."

"관자놀이에 키스를?"

"기쁘더군. 이제 여자와 잘 수는 없지만, 그래도 역시 누군가에게 키스를 받는 건 좋은 일이야. 덕분에 나는 희망을 완전히 버리지 않았지."

"내가 당신의 관자놀이에 키스를?"

"기뻤어. 그리고 만에 하나 내년에 이곳에서 다시 만나면 먼 곳으로 떠나자고 했어."

"내가 정말 그런 말을?"

"그래."

나는 열심히 말했다.

"모든 것을 내던지고, 먼 곳으로 떠나자고."

그렇다, 지금은 기억이 난다. 눈썹으로 느꼈던 그녀의 입술 감촉.

보들보들했던 블라우스의 촉감.

살짝 턱을 올리고, 눈을 가늘게 뜬 상태로 쳐다보던 경멸의
눈길.

"이렇게 듣고 보니, 많은 일이 있었네."

"겨우 1년 전 일인데, 꽤 많이 잊었군."

"그 세 사람이 어떤 이야기를 했는지 기억나?"

"집 안을 온통 신문지로 뒤덮은 여자 얘기도 있었지."

"아, 그래. 맞아."

어느 틈엔가 식사가 끝나고, 다섯 명은 화기애애하게 담소
하면서 바를 향해 걸어가고 있었다.

지난해의 일. 올해의 일. 기억하는 일. 기억이 되살아난 일.

나와 사쿠라코는 나란히 걸어가는 다섯 명에 조금 뒤처져
서 말없이 걷는다.

"숲 속의 시체를 나비들이 뒤덮고 있었다는 얘기도 있었지."

"아, 그래, 있었지."

기억을 확인하는 사람들.

사쿠라코가 눈을 살짝 치뜨고 무언가를 골몰히 생각하더니
마침내 나를 보았다.

"내가 정말, 그런 말을 했을까."

"기억을 찬찬히 더듬어 보라고."

"만약에, 라고?"

"그래. 내 관자놀이에 키스하면서. 속눈썹에 당신 입술이 닿았지."

"모든 것을 내던지고 먼 곳으로?"

"응. 이번에야말로 함께."

"설마."

사쿠라코가 망연히 고개를 저었다.

"그런 말을 했을 리 없어."

그녀는 그렇게 말하고서, 호소하는 눈빛으로 나를 보았다.

"기억을, 떠올려 봐."

나는 그렇게 말했다.

"아니. 갈 수 없어. 갈 리 없지."

사쿠라코는 또 고개를 저었다.

"생각해 봐."

우리는 모두를 따라 바로 들어갔다.

그리고 가을이 끝나고, 겨울이 시작되었다.

아직 어두컴컴한 새벽. 일어나 침대에 앉은 나는 창밖에 쌓인 하얀 것을 보았다. 가을의 마지막을 묻고, 새로운 세계를 향해 덧칠하는 하얀 눈.

나는 짐을 꾸리고 어슴푸레한 로비로 내려가 앉았다.

프런트에는 아무도 없다. 안에서 쉬고 있는 것이겠지.

현관 너머에서는 아직도 소리 없이 눈이 내리고 있다.

큰 눈은 아니니까, 도로도 검게 젖어만 있을 뿐 통행에는 별지장이 없을 것이다.

혼자서 천천히 담배를 피우면서, 나는 그녀를 기다린다.

지난해 이곳에서, 나는 그녀와 약속했다.

함께 멀리 떠나기로. 다시 이곳에서 만나기로.

사방이 너무 고요해서 이 세상에 나 혼자 있는 듯한 착각을 느꼈다.

지난해 무슨 일이 있었는지, 이제는 기억나지 않는다. 앞길에 무엇이 기다리고 있을지도 모른다.

난방이 들어오고 있는데도 발치에서 싸늘한 기운이 올라온다.

나는 손을 마주 비비면서 천천히 담배를 피운다.

그때, 누군가가 계단을 내려오는 소리가 들렸다.

나는 돌아본다.

짐을 껴안고 코트를 손에 든 그녀가 내려오고 있었다.

그 얼굴이 마치 시신처럼 새하얗다.

우리는 서로를 마주 보았다.

그녀는 눈길을 피하지 않고, 나를 향해 똑바로 걸어왔다.

내가 그녀의 손을 잡자, 그녀도 싸늘한 손으로 내 손을 마주 잡았다.

갑자기 땡, 하는 낮은 소리가 울렸다.

둘 다 반사적으로 소리 나는 쪽을 돌아본다.

새 괘종시계가 층계참에 서 있었다.

우리는 잠시 그 괘종시계를 쳐다보았다.

둘 다 한마디도 하지 않는다.

나는 바닥에 내려놓은 짐을 들고, 담배를 껐다.

우리는 함께 밖으로 나갔다.

소리 없는 세계. 주위는 회색. 산도 하늘도 눈에 녹아들어 어느 곳도 윤곽이 없다.

"차 키는?"

"두고 왔어."

"그럼 내 차로."

우리는 차 한 대에 올라탄다.

"지난해……."

그녀가 뜬금없이 중얼거렸다.

"뭐?"

"지금이 대체 언제일까."

우리는 움직이기 시작한다. 눈앞에 펼쳐진 회색 세계에 녹아들어 한 몸이 된다.

지난해와 올해가, 미래와 과거가 녹아든다.

그리고, 모두의 시야에서 사라진다.

두 마리앙바드 사이에서

*

이 개인적인 문장에는 소설의 내용을 언급한 부분도 있으므로,

가능하면 소설을 다 읽은 후에 봐 주었으면 한다.

— 온다 리쿠

영화 〈지난해 마리앙바드에서〉를 처음 본 것은 대학에 들어가던 해 여름이라고 기억한다.

물론 명화좌(옛날 영화를 상영하는 영화관의 총칭—옮긴이)에서. 같은 알랭 레네 감독의 〈히로시마, 내 사랑〉과 동시 상영작이었다. 〈히로시마, 내 사랑〉은 알랭 레네 감독 최고의 걸작이라고 일컬어지는 작품이지만 솔직히 말해 거의 인상에 남아 있지 않다. 먼저 본 〈지난해 마리앙바드에서〉의 임팩트가 너무 강렬했기 때문이다.

아무튼 그 영화는 내 취향에 딱 맞았다. 미궁 같은 호텔을 배회하는, 인형처럼 무기질적인 등장인물. 좌우 대칭을 이루는 거대한 정원. 속삭임처럼 되풀이되는 대사. 연극적인 허

구의 공간을 메우고 있는 장식미 넘치는 흑과 백의 대조.

그 후에도 기회가 있을 때마다 몇 번이나 보았다. 무엇에 매료되었는지는 모르겠지만, 언제나 집어삼킬 듯 화면에 집중했다.

『여름의 마지막 장미』의 구성에 관해 생각할 당시, 미묘한 변화를 주면서 하나의 주제를 되풀이한다는 형식은 결정되었는데, 정작 쓰기 시작할 단계가 되자 이 소설에 핵심이 되는 무언가가 빠져 있다는 느낌이 절실했다. 그게 무엇인지는 몰랐지만, 그런 막연한 예감은 곧잘 들어맞는 경우가 많다.

소설의 서두를 모색하다가 오기쿠보에 있는 헌책방을 돌아다녔는데, 우연히 책 한 권이 눈에 들어왔다. 알랭 로브그리예가 쓴『지난해 마리앙바드에서 | 불멸의 여인』이었다.

무심히 들춰 보니, 그것은 원작도 시나리오도 아닌 '시네 로망'이라고 명명되어 있었다. 즉 로브그리예의 머릿속에서 상영된 영화를 그대로 글자로 옮긴 형식의 산문이었던 것이다.

그 책이 탐난 나는 절판되었기 때문인지 상당한 가격이 붙어 있었음에도 주저 없이 샀다.

집에 돌아와 페이지를 팔락팔락 넘기는 동안, 이번에 쓸 소설의 이미지가 책갈피 사이사이에서 둥실 떠올랐다.

연극적이며 실험적인 이야기. 그리고 무엇보다 기억의 변용을 다룬다는 점에서, 내가 쓰고 싶은 소설과 과거에 내가 그리도 여러 번 보았던 영화의 이미지가 정확하게 겹쳐지는 듯했다. 아, 이거로구나, 나는 생각했다. 이 소설의 핵심에는 〈지난해 마리앙바드에서〉가 있어야 한다고.

그런 사연이 있어 소설 속에 꽤 많은 인용문을 싣게 되었다. 『여름의 마지막 장미』라는 작품을 완성하기 위해서는 〈지난해 마리앙바드에서〉가 반드시 필요했고, 서로 겹치는 이미지가 있기에 『여름의 마지막 장미』가 존재한다는 점을 밝혀 두고 싶다. 아니, 오히려 〈지난해 마리앙바드에서〉가 『여름의 마지막 장미』를 마지막까지 이끌어 주었다고 해야 할 것이다. 이렇게 하나의 소설이 탄생하는 데 실마리를 제공해 준 영화 및 시네 로망, 그것을 일본어로 소개해 준 두 번역자에게 깊은 경의와 감사를 표한다.

올봄에 어쩌다 체코 공화국을 방문했는데, 마리앙바드가 체코의 오래된 휴양지의 지명임을 알게 되었다. 마리앙바드. 내게 그것은 거의 우화와 같은 지명이다. 앞으로도 현실의 마리앙바드와 영화, 시네 로망 속의 마리앙바드 사이에 있으며 『여름의 마지막 장미』에 봉인한 나만의 마리앙바드의 이미지를 안고 살아가게 될 것이다.

2004년 8월
온다 리쿠

푸근하고 은밀한 온다 리쿠

*

스기에 마쓰코이

(작가 · 평론가)

다음은 온다 리쿠 마니아인 당신을 위한 퀴즈입니다(마니아
가 아닌 분이라도 함께해 보세요).

문제) 온다의 작품은 '그것'이 있는 작품과 없는 작품으로
나눌 수 있습니다. '그것'이란 무엇일까요?

- '그것'이 있는 작품—『네버랜드』『삼월은 붉은 구렁을』『금지된
  낙원』
- '그것'이 없는 작품—『도미노』『나사의 회전』『종말의 소녀』
- '그것'은 없지만 '다른 것'이 있는 작품—『보리의 바다에 가
  라앉는 열매』『라이온 하트』『굽이치는 강가에서』

힌트) 단편으로 말하면「대합실의 모험」(『코끼리와 귀울음』에 수록)과「노스탤지어」(『도서실의 바다』에 수록)에는 있지만, 각 단편집의 표제작에는 없습니다. 이 정도면 독자들은 대부분 아시겠지만, 혹시 모르는 분들을 위해 시간을 좀 더 드릴까요?

1. 밀폐된 방을 들여다보다 ― '닫힌 장소'

 몇몇 사람이 퀴즈의 해답을 생각하는 동안 이 책을 소개하기로 하자.『여름의 마지막 장미』는『별책문예춘추』2003년 5월호부터 2004년 3월호까지 6회에 걸쳐 연재된 장편 소설로, 온다 리쿠에게는 스물여섯 번째 작품이다. 온다는 1992년『여섯 번째 사요코』(신쵸 문고 제3회 판타지 노벨 대상 최종 후보작)로 데뷔한 후, 미스터리에서 SF까지 장르에 구애받지 않고 많은 작품을 발표했다.『여름의 마지막 장미』는 연재 시작 때부터 '본격 미스터리 마스터스'에 수록될 것을 의식하고 집필한 작품이라고 한다. 따라서 작품 속에서 온다의 본격 미스터리관을 읽어 낼 수 있을 것이다.

 소설의 무대는 국립공원 안의 산정에 위치한 거대한 호텔이다. 요즘 유행하는 리조트 호텔이 아니라, 로비에서 스콘이나 샌드위치와 함께 하이 티를 즐길 수 있는 정통 영국식 클래식 호텔, 계단의 층계참에 우뚝 서 있는 거대한 괘종시계가 손님들을 내려다보는 그런 호텔이다.

호텔을 무대로 한 미스터리, 하면 애거사 크리스티의 『버트램 호텔에서』가 금방 떠오르는데, 작가가 크리스티의 작품을 의식했으리라는 것은 제1변주에 등장하는 "크리스티의 소설에 나오는 벨기에 사람 같아. 왜, 그 탐정 있잖아."라는 대사에서 충분히 짐작할 수 있다.

늦가을 어느 시기에 호텔은 사와타리 집안의 세 자매가 초대한 손님들로 꽉 찬다. 호스티스의 이름은 사와타리 이치코, 니카코, 미즈코. 초대한 손님들에 대한 세 자매의 접대는 주로 개별적으로 여는 차 모임, 그리고 그녀들이 다 함께 등장하는 메인 다이닝에서의 만찬을 통해 이루어진다. 세 자매는 그 자리에서 복잡한 이야기를 지어 들려준다. 화자인 세 사람의 호흡이 잘 맞기 때문에 이야기는 박진감에 넘치지만, 내용은 순전히 거짓이다. 왜 그녀들이 이런 파티를 지속적으로 여는지, 진의는 아무도 모른다. 수수께끼에 찬 그 모습은 마치 『맥베스』의 세 마녀 같다. 이렇게 으스스한 분위기가 감도는 호텔에서 사건이 발생한다.

사건의 내용은 일단 보류하기로 하고, 일련의 미스터리 작품에서 보이는 공통적인 특징 하나를 지적하고 싶다. 그것은 '모두가 누군가를 감시하고 있다'는 것이다.

친다. 그 광경을 본 등장인물 하나가 말한다.

"이제 폭풍의 산장이 되었잖아. 피의 비가 내릴 거야."

미스터리에서 '폭풍의 산장'은 이른바 '클로즈드 서클'의 전형적인 예로, 주요 등장인물이 닫힌 환경에 놓이는 상황을 뜻한다. 그 등장인물은 호텔이 '폭풍 때문에 바깥과 교류할 수 없는 산장'이 될 것이라고, 즉 클로즈드 서클이 된다고 농담을 한 것이다. 이런 타입의 대표적 소설 『그리고 아무도 없었다』 역시 애거사 크리스티의 작품인데, 이쪽은 '폭풍의 산장'이 아니라 '고도'를 무대로 한 소설이다. 휴가를 즐기기 위해 외딴섬을 찾은 초대 손님들이 하나 둘 살해당하는 스토리인데, 희생자가 늘어날 때마다 소거법에 의해 범인의 범위가 좁혀지는, 서스펜스와 논리적 사고를 합체한 잔혹한 플롯이 일품이다.

영문학자이며 평론가인 와카시마 다다시는 『그리고 아무도 없었다』가 범인의 심리를 속속들이 보여 주면서도 범인이라는 것을 쉽게 간파할 수 없도록 하는, 불가능하다고 여겨지는 서술 트릭을 노린 작품이라고 지적했는데, 그의 지적대로 이 소설에서는 피해자이며 동시에 용의자인 등장인물 한 명 한 명에 대해 작가가 내면 묘사를 시도하는 한편 범인에게 거짓 발언을 하지 않게 하는 절묘한 기교가 구사되어 있다.

뒤에 소개될 온다 리쿠의 인터뷰에서도 언급하겠지만, 온

온다의 작품에는 삼인칭 시점이 많이 사용된다. 화자가 앗따라 교체되는 탓에, 앞 장에서 화자였던 인물이 다음 장에서는 다른 화자의 냉철한 눈에 관찰되고 묘사된다. 그런 식의 반복이 온다 장편의 거의 일정한 기법이다. 시점이 주인공인 미즈노 리세에게 고정되어 있는 『보리의 바다에 가라앉는 열매』와 『황혼녘 백합의 뼈』, 시즈카라는 여자의 1인칭으로 전개되는 『한낮의 달을 쫓다』는 많지 않은 예외다.

삼인칭 시점은 논리 퍼즐인 미스터리에 적합한 서술 형식이다. 왜냐하면 서술의 담당자가 바뀌기 때문에 모두가 반드시 한 번은 외적 묘사를 거치면서 독자들에게 객관적인 정보를 제공하기 때문이다. 바꿔 말해 등장인물 중에 특례로 인정되는 인물이 없다는 것이다.

미스터리 팬이라면 누구든 등장인물의 '특례'를 이용한 무수한 속임수의 예를 얼마든지 들 수 있을 것이다. 미스터리 소설의 가장 큰 경이로움은 그런 속임수를 통해 연출되어 왔다고 할 수 있다. 하지만 온다가 미스터리 소설을 쓰면서 지향한 것은 그런 지평이 아니다.

앞에서 언급한 "크리스티의 소설에 나오는 벨기에 사람 아. 왜, 그 탐정 있잖아."라는 대사 후에(모르는 독자는 없겠지 물론 에르큘 포와로를 말하는 것이다) 호텔 주변의 날씨가 급변하산 날씨만큼 변덕스러운 것도 없다는 말대로 눈보라가

다가 본격 미스터리의 이상형으로 제시하는 작품이 크리스티아나 브랜드의『녹색은 위험』이라는 점은 무척 흥미롭다.『녹색은 위험』은 제2차 세계 대전 당시의 영국 육군 병원을 무대로 한 소설이다. 경찰이 수술 중 갑자기 죽은 환자를 조사하는 동안 살인 사건이 발생하는 바람에 먼저의 죽음 역시 살인이었다는 것을 알게 된다는 내용이다.

이 소설 역시『그리고 아무도 없었다』와 마찬가지로 클로즈드 서클 미스터리이다. 크리스티의 작품과 다른 점은 이야기의 주 무대인 병원이 폭풍이나 바다 같은 자연적인 요인으로 고립된 곳이 아니라는 것이다.

등장인물들이 외부로부터 고립되는 이유는 그들 가운데 한 명이 첫 죽음에 대해 책임져야 하는 사람일 수도 있다는 가능성 때문이었다. 용의선상에 오른 그들은 타의에 의해 외부로부터 격리되었지만, 피차 서로를 감시하려는 목적이 있기 때문에 자진해서 격리된 면도 없지 않았다. 그것은 시의심에서 비롯된 행동이다. 모두가 누군가를 의심하는 심리적인 속박이 클로즈드 서클을 만들어 낸 요인인 것이다.

흥미롭게도『녹색은 위험』에서도 작가는 등장인물 하나하나의 내면을 묘사하는 동시에 범인에게 거짓 발언을 시키지 않는 곡예를 시도한다. 그 곡예는 용의자들이 대화하는 장면에서, 화자가 차례차례 바뀌는 중에 갑자기 '범인'이라고 자

처하는 화자가 등장하는 형식으로 실행된다. 그 대화를 바탕
으로 범인을 추리하는 것은 아쉽게도 불가능하지만, 브랜드
가 이 장면을 쓰면서 노렸던 것은 크리스티가 『그리고 아무
도 없었다』에서 노린 것과 거의 비슷하리라고 짐작된다.

　아마도 온다는 두 미스터리 작가가 한껏 멋을 부린 이 묘사
의 기술을 본격 미스터리의 서술 방식으로 이해했을 것이다.
'모두가 누군가를 감시하고 있다', 이것이야말로 온다 미스
터리의 근간을 이루는 룰이다. 모든 곡예와 속임수는 그 룰
에 따라 시도된다.

2. 무엇을 보든 무언가를 떠올린다 — '기억'

　온다의 작품에는 클로즈드 서클 소설이 많다. 아니, 모든
작품이 어떤 의미에서든 닫혀 있고, 밀실극처럼 시간과 공간
이 한정되어 있다. 극단적인 예가 『Q&A』이다. 『Q&A』는
대규모 상업 시설에서 일어난 수수께끼의 사건에 관해 질문
자가 사건 현장에 있었던 자들의 증언을 기록하는 형식의 소
설이다. 서술은 전부 질문자와 증언자의 대화로 이루어져 있
고, 대화의 화제는 사고를 전후한 시간에 대한 것으로 한정
되어 있는 점이 그야말로 밀실극 형태다. 또 밀림에 추락한

이복형제가 서바이벌 생활을 하게 되는 『위와 밖(上と外)』은 상당한 거리를 이동하는 로드 노벨인데도 등장인물이 밀림의 외부와는 거의 교류하지 않은 채 이야기가 끝난다. 그런 내용으로 보아, 넓은 밀림을 무대로 한 변형적인 밀실극이 아닐까 하는 생각이 든다.

시공을 초월한 존재를 그린 일련의 작품도 있다. 작가 자신이 제나 헨더슨(Zenna Henderson)의 『피플』 시리즈에서 영감을 받았다고 밝힌 '도코노 이야기' 연작(『빛의 제국』 등)과, 연인들이 전생을 돌고 돌면서 100년에 걸친 만남을 거듭하는 웅대한 로맨스 소설 『라이온 하트』, 침략을 테마로 한 SF소설이자 초인류라 지칭해야 할 사람들이 등장하는 『달의 이면』까지 이 범주에 포함해도 좋을 것이다.

이 일련의 작품은 장대한 시간의 흐름이 등장인물들을 관통하는 모습을 그린, 바꿔 말해 자신의 의지로는 어찌할 수 없는 운명에 지배된 인간을 그린 소설이다. 등장인물들은 겉보기에는 자유롭지만 심리적으로는 밀실 안의 죄수라고 할 수 있다. 이런 심리적 상태를 지속적으로 이어 가면, 그 끝에는 클로즈드 서클 미스터리가 자리해 있을 것이다.

온다의 세 번째 작품인 『불안한 동화』는 온다가 유일하게 미스터리 플롯의 전형을 의식하며 쓴 작품이다. 줄거리는 이렇다. 25년 전 바닷가에서 가위에 찔려 죽은 화가 다카쓰기 노리코는 자신이 그린 그림을 네 명의 인물에게 증정한다는 내용의 유서를 남긴다. 대학교수의 비서인 후루하시 마유코는 화가의 아들 뵤의 부탁으로 네 장의 그림을 증정하는 자리에 입회한다. 노리코가 죽는 순간에 본 것으로 추정되는 환영을 그녀도 보았기 때문이다. 어쩌면 마유코는 노리코의 환생일지도 모른다. 노리코와 친하게 지냈던 인물을 만나면 그녀를 죽인 사람을 찾아낼 수 있을지도 모른다는 기대로 뵤와 마유코는 색다른 방문의 날들을 시작한다.

노리코와 마유코에게는 특수한 능력이라는 공통점이 있다. 그것은 '잃어버린 것을 찾는' 능력이다. 그녀들은 타인의 잊힌 기억을 감지하고, 그 기억을 통해 잃어버린 것들이 지금 어디에 있는지 집어낸다. 그리고 두 사람 외에도 비슷한 능력을 지닌 사람이 등장하는데, 이는 『빛의 제국』의 도코노 일족처럼 특수한 능력을 가진 사람들의 계보를 암시한다.

소설 속에서 마유코는 이 능력 때문에 사건에 연루된다. 죽은 사람이 자신과 같은 능력을 지닌 사람이었기에, 자신이 그 사람의 환생일 가능성을 믿고 사건에 적극적으로 개입하려는 의지를 굳힌 것이다. 이 작품은 클로즈드 서클 미스터리는 아니지만, 다카쓰기 노리코라는 고인이 밑밥을 놓은 심리적인 우리에 갇힌 사람들의 이야기로 읽을 수도 있다.

일곱 번째 작품 『목요조곡』은 심리적인 속박으로 성립된 클로즈드 서클 미스터리이다. 이 작품에 등장하는 인물들을 얽매고 있는 것은 '죽음'이다. 작품 세계가 탐미적이라고 알려져 있는 소설가 시게마쓰 도키코는 친척을 중심으로 여자들만의 살롱을 만든다. 살롱에 참가하는 다섯 명의 면면은 도키코를 키워 낸 편집자, 작가, 라이터 등 표현과 관계된 직업에 종사하는 사람들. 그런데 어느 날 도키코가 그 다섯 명과 함께 있는 동안 음독자살을 하고 만다. 그 이후 다섯 명은 해마다 도키코의 기일에 그 집에 모여 고인을 추모하는 모임을 갖는다. 도키코의 네 번째 기일. 역시 다섯 명이 모인 가운데 누군가가 그들을 중상하는 메시지를 보낸다. 다섯 명 중에 도키코의 죽음을 책임져야 할 사람이 있다는 것이다. 그렇다면 4년 전 사건은 자살이 아니라 타살이었다는 것인가. 이렇게 하여 다섯 명은 의심의 도가니에 빠지게 된다.

『불안한 동화』와 『목요조곡』 등의 초기 작품을 통해 우리는 작가의 관심이 처음부터 '과거'를 그리는 것에 집중되어 있었다는 것을 알 수 있다. 현재 진행형이 아니라 과거의 사건을 다루는 것. 『불안한 동화』에서는 '전생'이라는 도구가 사용되었지만, 『목요조곡』에서는 '기억 속의 살인'을 당당하게, 정면에서 그리고 있다. 그 이후의 작품에도 등장인물들이 기억속의 과거로 거슬러 올라가는 스토리가 상당히 많다. 연극무대의 배경을 그리기 위해 합숙하던 고등학생들에게 불행이 덮치는, 고딕 호러풍의 맛을 지닌『굽이치는 강가에서』가 가장 좋은 예다. 그 외에 소설 후반에 주인공에게 주어진 최대의 과제가 잃어버린 기억을 회복하는 것임이 밝혀지면서 뜻밖의 결말을 보여 주는 소설도 있다(트릭을 알리는 셈이 되니까 제목은 밝힐 수 없지만, 다수 있다). 요컨대 이 작가에게 기억은 중요한 테마인 것이다.

1997년에 발표한『삼월은 붉은 구렁을』에서『보리의 바다에 가라앉는 열매』,『흑과 다의 환상』,『황혼녘 백합의 뼈』로 이어지는 연작은 온다가 오락 소설의 맥락 속에서 독자적인 지평을 구축했다는 점에서 매우 중요한 작품들이다. 특히 『삼월은 붉은 구렁을』의 제4부 '회전목마'는 주목해야 할 장이다. 이 장에는 작가 자신이 등장해 자신의 기억에 각인된 다양한 이야기를 다소의 노스탤지어와 함께 언급한다. 이 장에 소개된 이야기에서 파생된 소설도 많다.『보리의 바다에 가라앉는 열매』의 싹도 이 장에 이미 있고『흑과 다의 환상』도 예고되어 있다. 아직 집필에 착수하지는 않았지만, 베트남 전쟁을 소재로 한 장편『그린 슬리브스』의 구상도 얼핏 엿볼 수 있다. 작가는 기존의 이야기를 언급하면서 자신의 상상(창조)력의 원천을 밝히는 것이다.

실제로 예외적인 몇몇 작품도 있지만, 온다의 창작 활동은 '회전목마'에서 시사된 범주를 거의 벗어나지 않는다. 온다는 자신이 속한 세계의 규모를 미리 선언함으로써 주목받았고, 그 세계를 좀 더 깊이 기술하는 것을 추구함으로써 작가로 성장했다. 예나 지금이나 그런 자세를 명확히 한 작가는 많지 않다. 그런 작가가 마치 자신을 모델로 하듯 기억에 집착하는 소설을 쓴다는 것은 오히려 당연한 일이라 여겨진다.

『여름의 마지막 장미』에는 영화 〈지난해 마리앙바드에서〉의 각본인 알랭 로브그리예의 글이 인용되어 있다. 난해한 작가로 익히 알려져 있는 알랭 로브그리예는 자신의 작품이 정연하게 흐르는 시간을 따라 구성되고 기술되는 것을 거부했다. 그의 작품에서 시간이란 끊임없이 반복되는 것이다. 사물은 똑같은 자격으로 존재하지 않고, 관찰자의 인상에 많이 남을수록 큰 비중을 차지한다. 때문에 연속적인 시각 이미지가 세계를 독점하게 된다. 〈지난해 마리앙바드에서〉의 각본이 성립된 경위에 대해서는 본문 중에도 언급되어 있는데, 로브그리예는 '머릿속에서 상영되고 있는 영화를 종이 위에 재현'하는 형식으로 시나리오를 기술했다고 한다.

이 방식은 온다의 소설 작법과도 매우 유사하다. 기억 속에서 자기주장을 하는 모티프를 찾아내고, 게다가 그것에 일회로 끝나는 것이 아니라 영원히 반복되는 특권을 부여하고, 이야기의 기술 속에 그것을 재현하는 것이 로브그리예와 온다의 공통된 목적이다.

그런 이야기는, 작품의 성립 과정으로 보면 당연한 일이지만, 본질적으로 완결을 거부한다. 그런 경향은 초기 작품부터 이미 있어 왔지만 2001년에 발표된 『흑과 다의 환상』 언저리부터는 그런 지향성이 결정적이었다. 『흑과 다의 환상』은 동창회 비슷한 여행에 참가한 네 남녀의 이야기이다. 여행을 하면서 그들은 두서없는 수다를 즐기는데, 그 수다는 무의식적인 '기억'에 지배된다. 그리고 그 기억이 점차 의식으로 부상하는 과정이 여러 화자의 입을 통해 이야기된다.

미스터리 작법에 따르면, 이 기억의 해명이 대단원으로 연결되는 소설의 절정이 되는데, 온다는 이 소설에서 카타르시스를 유도하는 평범한 전개를 채용하지 않았다. 수수께끼가 풀렸다고 해서 기억이 그들을 해방해 주지는 않는다. 해결이 곧 종지부가 될 만큼 기억이 왜소한 존재가 아니기 때문이다. 따라서 막은 내리지만 이야기의 고리는 완전히 닫히지 않는다. 이런 형식이 온다 작품의 한 형태가 되어 가고 있다.

『여름의 마지막 장미』는 본격 미스터리라는 닫힌 소설 형식의 룰을 준수하면서 동시에 '닫히지 않는' 모티프를 소설에 정착시키는, 마치 곡예와도 같은 의도하에 쓰인 작품이다. 서로 모순되는 두 가지 목적을 달성하기 위해 온다는 그랜드 호텔 형식이라는 정형을 도입해 주도면밀하게 무대를 만들었다. 소설 속에서 범인이 의도한 계획과는 별도로 작가가 소설 곳곳에 설치해 놓은 장치까지 주의 깊게 읽어야 한다는 점은 『그리고 아무도 없었다』, 『녹색은 위험』과 비슷하다.

3. 또는 술 한잔의 바다 — '축제'

온다의 작품은 아주 가혹한 인간관계나 심각한 사태를 다루면서도 따뜻한 톤으로 그려지는 경우가 많다. 『목요조곡』은 살인의 고발을 둘러싼 드라마인데도 실제로 그려지는 것은 여자 다섯이 먹고 마시는 장면이 대부분이다. 소년이 추악한 과거와 대치하면서 그것을 극복해 나가는 성장극 『네버랜드』역시 표면적으로는 소년들의 '송년 파티'를 그리고 있고, 등장인물이 존재하는 공간도 사뭇 축제적이다.

온다의 소설에서 그려지는 장면은 대개가 무척 인상적이다. 흐르는 시간을 현재 진행형으로 기술하는 것이 아니라, 한정된 기억 속의 시간에서 인상적인 순간만을 발췌해 놓은 듯 농밀한 장면으로 구성되어 있기 때문일 것이다.

데뷔작인 『여섯 번째 사요코』나 『밤의 피크닉』은 입시를 앞둔(즉 어른이 되기 위한 첫 시험을 앞둔) 고등학생들의 기념할 만한 날들을 그린 소설이다. 특히 후자는 평생 잊지 못할 것이라고 미리부터 기약된 특별한 하룻밤에 대한 이야기이다. 그

밖에도 『한낮의 달을 쫓다』와 『흑과 다의 환상』에서는 두 번 다시 같은 얼굴끼리는 떠나지 않을 여행, 『라이온 하트』에서는 운명적인 연인과의 평생에 단 한 번뿐인 밀회 등, 특권적인 시간을 그린 소설이 많다. 특권적인 시간, 즉 축제다.

자, 이제 이쯤에서 서두에서 낸 퀴즈의 답을 밝히기로 하자. 소설에 따라서 있거나, 없거나, 또는 그것은 없지만 다른 것이라면 있다는 차이가 있다. 그것은 과연 무엇일까.

바로 '맥주를 마시는 장면'이다. 『네버랜드』, 『삼월은 붉은 구렁을』, 『금지된 낙원』에는 있지만(또는 그런 암시가 있지만) 『종말의 소녀』, 『도미노』, 『나사의 회전』에는 없고, 『보리의 바다에 가라앉는 열매』, 『라이온 하트』, 『굽이치는 강가에서』에는 맥주는 아니지만 다른 종류의 술을 마시는 장면이 있다. 『여섯 번째 사요코』는 고교생 소설인데도 등장인물들이 맥주를 마신다. 온다의 소설에서 처음으로 맥주라는 단어가 등장한 것은 이 소설에서 가라사와 유키오가 마실 것을 사러 간다고 하자 세키네 슈가 "난, 맥주."라고 할 때였다. 『여섯 번째 사요코』나 『네버랜드』가 텔레비전 드라마로 방영되었을 때, 방송 심의 문제 때문이었는지 술을 마시는 장면이 삭제되었는데, 그 때문에 소설과는 분위기가 상당히 달랐다. 맥주를 마시는 장면은 막연히 삽입된 요소가 아니다. 소설에서 그 장면은 특권적인 시간을 나타내는 하나의 지표이다.

누구나 학생 시절 수학여행을 가거나 합숙을 하면서 몰래 술을 마시려 했던 경험이 한번쯤은 있을 것이다. 또 여행지에서 술잔을 기울이다 도가 지나치거나 고삐가 풀려 과음했던 경험도. 그런 것은 모두 '축제'의 추억이다.

따라서『삼월은 붉은 구렁을』의 제1부에서 금단의 책인『삼월은 붉은 구렁을』이 소개되는 장면에도 맥주가 등장한다.『금지된 낙원』은 주인공들이 부조리한 공포 체험을 강요당하는 이야기이므로 술이 등장할 계제가 아님에도, 그들이 도중에 휴식을 취하는 집의 냉장고에는 맥주가 들어 있다. 아마도 주인공들은 그 맥주를 마셨을 것이다. 아무리 악몽 같은 체험을 하고 있는 때라도 반드시 마신다. 왜냐하면 축제이기 때문이다.『한낮의 달을 쫓다』에는 밤중에 술이 떨어지자 주인공들이 술을 사기 위해 여관에서 나오는 장면이 있다. 별 의미 없는 사족인 듯 보이지만, 축제라는 것을 강조하기 위해 굳이 묘사된 장면이라 할 수 있다.

아무튼 온다의 작품에는 맥주가 등장하는 쪽이 압도적으로 많다. 작품 수로 봐서도 맥주가 등장하지 않는 경우가 예외이며, 그런 경우 맥주를 등장시킬 수 없는 특별한 사정이 있다는 것을 알 수 있다.

예를 들어『종말의 소녀』에서 주인공은 맥주를 마실 수 있는 상태가 아니고, 슬랩스틱 코미디인『도미노』에서는 등장인물이 쉬지 않고 움직여야 하기 때문에 역시 맥주를 마실 여유가 없어 보인다(전혀 마시게 할 수 없을 것 같지는 않지만). 『나사의 회전』은 2·26사건이라는 긴박감에 넘치는 역사적 사건을 소재로 한 소설이기 때문에 맥주를 등장시킬 수 없었던 것 같다(하지만 무대에 널려 있는 컵라면의 잔해는 학생들의 합숙 장소 같은 분위기를 조성하고 있다. 그 덕분에 소설에는 절묘한 완급이 생겼다).

'맥주는 등장하지 않지만 다른 종류의 술은 등장하는' 소설도 무대 설정상 맥주가 나설 수 없는 경우가 많은 듯하다. 예를 들어 『보리의 바다에 가라앉는 열매』에서 패밀리가 건배를 하거나 『라이온 하트』에 수록되어 있는 '이반치체의 추억'에서 그려지는 칵테일파티에서(1950년대의 파나마 얘기이다) 주인공이 맥주를 마시는 것은 상황에 맞지 않으므로, 대신 와인과 위스키가 그 역할을 하고 있다(말이 나온 김에, 작가가 대단한 맥주꾼이라는 것도 밝히자).

온다가 지향하는 것은 세련된 소설, 시간이 온화하게 흐르는 이야기일 것이다. 현실적인 삶은 너무나 무겁고 또 생경하다. 하지만 이야기란 좀 더 부드러운 것이다. 누워서 뒹굴거리며 읽거나, 여행의 벗으로 삼거나, 그야말로 한 손에 맥주잔을 들고 읽을 수 있어야 한다. 그래서 온다의 작품에 등장하는 인물들은 맥주를 마신다. 그리하여 소설 속의 시간은 좀 더 따뜻하고 부드럽고 온화해진다. 그 안에서, 되풀이될 것은 되풀이되고 끝날 것은 끝난다. 책의 페이지 페이지는 닫혔다가 또 열린다. 그런 느낌으로 축제의 시간이 느긋하게 흘러가는 것이다.

온다 리쿠 스페셜 인터뷰

*

질문

스기에 마쓰코이

Q: 좋아하는 미스터리는?

온다 리쿠: 본격 미스터리, 하면 나는 크리스티아나 브랜드를 떠올립니다. 가장 좋아하는 작품은 『녹색은 위험』이라고 할까. 밀실극인 데다, 공습을 목전에 두고 있기 때문에 서스펜스도 있죠. '이런 게 나의 이상!'이라고 할 정도. 엘러리 퀸의 작품 중에서는 『샴쌍둥이의 비밀』을 좋아해요. 그 작품도 폐쇄된 상황이고, 마지막에는 산불이 일어나는(등장인물이 좁은 공간에 갇혀 있다) 본격 클로즈드 서클인데, 서스펜스도 있어요. 애착이 가는 작가는 역시 애거사 크리스티입니다. 크리스티의 작품은 고딕 로망적 요소가 강한데, 그 점이 내 성격에 맞아요. 좋아하는 작품은 『잠자는 살인』과 『끝없는 밤

416

에 태어나다』. 정말 무서웠습니다. 대표작이라 일컬어지는 제2차 세계 대전 전의 작품보다는 후기의, 악의에 찬 심리 드라마가 펼쳐지는 작품들을 좋아합니다. 『누명』이나 『장례식을 마치고』 같은 작품. 맨 처음 크리스티의 작품을 읽은 것은 아마 초등학교 1, 2학년 때일 거예요. 청소년용 『일곱 개 시계의 살인 사건』이었는데 막판의 반전에 깜짝 놀랐습니다.

그리고 가스통 르루의 『노란 방의 수수께끼』. 미스터리를 읽고 놀란 건 그때가 처음이었을 거예요. 나는 원래 밀실 트릭 같은 것에는 별 관심이 없었어요. 설명을 읽다 보면 금방 귀찮아져서(웃음).

Q: 어린 시절 읽은 미스터리 작품은?

온다 리쿠: 청소년용 말고 단행본으로 처음 읽은 미스터리는 역시 크리스티의 『그리고 아무도 없었다』였습니다. 오빠가 사 모으는 포켓 미스터리 시리즈를 차례대로 읽었죠. 그 다음이 엘러리 퀸의 나라 이름 시리즈였어요. 일본 작품으로는 『소년 탐정단』 시리즈를 가장 먼저 읽었죠. 중학생 때부터 성인용 문고본을 읽었습니다. 에도가와 란포 소설 중에서는 단편을 좋아했어요. 『2전짜리 동전』, 『심리 시험』, 『백일몽』,

『D 언덕의 살인 사건』등……, 그야말로 초기 단편을 좋아했어요(온다 씨의 『코끼리와 귀울음』에는 〈신 D 언덕의 살인 사건〉이 수록되어 있다)

요코미조 세이시의 작품 중에서는 『창고 안』(웃음). 고등학교 시절에 마쓰바라 루미코가 주연한 영화를 보았어요. 초등학교 6학년 때부터 중학교 시절에는 토요일 밤에 '긴다이치 고스케'(요코미조 세이시의 소설에 등장하는 탐정 이름—옮긴이) 드라마 시리즈를 보는 게 대유행이었죠. 그 드라마도 오싹해서 좋아했어요.

Q: 그 밖에는 어떤 책을 읽었나요?

온다 리쿠: 책에 관해서는 전혀 제약이 없었어요. 단, 만화는 6학년쯤 되니까 엄마가 그만 보라고 꾸중을 하시더군요. 그래서 몇 가지만 보게 되었죠. 한두 가지만 보라고 해서요. 한때는 오빠와 둘이서 월간지 대부분을 시 본 것 같아요. 오빠는 『매거진』『선데이』『챔피언』, 나는 『프렌드』『마거릿』『나카요시』『리본』. 아, 그리고 『꽃과 꿈』『LaLa』도 추가. 부모님이 화를 내실 만했죠(웃음). 물론 소설책도 많이 사봤어요. 거의 미스터리가 아니었나 싶습니다. 다른 곳에서도 얘기한 적이 있는데, 고바야시 노부히코, 우에쿠사 진이치, 다

무라 류이치, 이 세 사람을 초등학교 시절에 벌써 알았다는 것이 저의 아주 사소한 자랑거립니다(웃음).

일 관계로 아버지가 전근이 잦아서 우리 집은 툭하면 이사를 다녔습니다. 이사할 때가 되면 제일 먼저 제 뜻과는 상관없이 책을 내다 버려야 했어요. 그래서 어린 시절의 책이 거의 남아 있지 않습니다.

Q: 학창 시절은 어떻게 보냈나요?

온다 리쿠: 부모님이 센다이 출신이어서 센다이를 시작으로 아오모리→나고야→도야마→아키타→센다이→미토→도쿄, 그리고 다시 센다이로 돌아갔죠. 고등학교는 미토에서 다녔어요. '죽음의 롱 워크'가 있는 곳이었는데(웃음). 『밤의 피크닉』의 모델이 된 곳이죠. 이사의 간격은 1년에 한 번인 적도 있었고 4, 5년에 한 번인 적도 있었어요. 친구 사귀기도 쉽지 않았는데, 덕분에 요령을 많이 터득했습니다. 최대한 눈에 띄지 않으면서 처음부터 함께 있었던 것처럼 행동하는(웃음). 동아리 활동은 중학교 때는 합창부였고, 고등학교 때는 신문부와 미술부에 양다리를 걸치고 있었어요.

Q: 그야말로 문화부 인생이었군요.

온다 리쿠: 맞아요. 대학교에 들어가서는 색소폰을 시작했어요. 재즈 밴드에 들어가고 싶어서였죠. 피아노를 오래 쳤는데, 하숙 생활을 하면서 피아노를 들여놓을 수는 없으니까 관악기를 하려고 한 거죠. 그런데 그 밴드가 수준이 꽤 높아서 쫓아가느라 고생이 심했어요. 내 음악 인생의 트라우마가 되었습니다(웃음).

대학교 2학년 때는 '와세다 대학 미스터리 클럽'에 가입했습니다. 꼭 들어가고 싶었어요. 반년 정도 활동했는데, 그 후에는 밴드 쪽이 분주해져서 유령 부원이 되고 말았죠. 그런데 내가 회원일 때는 SF 판타지의 전성기여서 본격 미스터리를 읽는 사람은 거의 없었어요. 그래서 페이드아웃한 격이죠. 마침 '스타워즈'가 공개되고 애니메이션 팬들의 시장성이 힘을 갖게 된 때라서 '기동 전사 건담' 같은 종류가 유행했기 때문에 분위기가 그쪽으로 쏠려 있었어요.

Q: 졸업 이후에는?

온다 리쿠: 대학을 졸업하고 생명 보험 회사에 첫 취직을 했습니다. 그야말로 거품 경제 시대, 일시불 양로 보험이니 변액 보험이니 하는 것들을 파느라 정신이 없었죠(웃음). 더불어 여자들의 사회 진출이 본격화되던 시기였어요. 일에 쫓겨

누구 하나는 반드시 쓰러지곤 했죠. 업무량이 많아서요. 목표량이 전년 대비 20, 30퍼센트는 되었거든요. 그걸 어떻게 달성해, 하는 식이었어요. 그런데도 회사나 사회나 다들 몰아대고 다그쳤죠. 지금 생각하면 참 이상한 시대였습니다. 그 무렵의 독서량이 가장 적었어요. 1년에 백 권 정도나 되었을까.

Q: 평범한 회사원으로서는 엄청나게 많은 양인데요.

온다 리쿠: 전혀요. 저로서는 본의 아닌 생활이었어요(웃음). 그때는 번역 미스터리가 지금처럼 많지 않았어요. 그래서 입사 후 2, 3년 동안은 그해에 출간된 번역 미스터리를 전부 읽을 수 있었죠. 루스 렌들의 『유니스의 비밀』이 출간된 1984년경부터 번역본이 많아지기 시작해서 미처 쫓아갈 수 없게 되었어요.

Q: 데뷔작인 『여섯 번째 사요코』에 대해~.

온다 리쿠: 『여섯 번째 사요코』는 1990년 가을 무렵에 썼습니다. 처음 쓰는 소설이라서 초보의 열정으로 써 내려갔죠. 어렸을 때 만화 같은 걸 조금씩 쓰기는 했지만, 제대로 된 스토리로 쓴 적은 없었어요. 『삼월은 붉은 구렁을』의 제4부에

살짝 제목이 등장하는 '훌륭해진 토끼'는 진짜로 썼던 글입니다. 토끼가 별 의미 없이 노벨상을 받는 이야기죠(웃음). 가와바타 야스나리가 노벨 문학상을 받았을 때였으니까, 나름 영향을 받은 거죠. '훌륭해진 토끼' 다음이『여섯 번째 사요코』였어요(웃음).

일본 판타지 노벨 대상에 응모한 까닭은, 제1회 수상작인 사케미 겐이치 씨의『후궁 소설』이 내용도 멋졌지만 사케미 씨가 저와 한 살 차이라는 것에 충격을 받았기 때문이었어요. 작가란 나이를 훨씬 더 먹고 훌륭한 사회인으로 성장한 후에 되는 것인 줄 알았는데, 이런 나이에 이런 작품을 쓰는 사람이 있다는 것을 알고 엄청 놀랐습니다. 아, 지금부터 써도 되는구나, 하면서. 요즘과 달리 이십 대에 데뷔하기가 쉽지 않은 시기였어요. 그리고 제3회에 사토 아키 씨가『발타잘의 편력』으로 수상했을 때, 내 작품이 최종 후보작까지 올랐죠. 선고 위원이 안노 미쓰마사 씨, 다카하시 겐이치로 씨, 이노우에 히사시 씨, 야가와 스미코 씨, 아라마타 히로시 씨였는데, 그 멤버를 동경했던 이유도 있습니다.

Q: '온다 리쿠'라는 이름은 펜네임이죠?

온다 리쿠: 네, 처음부터 그 이름을 썼어요. 일본 판타지 노

벨 대상 후보에 올랐을 때 편집자에게 연락이 왔는데, 필명을 하나 지으라고 하더군요. 그래서 순간적으로 떠오른 이름이 그거예요. "음, 좀 그렇군요."라고 하더군요. "다음 주에 전화할 테니까, 그때까지 다른 펜네임을 생각해 보시죠."라고 했어요. 그래서 갖가지로 생각해 보고 그다음 주에 전화를 받았을 때 몇 가지 이름을 말했더니 "온다 리쿠로 해도 괜찮을 것 같군요."라기에, 결국 그 이름이 되었습니다(웃음).

Q: 온다 리쿠 씨의 작품을 '만화계'와 '소설계'로 나누기도 하는데.

온다 리쿠: 학교를 무대로 한 소설 『여섯 번째 사요코』와 『구형의 계절』, 『밤의 피크닉』, 이 세 작품은 한 세트입니다. 『보리의 바다에 가라앉는 열매』는 또 다른 계열이고, 『네버랜드』는 또 좀 다르죠. 그 작품은 하기오 모토 씨의 『토마의 심장』을 염두에 두고 쓴 소설이니까요. 『굽이치는 강가에서』는 또 다른 소녀 만화계라고 해야 하나. 기준은 만화 쪽으로 기울었나, 소설 쪽으로 기울었나, 입니다. 『보리의 바다에 가라앉는 열매』와 『네버랜드』는 만화계, 『여섯 번째 사요코』는 만화 쪽이 아니라 소설계입니다. 딱 꼬집어 설명하기가 어렵지만, 내 안에서는 분명하게 나뉘어 있어요.

Q: 호러 작가라고 불리기도 하셨죠?

온다 리쿠: 『여섯 번째 사요코』는 딱히 장르를 의식한 소설이 아닌데, 당시에 호러가 유행하기 시작했기 때문에 저와 시노다 세쓰코 씨, 반도 마사코 씨를 한데 뭉뚱그려 호러 작가라고 한, 그런 시대가 있었죠. 호러를 싫어하지는 않으니까 크게 거부감은 없었습니다.

Q: 플롯은 어떤 식으로 구상하시는지.

온다 리쿠: 데뷔 당시에는 별생각이 없어서 처음에는 어떤 걸 쓰면 좋을지 전혀 몰랐어요. 그러다가 편집자의 권유로 세 번째 작품인 『불안한 동화』를 쓰게 되었죠. 정말 처음부터 끝까지 플롯을 생각하고 쓴 유일한 작품이에요. 덕분에 배운 건 많지만, 처음이자 마지막이 되겠죠, 그렇게 쓰는 건 (웃음).

소설을 쓰기 시작할 때는 전체적인 이미지만 갖고 있어요. 기승전결이 명확한 플롯은 전혀 없는 셈이지요. 여러 이미지를 염두에 두고 써 나가면서 취사선택하고 발전시켜 나갑니다. 캐릭터 역시 일단 쓰기 시작한 후에 그 인물이 등장하면 말을 시켜 보죠. 그런 후에야 아, 이런 사람이었구나, 하고 알게 됩니다. 그리고 이런 사람이 나왔으니까 그 다음은 이런 사람이겠지, 그런 식으로 점차 인물이 등장하게 되는 것이죠.

Q: 『여름의 마지막 장미』도 등장인물이 차례차례 파트너를 바꾸는 소설이죠.

온다 리쿠: 네, 그래요. 하지만 저는 캐릭터에는 큰 관심이 없는지도 모르겠습니다(웃음). 등장인물 A와 B가 있다고 할 때, A와 B 자체는 별 문제 삼지 않아요. 그 사이에 있는 관계성을 중요시할 뿐. 그래서 딱히 애착이 가는 캐릭터는 없습니다.

그리고 약간 비스듬한 시각에서 보는 관계가 쓰기 쉽죠. 바로 눈앞에 있는 것보다는 약간 거리가 있거나, 시간적으로도 좀 벌어져 있는 경우가 쓰기 편해요. 그 점은 모든 것에 관해서 다 그렇습니다. 너무 생생하거나 뜨거운 것은 좋아하지 않아서, 약간 식은, 거리감이 있는 편을 좋아합니다.

Q: 『여름의 마지막 장미』에서는 근친상간 관계에 있는 누나와 동생이 등장하는데요, 남녀 사이에 거리를 두기 위해서 근친상간이라는 요소를 도입한 것인가요?

온다 리쿠: 모럴에 대해서는 전혀 신경 쓰지 않지만, 역시 사람과 사람 사이는 거리감이 있는 편이 쓰면서도 즐거워요. 거리감이 있는 등장인물은 여러 가지로 분석할 수 있죠. 그래서 일인칭은 재미가 없어요. 시야가 좁을 때는 등장인물이 아무런 생각도 해주지 않거든요. 분석의 여지가 없는 관계는 쓰면서도 재미가 없고요. 등장인물끼리 서로를 분석하면서 은밀하게 줄다리기를 하는 걸 좋아해서, 결국은 어느 정도 거리가 있는 관계에 매력을 느끼게 됩니다.

Q: 삼인칭 다시점을 즐겨 사용하는 것도 등장인물과 거리를 두기 위해서겠군요.

온다 리쿠: 그래서 일인칭 소설은 잘 못 써요. 삼인칭이거나 각 장마다 화자가 바뀌면 쓰기도 편하죠.

Q: 삼인칭이지만 시점이 한 사람에게 고정된 작품은 의외로 적더군요. 그 첫 작품이 『보리의 바다에 가라앉는 열매』인데, 주인공인 미즈노 리세에게 시점이 고정되어 있죠.

온다 리쿠: 그 작품은 리세의 눈으로 바라본 불안감을 써야 했고, 또 플롯상의 문제도 있고 해서요. 한 사람의 시점에

서 일정하게 쓰는 것은 몹시 고통스러운 일이에요. 그래서
『한낮의 달을 쫓다』는 정말 힘들게 썼습니다. 지금 돌이켜 봐
도 힘들었던 기억이 되살아나요(웃음). 게다가 주인공이 움직
이지 않는 소설이잖아요. 누구에게 어떤 작용을 하는 인물도
아니고.

같은 이야기라도 조금씩 다른 것이 합쳐져서 형태를 이루
는 것을 좋아합니다. 이른바 「덤불 속」(아쿠타가와 류노스케의 단편
소설) 계통의 이야기죠. 한 사람이 처음부터 끝까지 죽 돌진하
는 것보다는 여러 가지 단편적인 요소들이 모여 마지막에 하
나가 되는 쪽을 좋아합니다. 그래서 옛날부터 사소설(私小說)
을 아주 싫어했어요(웃음).

Q: 일인칭 하드보일드는 어떠신가요?

온다 리쿠: 좋아하지 않습니다. 개인적으로는 남성용 할리
퀸 로맨스라고 부를 정도죠(웃음).

그리고, 애거사 크리스티도 『다섯 마리 아기 돼지』 같은 작
품을 썼지만, 저는 기억 속에 고여 있는 과거의 범죄를 파헤
치는 '기억의 범죄'를 다룬 작품을 좋아합니다. 리얼타임으로
진행되는 서스펜스보다 쓰기 쉬워요. 서스펜스도 써 보고 싶
기는 한데, 현실의 시간 속에서 일어나는 사건을 그리려면

사실 관계를 분명하게 해야 하잖아요. 그런데 기억 속의 사건은 다소 오락가락해도 용서가 되죠. 기억 속의 일이니까 사실일 수도 있고 환상일 수도 있고. 그런 식으로 오차가 있는 편이 쓰기 쉽죠. 서스펜스는 사실을 차곡차곡 쌓아 올려야 하니까, 쉽지 않은 것 같습니다.

Q: 『한낮의 달을 쫓다』는 나라, 『클레오파트라의 꿈』은 하코다테, 『달의 이면』은 야나기가와. 이렇게 장소에 관한 이미지로 시작하는 경우가 많더군요.

온다 리쿠: 저는 장소의 힘이란 것에 상당한 매력을 느낍니다. 그래서 그걸 쓰고 싶은 것이죠. 장소를 묘사할 때도 구체적인 이미지가 있으니까 쓰기 쉽고, 미스터리한 것이나 무서운 느낌을 그릴 때 장소가 친근한 곳이면 접근하기 쉽고요. 이야기를 입히기도 수월하죠. 사용하고 싶은 무대가 아직도 많이 있습니다. 그런 장소의 공통점은 역시 오래된 동네라는 거예요. 『금지된 낙원』은 구마노가 무대인데, 역사적인 도시가 될 수 있는 곳은 지형에도 근거가 있어요. 천혜의 요새라든지, 교토처럼 풍수지리적으로 이상적인 곳이라든지.

다만 소설의 무대는 실재하는 하코다테가 아니라 내 안에 있는 하코다테입니다. 이야기의 구조를 생각하면서 그쪽으로 장소를 끌어당기는 식이라서, 늘 실재하는 장소와는 미묘하게 다르죠. 그 장소이면서 그 장소가 아닌, 의식적으로 그렇게 쓰고 있습니다. 『클레오파트라의 꿈』의 무대는 명백하게 하코다테인데 H시라고 한 것도 역시 내가 만든 하코다테이기 때문입니다. '하코다테지만 하코다테가 아니다'라는 사인인 셈이죠. 그래서 고료카쿠도 G료카쿠. 굳이 설명 안 해도 알 수 있지만.

Q: 온다 씨의 소설은 결말은 있어도 이야기 자체는 닫히지 않는 경우가 많은데요. 특히 요즘 작품은 그런 경향이 강하더군요.

온다 리쿠: 본격 미스터리는 '설득의 문학'이라고 생각합니다. 논리가 제아무리 엉뚱하더라도 아무튼 설득할 수 있으면 되죠. 그것이 본격이라고 생각합니다. 그러니까 작가의 설득을 독자가 납득하면 그 작품은 본격 미스터리인 것이죠. 따라서 닫히지 않았다 싶은 결말이라도, 전후 맥락을 납득할 수 있으면 된다고 생각해요.

Q: 1999년의 『목요조곡』은 작가의 죽음을 둘러싼 인간의 모습을 그리면서 합리적인 착지점을 찾는 데 중점을 둔 것처

럼 보이던데요.

온다 리쿠: 데뷔 이후 한동안은 이야기를 깔끔하게 마무리 짓고 싶은 욕구가 있었어요. 그러다 2000년『흑과 다의 환상』을 연재하기 시작할 무렵부터 결말을 열어 놓는 쪽으로 쓰기 시작했습니다. 전환점이었죠. 이 작품은 등장인물이 네 명인데, 그중에 핵심 인물인 남자가 있어요. 진상을 알고 있는 사람이죠. 잇따라 화자가 바뀌기 때문에 그전 같았으면 그 인물을 마지막에 등장시켜 진상을 말하게 하는 역할로 그렸을 거예요. 그런데 거기서는 그 인물을 먼저 등장시키고, 전혀 무관한 사람이 마지막에 등장하는 구성을 취했죠. 그 무렵부터 결말에 대한 생각이 바뀌지 않았나 싶어요. 최근에는 드라마든 영화든 끝을 맺는 게 점점 어려워지고 있어서, 늘 어떻게 끝내면 좋을까 고민합니다. 하지만『여름의 마지막 장미』는 제 작품 중에서는 그래도 닫힌 쪽이 아닌가 싶은데요(웃음).

Q:『삼월은 붉은 구렁을』의 제4부는『보리의 바다에 가라앉는 열매』로 이어졌고, 제1부는『흑과 다의 환상』으로, 또 『보리의 바다에 가라앉는 열매』는『황혼녘 백합의 뼈』로 이어졌습니다. 그렇게 그 연작은 소설 자체가 완결을 거부하는

것 같더군요.

온다 리쿠: 아마 앞으로도 천천히 증식하겠죠. 명확하게 끝나지는 않을 것 같아요. 서로 겹치면서 퍼져 나갈 겁니다. 『삼월은 붉은 구렁을』은 작가로서 처음으로 자신이 좋아하는 것을 쓰면 된다고 생각하고 쓴 작품입니다. 옛날에 읽어서 좋았던 것, 그야말로 고딕 로망이나 SF, 영화로는 〈대탈주〉 같이, 보거나 읽고서 재미있었던, 그런 것들처럼 나도 하면 된다는 것을 그때 처음 알았습니다.

Q: 작품의 제목을 스탠더드 넘버에서 빌리는 경우가 많은데.

온다 리쿠: 다른 이유가 있어서는 아니고, 그 곡들에 멋진 제목이 붙어 있기 때문입니다. 좋은 곡은 역시 제목도 좋더군요. 곡을 알면 그 이미지도 있고. 제목을 그대로 빌려 오고 싶은 곡도 많습니다.

이번 작품의 제목인 '여름의 마지막 장미(The last rose of summer)'는 19세기의 바이올리니스트 하인리히 빌헬름 에른스트가 만든 곡인데, 한 가지 테마가 다양하게 변주되는 곡이에요. 그래서 소설도 그 곡의 이미지를 따라 제1변주에서 제6변주까지 이어집니다. 역시 장이 바뀔 때마다 같은 테마가 반복되면서 점점 변화해 가는 이야기죠. 이 소설을 쓸 때 가장 먼저 그런 형식부터 정했어요.

나는 〈지난해 마리앙바드에서〉라는 영화를 베스트 스리에 꼽을 만큼 좋아하는데, 작품을 구상하면서 우연히 들른 헌책 방에서 원작자인 알랭 로브그리예의 초판본을 구했어요. 그러고 보니 내 소설이 그 영화와 이미지가 많이 겹치는데, 하고 생각했죠. 연재를 시작하기 바로 직전의 일이었어요. 그러니까 처음에는 알랭 로브그리예를 인용할 계획이 없었던 거죠.

Q: 전업 작가가 된 지금도 연간 2백 권이나 읽는다면서요.

온다 리쿠: 아니죠, 2백 권밖에 못 읽고 있어요. 그 점을 강조하고 싶군요(웃음). 읽으면서 가장 재미있는 것은 역시 본격 미스터리입니다. 일이 끝난 후에도 부담 없이 소설에 빠져들 수 있어요. 소설은 보통 어느 정도 마음의 여유가 있어야 읽을 수 있는데, 본격은 잠들기 전에도 읽을 수 있죠.

지금은 일하는 사이클이 엉망진창이라서 낮도 밤도 없습니다. 원고가 완성될 때까지 깨어 있는 생활을 하고 있죠. 지난 몇 년 동안 계속 그랬어요. 마감 날에 원고를 보낼 때까지는 낮. 잠을 자고 있으면 밤. 끝나지 않으면 한나절 반이 낮이기도 하죠(웃음). 그런데 무모하게 이번에는 또 주간지 연재를 시작합니다(『초콜릿 코스모스』. 2004년 6월에서 2005년 8월까지).

주간지 연재는 처음인데, 내 경우 연재는 '미끼'가 생명입니다. 소년 만화 주간지를 읽었던 경험이 배어 있는 것이죠. "다음 호에 계속됩니다" "!?, 에이 뭐야, 왜 이런 데서 끝나는 거야, 심하다"(웃음). 주간지 연재를 하면서도 보나마나 매회 '미끼'를 놓지 않으면 성이 차지 않겠죠. 그게 또 내 목을 조를 거고요.

Q : 덤으로, 술에 관해서.

온다 리쿠 : 맥주를 가장 좋아합니다. 어떤 술이든 다 마시기는 하지만, 제일 오래 마실 수 있는 술은 역시 맥주. 와인을 마신 후에도 입가심은 맥주.

Q : 와인을 마신 후에 맥주로 돌아가는 거, 위험하지 않나요?

온다 리쿠 : 종종 위험에 처하죠(웃음). 숙취는 정말 고통스러워요(웃음). 그 때문에 인생의 많은 시간을 헛되이 보냈죠. 책을 읽으면서도 마시니까, 어쩌면 위스키나 찔끔거리는 게 좋을 수도 있는데.

Q: 그럼 오늘은 숙취 때문에 고생하지 않을 정도로 해야겠네요. 감사합니다.

2004년 6월 2일
도쿄 도 지요다 구 문예춘추사에서

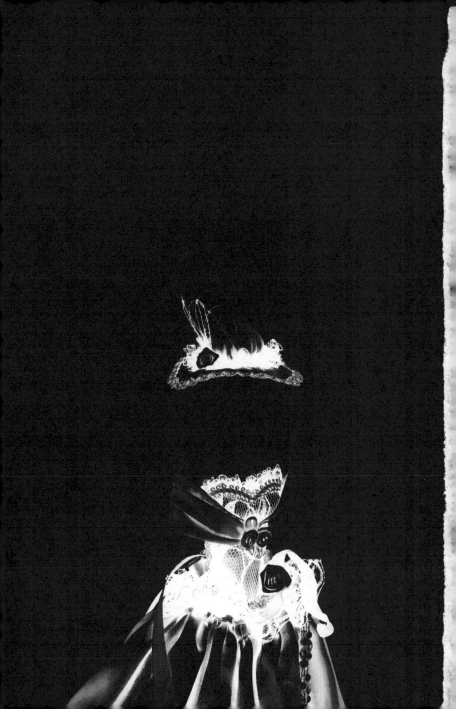